『是需要我的对吧。』

阿鲁卡娜
于梦中登场,拥有和神明相同名字的阿诺斯的妹妹。

亚
的
的

辛·雷古里

两千年前，作为"暴虐魔王"右臂伴随其左右魔族最强剑士。

『当然，毕竟你是我唯一的家人啊。』

阿诺斯·福尔迪哥德

于梦中登场，年幼、力量尚未成熟时的阿诺斯。

『我必须去一趟！』

阿诺斯・粉丝社

醉心于阿诺斯，愿意为其献上性命的，充满爱与疯狂的团体。

魔王学院的不适合者 6

[日] 秋 †著
[日] 静间良纪 †绘
符咒 †译

MAOH GAKUIN NO FUTEKIGOUSHA

文化发展出版社
Cultural Development Press
·北京·

—— 每本书都是一座传送门

次元书馆

序章　魔王与妹妹

这，是某人的一个梦——

月光如注的森林中，阵阵龙鸣声响起，一个小女孩正拼命地奔跑着。她是一名魔族，年龄大概是六七岁。虽然就这个年纪而言，她已经拥有了不俗的魔力，但想要和龙战斗还早了十年。

她一边在树林间穿梭，一边抽抽搭搭地哭泣。而龙则是在她身后将这些树木尽数推倒，并露出凶恶的獠牙，穷追不舍。

"不、不要……！"

仓皇逃窜中的少女丢掉了自己的鞋子，手脚处处渗着鲜血。她不顾一切地逃跑，但却不小心被巨大的树根绊倒，整个人都摔在地上。

"呜……啊啊……"

少女强忍着疼痛爬了起来,并回头向狰狞的喘息声望去,看到的却是近在咫尺的龙脑袋。

"啊……"

少女被吓得瘫坐在了地上,只能一点点地蹭着地面往后缩。而龙的眼睛却死死地盯着猎物,片刻不放。

"……救、救救我……"

龙张开了血盆大口。

"咕哦哦哦哦哦哦哦哦哦哦哦哦哦哦哦哦哦!!!"

"救、救救我……哥哥……!!!"

一声刺耳的咆哮声后,龙牙渐渐逼近少女。龙活动着下颚,"咔嚓"一声咬了下去,但少女却并没有被它吃掉。

"唔,我本来听说龙会避讳这片森林才对啊。"

现身在少女面前的是一名魔族的少年。他单手举起了龙的獠牙,并用脚踩住了它的下颚。

少年的年龄看起来十岁左右,黑发黑瞳。只要是有眼光的人一看就能发现,他体内蕴含着超出常规的魔力。

此人名为阿诺斯·福尔迪哥德,这是他还未被人称为暴虐魔王时的姿态。

"'灼热炎黑'!"

漆黑色的灼热火焰被灌入龙的喉咙之中,龙发出了痛苦的悲鸣。然而,它对被灌入体内的黑炎束手无策,只能眼睁睁地看着自己的身体由内而外开始燃烧，最终伏倒在地。

"差不多了吧。"

阿诺斯用"拘束魔锁"将半死不活的龙五花大绑，然后直接扔进收纳魔法里关了起来。

随后，他回头望向少女。不知是不是因为紧绷的神弦突然放松，少女眼里的泪水比刚才还要夸张地滑落，还止不住地哽咽起来。

"别哭了。欺负你的龙，哥哥已经帮你收拾掉了。"

阿诺斯把手搁在妹妹头上，并对她露出温和的笑容。

"都没事了。"

"……呜……呜呜……哥哥……"

少女紧紧抱住了阿诺斯，放声大哭了起来。

"……哥哥，我刚刚好害怕……！"

阿诺斯轻轻拍着少女的后背安抚她。看到自己妹妹仍止不住地哭泣，他在手心里默默画了个魔法阵。

"你看。"

阿诺斯张开手心，手里出现了一颗闪着红光的宝石。

"哇……"

少女的双眼放光，直直地盯着这颗宝石。

"今天早上，我成功掌握了'创造建筑'的诀窍，这颗宝石送你了。"

"真的吗？"

"当然。"

话音刚落,少女便绽放出了花儿般的笑容。

"谢谢你,哥哥!"

"一颗宝石就开心成这样,你可真势利呀。"

"才不是呢!谁让我是魔族,是哥哥的妹妹嘛!"

听了妹妹孩子气的反驳,阿诺斯笑了笑,并把她当作公主一样抱了起来。回复魔法的光芒包裹着少女,一点一点地治疗着少女的伤势。

阿诺斯就这么用"飞行"魔法升向空中,并飞往森林的深处。

"看来这个地方也被龙嗅到了啊。等明天太阳升起以后,咱们就赶紧搬家吧。"

"哥哥,听我说,我知道个好地方哦。"

被抱在阿诺斯怀里的少女说道。

"哦?什么地方?"

"你知道城市吗?听说那里面住了好多好多居民呢,而且还有魔法防壁,龙来了也不怕!"

妹妹一边笑,一边说道。

"所以,只要住到城里去,咱们就再也不用到处逃了。"

"你从哪里知道这些的?"

"其实我是从捡到的书里看到的。所以,这附近肯定有人居住,应该会有座城市才对!"

阿诺斯沉默片刻过后，回答道：

"很遗憾，我们不能去城市。"

"为什么？哥哥也不知道城市在哪儿吗？"

"……我曾经教过你，龙会追捕猎物的，对吧？"

少女点了点头。

"这虽然是事实，但原本它们是不会追到它们栖息地以外的地方的，特别是这片森林，土壤里充满了那群家伙避讳的魔力。之所以会这样，是因为它们都是我引来的。"

"……只有哥哥会被龙到处追捕吗？"

"是的。所以我们不能去城里，因为会把其他的魔族也卷进来。更何况要是知道龙是因我而来，城里的大家也不会欢迎我的啊。"

阿诺斯虽是如此解释的，但其实真正被龙盯上的是妹妹才对。他不希望年幼的妹妹背负这不得不四处逃亡的责任。

"抱歉，都是因为我，才让你一直过着颠沛流离的日子。虽然我也可以把你交由城里人养育长大，但即便如此，我还是希望能和你在一起生活。"

听到哥哥的话，少女的脸色立马变得明亮起来。

"没事的，我最喜欢哥哥了哦。比起一个人住在城里，我其实更希望永远跟哥哥待在一起呢！"

说着，少女紧紧地抱住了阿诺斯。

"呵呵。"

"怎么了？"

"哥哥你听我说，其实我一直都觉得自己好没用，是个只能靠哥哥你保护我，什么都做不到的笨蛋呢……"

少女一脸高兴地说着。

"但是，哥哥你需要我，对吧？"

"当然，你可是我唯一的家人啊。"

阿诺斯脸上浮现出温和的微笑，并点了点头。

"那么，哥哥你还可以更加、更加地向我撒娇的哦！"

"我已经很依赖你了。"

"哎嘿嘿……"

少女害羞地笑了笑。

"还有啊，等我长大了以后，我要跟哥哥结婚哦！"

"你知道什么是结婚吗？"

"嗯，就是能够一辈子在一起的誓约吧。我想要跟自己最喜欢的哥哥结婚呢！哥哥你愿意跟我结婚吗？"

阿诺斯忍不住笑了起来。

"如果到那时你还没有改变想法的话，就这么办吧！"

少女莞尔一笑。

"绝对，绝对要遵守约定哦？我们要一直、一直在一起的哦？"

"嗯。只有这点是毋庸置疑的。"

聊着聊着，他们的眼前出现了一幢木质的房屋。当两人双脚着地后，少女快步跑向了家门。正当她打算开门的时候，突然又转过身看向阿诺斯。

"啊，我身上脏兮兮的……想洗个澡，可以吗？"

她看着自己满身的尘土和污泥，说道。

"可能有点狭窄，先将就用一下吧。"

阿诺斯画出魔法阵，当场变了一颗水球出来。随后又生长出遮住四周的树木，用枝和叶替代了拉帘。简易澡堂就完成了。

"谢谢你，哥哥！"

说完，她便迅速脱光身上的衣服扔在地上，跳进了澡堂。然而没过一会儿，她又突然探出脑袋。

"哥哥来一起洗吗？"

"先前已经洗过了，我去为明天搬家做好准备。"

阿诺斯回身走进家中。他把家具、日用品依次用收纳魔法装进去，除了睡觉会使用的家具之外基本都收了个空。

很快，他又走到了外面，在地面上绘制了魔法阵，从收纳魔法中取出了之前用"拘束魔锁"五花大绑的龙，然后对它施加了"根源拟装"的魔法。

这是为了模拟妹妹的根源。不知为何，龙追逐的并非是她的气味或者肉体，而是追逐着她的根源。因此，为了在搬家后将其他龙吸引到这里来，需要通过魔法伪装妹妹的根源制造一个诱饵。

阿诺斯的"根源拟装"尚未成熟，但多少也能蒙混过龙的魔眼。也正因为如此，他必须花足够多的时间，尽可能地提高"根源拟装"的精确度。

处理完以后，他回到家中，发现洗完澡的妹妹正用毛巾擦拭着头发。

"光是擦一擦可不行吧？"

"会感冒的。"

他在她头上画了个魔法阵，温暖的风渐渐吹干了她的头发。妹妹感受着抚过头顶的暖风，看起来十分高兴。

"明天还要早起，去睡觉吧。"

阿诺斯又对自己画了个魔法阵，身上瞬间换成了睡衣。

"好——"

二人走进寝室，里面并排放着两张床。阿诺斯睡在右侧的床上，妹妹则睡在了左侧。

灯光熄灭后，室内仅有些许月光洒落进来。阿诺斯闭上双眼，开始思考明天的去处。

龙穷追不舍，他们兄妹二人为了躲避龙牙的撕咬，才辗转到了迪尔海德，却仍然找不到安居之所。

现在的这片森林也是如此，本来几百年都未曾有龙出没了，可就在他们搬来的一个月左右，龙便出现在了此地。如此地步步紧逼，甚至只能考虑将龙族彻底根绝才能解决问题，可尚且年幼的阿诺斯并没有完成此事的力量。

大概过了一个小时，旁边传来了妹妹的声音。

"哥哥，你还醒着吗？"

妹妹翻了个身，面向阿诺斯的方向侧躺着。

"嗯，你睡不着吗？"

"……嗯。"

她轻轻地开口。

"……那个，今天我能跟哥哥一起睡吗？"

"真拿你没办法。"

阿诺斯话音刚落，妹妹便飞扑到了他的床上。她高兴地缠住了阿诺斯的脚，并把脸凑了过去。

"哥哥，下次去的地方很冷吗？还是很热呢？"

"我打算去北方，应该多少会变得冷一些吧。"

"那就可以穿冬天的衣服了呢！"

少女笑着说道。然后，她贴着阿诺斯的脸，盯着他的眼睛开口道：

"其实，哥哥……"

她的嘴角一边说一边翘了起来。

"我一点都不害怕龙的哦，毕竟哥哥你比龙要强嘛！"

阿诺斯眯着眼，说道：

"真是个爱说谎的妹妹啊。"

"……才、才没有说谎呢！我没有说谎……"

"刚才还吓得哭鼻子呢，就别逞能了。"

少女听到这句话顿时哑口无言。

"我的确稍微说了点谎……但人家才不会经常撒谎嘛！"

"之前都跟你说了要好好待在家里，夜晚不要出门乱逛，结果一点都不听话！"

"……对不起嘛……"

她沮丧地垂下了头。而阿诺斯则轻轻地把手放在了她的头上安慰道：

"不用这么自责，不过是些无关痛痒的可爱谎言罢了。"

听到这句话，少女高兴地抱住了阿诺斯。

"……哥哥，你听我说听我说！"

"什么？"

"我最喜欢哥哥了！"

"嗯。"

"……因为只要跟哥哥在一起就不用怕龙，晚上也可以安安心心睡觉了嘛。所以只要有哥哥在，我就满足了……"

妹妹紧紧地贴住了阿诺斯。

"我的妹妹还真是懂事能干呢。"

"这是在夸我吗？我是个懂事的好妹妹？"

"是的，要是睡相能再好点就更棒了！"

"我睡相可好了！要是哥哥能再给我施加一个平常给我施加的咒语，我肯定立马就能睡着了！"

妹妹在阿诺斯面前摆出了笑眯眯的表情。

"真拿你没辙啊。"

阿诺斯轻轻地把手环绕到妹妹的后脑勺，并温柔地亲吻了一下她的额头，少女这才心满意足地闭上了双眼。

"哎嘿嘿……晚安，哥哥。"

阿诺斯抚摸着妹妹的头，在她耳边亲昵道：

"晚安，阿鲁卡娜。"

第1章　魔眼的谜团

沐浴着日光，意识渐渐从浅睡中苏醒。

感觉自己做了个梦，一个关于小时候的梦。

此时，咚咚的敲门声响起。

"阿诺斯，我进来了？"

是莎夏的声音。

我睁开双眼，白银般的秀发映入我的眼帘。少女贴住了我的额头，并发出均匀的呼吸声，她正是选定之神阿鲁卡娜。

"阿鲁卡娜。"

听见我的声音，她立马便睁开了双眼。

"你什么时候钻到我床上来的？"

"在你睡着以后。"

"咔嚓"一声,房门被打开了,有两组脚步声朝我这里走来。

"醒了吗?"

米夏的声音响起。

"阿诺斯?快点起床!你自己说有话要谈,所以我才特地为了不睡过头而通宵了一整晚。"

莎夏一边说着,一边摇晃着我的身体。阿鲁卡娜也在我身边蠕动着,然后突然起身。

"……哎?"

被子轻轻地从坐在床上的阿鲁卡娜身上滑落。纯净透亮的神体变得一丝不挂,并散发出了纯洁的光辉。

"什……什……"

看到此情此景,莎夏瞪大了双眼,震惊之情溢于言表。

"你为什么会跟阿诺斯睡在一起啊?!"

听到这个问题,阿鲁卡娜睡眼蒙眬地瞥了莎夏一眼。

"在这个国家,神与魔族共寝是一种罪过吗……?"

"你、你们在一起睡了一晚上?!"

明明是莎夏自己问的问题,得到答复后却又惊慌失措地喊了出来。

"嗯……既然莎夏她们都来了,说明时辰已经不早了吧。抱歉,我居然难得睡过头了。"

"这是我的责任,是我给你的负担太重了。"

阿鲁卡娜裸着身子面朝着我说道。

"怎么样？"

"什么怎么样？"

"我也不知道是否顺利。"

莎夏满脸煞白地靠在米夏身上，神色看起来十分混乱。

"……你、你、你……看准了阿诺斯为人和善，就肆意向他撒娇吗？！就算是神明，也有能做和不能做的事情才对吧……？！"

"撒娇？"

阿鲁卡娜不明所以，一脸疑问地看向了我。

"……那、那……难道是阿诺斯……？"

莎夏战战兢兢地问道。对此阿鲁卡娜左右晃了晃脑袋予以否认。

"我是出于好心才这么做的，而且我觉得他也希望如此。"

莎夏像是抓住了对方话语中的漏洞，直接打断道：

"阿、阿诺斯才不会想要这么做呢！"

"谁都会希望如此，他也一样。而我作为神明，也希望给予他救赎。"

"你、你这话说得好像是个人都对你有什么想法似的……你想太多了！"

莎夏虽然露出了一瞬间的胆怯，但很快又振作起来狠狠地瞪住了阿鲁卡娜。

"我的魔王大人对你可是半点兴趣都没有的啊！"

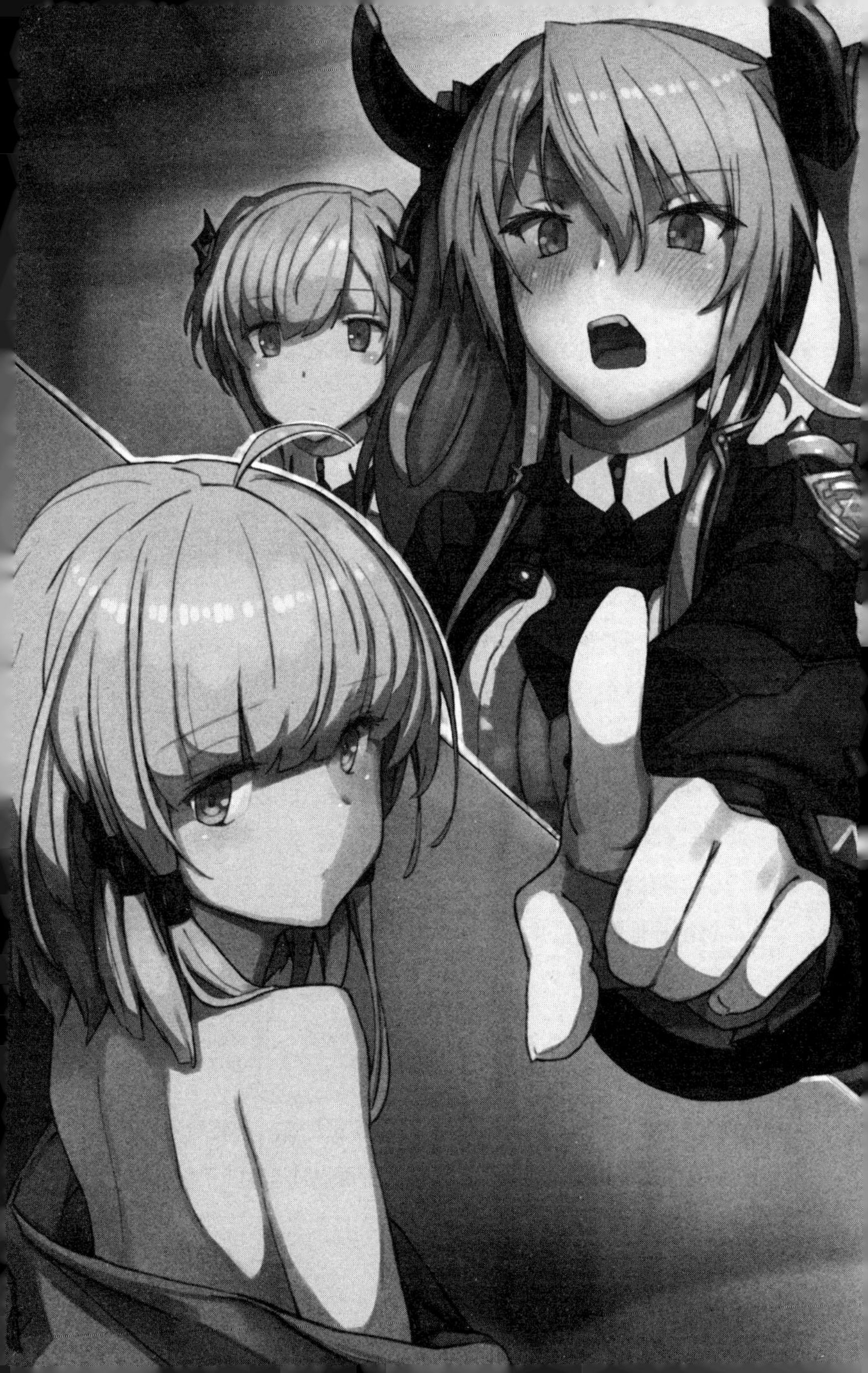

阿鲁卡娜回过头，用那不带一丝阴霾、无比纯净的双眸看向莎夏。

"怎么？就算你是神明，也是个品行不端的神明！你要觉得做这种事情对于我的魔王大人来说是一种救赎，那可就大错特错了！"

"你为什么会如此认为？"

阿鲁卡娜单纯地反问道。

"……因、因为……就连我……都从未被他邀约过……"

阿鲁卡娜一脸疑问地注视着莎夏。

"我、我想说的是……他与其拜托刚认识的你，更应该会找我才对……"

"因为你做不到，所以才由我来做的。"

听闻此话，莎夏立刻变得满脸通红。

"谁、谁说我做不到！只要阿诺斯要求，阿诺斯说想，没……没有什么是我做不到的！"

"想填补他的空隙并非易事。"

"这么厉害吗……？！"

莎夏瞥了我一眼，但是没看多久她的脸便越发涨得通红，然后又扭向一旁怒视着阿鲁卡娜。

"什、什么嘛，你怕了？我可一点都不害怕。只要对方是阿诺斯，无论做什么我都愿意。而且我还可以叫米夏用'创造魔眼'来大幅度强化自己呢！"

米夏歪了歪头，自言自语地嘟囔道。

"你在说什么？"

"总、总之，说来说去这都不是阿诺斯自己希望的！对吧，米夏？！"

说完，莎夏便紧紧地抱住米夏，恳求似的看着她。米夏迷惑地眨了眨眼，看了看我，又微微地歪了歪头。

看起来她是想问，这一连串闹剧是否都是误会？对此我顺势点了点头。

"阿鲁卡娜对阿诺斯做了什么？"

米夏问道。

"正如我刚才所说，我试图让他欠缺的记忆重新复苏。"

阿鲁卡娜答道。对此，莎夏露出了一脸惘然若失的表情。

"我听闻他转生的时候失去了记忆，而我的身体吞食了掌管记忆之神——里耶诺·戈·罗尔兹。所以我打算使用神的秩序，作用于他的记忆。然而，想要捞出他转生之前的记忆并非易事。"

所以才会说对我产生了负担，而阿鲁卡娜自己的身体也承受不住吗？

"……那、那就不要做这种容易惹人误会的事嘛……"

莎夏羞愧地嘟囔道。

"再说了，根据你说的情况，也根本就没必要钻进阿诺斯的被窝里吧！"

"于梦中流溢,方能使记忆摇曳。里耶诺·戈·罗尔兹乃梦之蕃神。只有在梦中才能最大限度地发挥其秩序的力量。"

"……最起码把衣服穿上嘛……"

"不分彼此,不夹畛域。只有神与人像这样彼此触碰之时,才能最大限度地享受秩序的恩惠。"

阿鲁卡娜看向我的衣物。

"要让里耶诺·戈·罗尔兹的秩序完全发挥,本来应该将他的衣物也脱掉才对。"

"这、这肯定不可以!为什么神明大人的魔法都这么不检点啊?!你说你忘记了自己的神名,难道不是因为你本来就是掌管不检点秩序的不检点之神吗?!"

"魔族之子啊。此身为神体,并非凡人。神的裸体是神圣的,无人会对其心怀邪念,你无须担心。"

莎夏向米夏投出了求助似的眼神。

"我觉得你现在应该先穿上衣服比较好。"

很普通的建议,但阿鲁卡娜好似明白了一般,对自己的身体画了个魔法阵。

"神衣显现。"

她娇小的神体,被吉奥达尔式的服装包裹了起来。

"于梦中流溢,方能使记忆摇曳……吗?"

听到我不经意间的嘀咕,阿鲁卡娜看向了我。

"如何?"

她再一次询问了先前的问题。

"我做了个梦,是还未被称为暴虐魔王之前的——小时候的梦。"

我不自觉地开始回想起刚才梦境里的故事。

"当时我跟妹妹住在一起。"

"……阿诺斯你还有妹妹吗?!"

莎夏不可思议地问道。

"你之前还说你没有。"

米夏也看向了我。

"应该是没有的。说到底,两千年前的我都不知道父母是谁,母亲在生下我后很快就离世了。"

"记忆不对吗?"

如果记忆被篡改过的话,那就有点麻烦了。

"也有可能是忘记了。说不定是我同父异母的妹妹,也可能是通过魔法造出来的产物,毕竟我没有关于父亲的记忆。更何况,就算是妹妹,也不一定会有血缘关系。"

妹妹当时似乎被龙盯上了。然而,即使是两千年前,我也没听说过龙会对特定的某一个人死死地追着不放。

如果那段记忆是真的,那就代表,只有我妹妹是特殊的。

为何,她会被龙盯上呢?

"唔……可是我完全没有一点实感,并不觉得我有过一个妹妹啊……"

妹妹的名字叫阿鲁卡娜，也只是个偶然吧。

不，或者说——这并非偶然呢？

"你只是看见了摇曳于梦境的记忆而已。"

阿鲁卡娜说道。应该是想说，在我真正回忆起来之前都是不会有实感吧。

"还未忘却神名之时的我，或许拥有跟梦之蕃神相克的秩序。我跟里耶诺·戈·罗尔兹互相排斥，导致我无法完全掌控秩序，所以才可能没办法让你一次就回忆起来吧。"

和梦相克的秩序吗？会是什么呢？有点令我在意啊。

"继续做下去的话，说不定能想起来。"

"还要继续做？！"

莎夏大声质疑道。

"我的记忆之所以会有所欠缺，说不定是某人的阴谋导致。正如阿鲁卡娜所说，能早点想起来总是没有坏处的。"

"也……也是……"

"还有比梦之蕃神里耶诺·戈·罗尔兹，掌管更加广泛记忆的神明。如果使用那个秩序，也许可以让你立刻想起一切。"

"如果能刚好找到那个神就好了，你有什么线索吗？"

阿鲁卡娜点点头。

"那之后再谈。都特地让米夏和莎夏跑来一趟了，我有事得先跟她们确认一下。"

"要确认什么？"

莎夏问道。

"不从之神，也就是悖理神格努杜努布的事情。"

龙人士兵们用魔眼看了莎夏、米夏融合的姿态后，便是这么称呼她们的。

两人虽然是魔族，但也不能够断定就完全跟神明没有丝毫关联。

"阿诺斯你提过之后，我就去问了他们，但都不愿意告诉我们。"

"他们当时都满怀着胆怯和愤怒。"

米夏说道。

"不从之神，是指与神敌对并想要毁灭秩序的神。而悖理神格努杜努布则是第一个挑战秩序的神明。'悖理魔眼'可以毁灭一切魔法，改写一切事物。悖理神的权能，据说就是扰乱世间法则，重新创造新世界的权能。"

听闻阿鲁卡娜的说明，莎夏扭了扭头。

"可是我记得，当时我们没有使用'悖理魔眼'，只是同时使用了'创造魔眼'和'破灭魔眼'吧？可能只是因为融合过后，才看着像是一个魔眼的效果而已？"

米夏也点头表示认同。

"你实际看一次的话，能分辨出来吗？"

我询问阿鲁卡娜。

"……我没见过悖理神。不过，如果这是秩序之一的话，我应该能在一定程度上分辨出其神力才对。"

"行，那你们试试吧。"

我说完以后，莎夏和米夏都点了点头。两人牵住彼此双手，各自画出半个魔法阵，然后连为一体。并且在上面又画了一层魔法阵，注入魔力。

"'分离融合转生'。"

光的粒子从魔法阵中升起，室内被照得透亮。耀眼的光芒中，二人的身体毫无隔阂地彼此交融。不一会儿，便出现了一位银发银瞳的少女。

"给她看魔眼就可以了吧？""……嗯……"

莎夏询问，米夏回答。她在家的上空创造出虚拟的德尔佐盖特。然后，银发少女同时使用了"破灭魔眼"和"创造魔眼"。

阿鲁卡娜凝视着魔法阵中的这双魔眼。然而，她却并没有立即开口。

"怎么了？"

"……我感觉我见过……"

阿鲁卡娜凝视着少女的魔眼，喃喃道。似乎连她自己都十分惊讶这件事。

"恐怕，我在成为无名之神以前，就在哪里见过这双魔眼了吧。"

第2章　三份记忆

"嗯……那这事就奇怪了啊。"

能使用"破灭魔眼"的不止莎夏。

"创造魔眼"也是如此，米里狄亚也有这双魔眼。不过，她本身是拥有创造之秩序的神明，拥有所有创造魔法相关的力量也不奇怪。

无论如何，这两对魔眼都并非米夏和莎夏所特有的东西。

然而，涉及"分离融合转生"的话，事情就另当别论了。

"用融合魔法合为一体的两人，刚刚好就拥有'破灭魔眼'和'创造魔眼'的事例，应该是十分少见的才对。再加上，'分离融合转生'还是涅库洛家的秘术。"

并非普及于世的魔法。

"阿鲁卡娜，你是什么时候丢失记忆的？"

"一千年前。"

"'分离融合转生'是在米夏和莎夏身上第一次使用过的魔法，而那是在十五年前。至少在这片陆地上，之前没有融合过'破灭魔眼'和'创造魔眼'的记录。"

那么阿鲁卡娜说看过，应该可以考虑是在地底看见的。

"听闻悖理神格努杜努布为银发并拥有'悖理魔眼'。我过去可能见过这位想要毁灭秩序的神明吧。"

阿鲁卡娜说道。

"也就是说，融合之后的莎夏、米夏……唔，没有名字叫起来不太方便啊，就叫艾夏怎么样？如果你们有更好的建议也可以提出来。"

银发少女点了点头。

"就叫艾夏吧。""好名字，我喜欢。"

莎夏和米夏同时赞同道。

"就把'创造魔眼'和'破灭魔眼'融合后，同时出现的魔眼叫作'创灭魔眼'吧。阿鲁卡娜，你想说的是，艾夏可能就是悖理神格努杜努布吗？"

"是的。悖理神格努杜努布是不断背离秩序的神。虽然神转生后仍然还是神，但悖理神格努杜努布可能连这点也要反抗吧。死去的格努杜努布转生后变成了魔族，为了打倒秩序，选择成为毁灭神明的暴虐魔王的部下。"

当然这些都只是猜测而已，但确实是一种不可否定的可能性。

"'创灭魔眼'就是'悖理魔眼'。可能正是因为被'分离融合转生'所分割开来了，才变为了一对'创造魔眼'和'破灭魔眼'。"

也就是说，并非莎夏和米夏的融合才第一次孕育出了"创灭魔眼"，而是由于二者分离，导致她失去了"创灭魔眼"。

"如果不是因为莎夏用了'分离融合转生'的话，她本身是拥有'创灭魔眼'的吗？"

米夏问道。

"一份根源被分割成了两份。如果根源并非按照力量等分，而是按照创造与破灭这两种特性分离出来的话，倒还是有这种可能的。"

拥有"创造魔眼"的米夏和拥有"破灭魔眼"的莎夏，原本就是被"分离融合转生"所分割开来的话，那倒也说得通。

"我们是神明大人吗？""呃，完全没有这种感觉，也完全没有一点印象了。"

艾夏歪歪头，单手扶额。

"转生之后，也有失去记忆的可能性。既然阿鲁卡娜在忘却神名之前见过这双'创灭魔眼'，那么即使不是悖理神，也有可能过去曾在地底待过才是。"

"当时是龙人？""啊，确实。有可能原本是龙人，之后才转生成魔族的吧？"

米夏提出疑问后，莎夏表示了赞同。

"阿鲁卡娜，我问你一个问题，你说你舍弃了神名，那你记不记得当初是怎么办到的？"

"那也是我忘却的记忆之一。"

不记得了啊。

"用梦之蕃神里耶诺·戈·罗尔兹的力量都想不起来吗？"

"对。"

我很在意。神究竟是如何舍弃神名的？又是如何抛弃记忆，获得心灵的？

"你是不是转生了？"

听了我的疑问，阿鲁卡娜思索片刻后，开口道：

"神明转生之后仍是神明。即使忘却记忆，神依旧是一种秩序，无法获得心灵。但是——"

"如果是悖理神格努杜努布的话，就可以做到。对于那位能转生为魔族的神明，夺走神名、给予心灵应该是很容易办到的吧。"

如果阿鲁卡娜的推测无误，确实有这种可能性。

"有道理。"

"你有可能见过悖理神格努杜努布，你在那时看到了'悖理魔眼'。可能这就是让你转生成了无名之神的原因。"

我转而看向艾夏，继续说道。

"然后,这位悖理神可能就是艾夏。她转生成了名叫莎夏的魔族,并且为了成为将会转生到这个时代的暴虐魔王的部下,艾夏忘却了身为悖理神之时的记忆,将自己通过'分离融合转生'分成了米夏和莎夏两个人。"

艾夏迷茫地眨了眨眼。又或许是转生过后发生了意外,导致自身根源一分为二,从而使自己失去了本不该失去的记忆。

"如果是这样的话,那我说不定也见过悖理神艾夏。"

"见过我们?""在两千年前吗?"

米夏和莎夏说道。

"你还记得吗,米夏?在密德海斯的地下,第一次看到我制作的街市时,你还说你曾经在哪里见到过。"

那个地下街市,再现了两千年前密德海斯的街景。

"这代表,你们记忆的角落里,还残留着些许转生前的事情。"

艾夏为了回忆过去遥远的记忆陷入了沉思。

"然后,我因为转生,导致忘记了悖理神格努杜努布的一系列事情。所以,即使我和你们两人在这个时代再会,也没能注意到。"

或许我跟阿鲁卡娜之间也一样拥有某种关联。

我今早做的那个梦里,妹妹的名字就叫阿鲁卡娜。很可能这不只是同名那么简单。

如果是这样的话,那神到底是因为什么原因才成为我妹妹的呢，完全没有头绪啊。

"两千年前，我们三人应该在什么地方见过，然后在转生之后把这些都忘记了。"

所以，没有人在初次见面的时候注意到。

"这真的是偶然吗？"

如果阿鲁卡娜是为了舍弃神名才转生的话，没有记忆倒也是合情合理。

悖理神格努杜努布转生成为魔族，为了颠覆"神转生了也是神"这条秩序，作为代价失去了记忆倒也不奇怪。

然而，我会失去记忆这件事就不太能理解了。同时，阿鲁卡娜和艾夏的事情，也都能用偶然来解释吗？

"我不这么认为。也有可能是某人故意夺走了我们的记忆。"

"某人是指……？""神族？"

"要说到谁视我为眼中钉，那肯定得先提神族，不过这事还不能够断定。如果是与我敌对的某人夺走了我的记忆的话，那么我关于此人的记忆应该都会被夺走才对。"

也就是说，我会不记得曾经与我敌对的那个人的存在。

"……夺走阿诺斯记忆的敌人……？"

"而自己却已经不记得了，这不是很危险？"

米夏和莎夏不安地说着。

"放心，没问题的。既然那家伙消除了我所有对他不利的记忆，那么只要沿着失去的这段记忆顺藤摸瓜，自然而然就能把他揪出来。"

我脑中这段空白的记忆，正是最好的线索。

"就当是选定审判一事的顺便了。去探索一下地底，应该就能知道些什么。"

"话说，你之前说要对选定审判想想办法，具体打算怎么做呢？"

莎夏问道。

"据说，选定审判是靠审判的秩序成立的。"

阿鲁卡娜答道。

"意思是只要消灭掉这位审判神就行了吗？"

"是的。但是，这位拥有选定审判秩序的神，甚至都没有在其他神明面前出现过，没有任何人见过它。"

艾夏有些疑惑地歪了歪头。

"那该怎么找？"

"不知道。明明没有看见过神明，但是审判的秩序是确实存在的。因此，地底的居民和一部分神明想到了'全能煌辉'艾克艾斯的存在。也就是说，所有神明不过都是'全能煌辉'艾克艾斯的胳臂。因为选定审判是'全能煌辉'艾克艾斯自身带来的秩序，所以谁都看不到它的存在。"

"……呃，你的意思是'全能煌辉'艾克艾斯并非实际存在的神明，只是龙人们幻想出的类似概念一样的物体吗？"

听到莎夏的询问，阿鲁卡娜点头表示同意。

"从某种意义上来说是这样。'全能煌辉'可能存在，也可能不存在。信或不信都看自己。"

"唔，如果是'全能煌辉'夺走了我的记忆，那问题就简单了。所有事情都能一次性解决。"

艾夏目瞪口呆地看着我。

"一次性解决……可是，如果这个艾克艾斯真的存在，那它岂不是可以使用所有的神力？这你能有什么办法啊，对方不就相当于世界本身吗？"

"关于这个嘛。"

我毫不畏惧地笑了笑，然后说道。

"直接把世界毁灭就行了。"

艾夏看着我傻了眼，并缩了缩身子。

不太好，嗜虐的表情稍微有点没控制住。

"我开玩笑的。就算是我也做不到这种程度，再想个好一点的办法吧。"

"听上去完全不像开玩笑……""好鬼畜……"

我看向了阿鲁卡娜。

"你先前说，有比梦之蕃神掌管更广泛记忆的神明吧。如果使用这份秩序，那么不光是我，还有阿鲁卡娜和艾夏的记忆都能够恢复了吧。"

到目前为止，一切都不过是推测罢了。但只要把记忆找回来，那么事实也就浮出水面了。

"那位神明，是刻印世界之足迹的秩序，痕迹神利巴尔舒内德。据说它目前就沉睡于神龙国吉奥达尔之中。"

神龙国吉奥达尔吗……是阿希黛的祖国啊。

"那咱们就将那里当作目的地吧。"

"看样子，我们现在也顾不上学业了。"

"要请假吗？"

莎夏和米夏如此说道。

"没事，也不一定会怎样的。既然现在地底世界的存在已经明了，那不得不让将来要治理迪尔海德的魔皇之卵们，来切身体会体会才行啊。"

"……我有种不好的预感。"

"……同感……"

"你们先去学院。我去把这件事跟耶鲁多梅朵和辛商量之后再出发。"

艾夏点了点头，并对自己画了个魔法阵。

随着一阵光芒闪过，"分离融合转生"被解除，艾夏的身体重新分为了米夏和莎夏。

"那就待会儿再见。"

莎夏道过别，米夏也轻轻挥了挥小手。

两人就这么走出了房间。

然后过了几十分钟——

德尔佐盖特魔王学院，第二训练场。

上课铃响起。大门打开,一边迈着轻快的步伐,一边愉快地走进教室的,正是炽死王耶鲁多梅朵。

而魔王之右臂的辛,则是静悄悄地合上教室大门,并站到了耶鲁多梅朵身边。

"喀喀喀。好消息啊,好消息,是好消息哦!各位!"

炽死王双手高举,一边挥舞着拳头一边兴高采烈地说道。

"很早之前就开始计划的特别课程,马上就要开课了!"

他高高跃起,又重重地踏在地面上,随后他转了圈手杖,并"嗒嗒嗒"地戳起了黑板,画出一个魔法阵。魔法阵放出光芒,随即便飞出十几只鸽子,伴随着缎带与彩纸屑四处飞舞。

"今天的课程,居然是——!"

耶鲁多梅朵一边说着一边高速转了几圈后,"唰"地用手杖指向了学生们。

"大·魔·王·训·练!!!"

讲台上出现了"转移"的魔法阵。

我穿着平常的白色制服,以阿诺斯·福尔迪哥德的姿态现身。

辛见状立即跪地,耶鲁多梅朵也紧随其后。

随着此起彼伏的桌椅声,学生们用以头抢地的气势争先恐后地跪倒在地。

立于讲台之上的我泰然自若地开口说道:

"今天开始的特别课程'大魔王训练',将由我——暴虐魔王阿诺斯·福尔迪哥德担任临时讲师。一些繁文缛节的开场白就先省了吧。"

我就像是在跟老朋友们打招呼似的,露出了开朗的笑容。

"各位,好久不见啊!"

见状,半数学生们的脸上都露出了绝望的表情。

第3章　大魔王训练

教室里陷入一片寂静。

原本在这种时候，学生们应该早就开始窃窃私语了，可他们现在却浑身僵硬，一言不发。

"怎么了？今天格外安静嘛，这个班级里头平常不应该很热闹的才对吗？"

我话音刚落，学生们便一齐开口道：

"……好、好像惹他不高兴了……！"

"总、总之，咱们先热闹起来吧……！用阿诺斯大人听不见的音量闹起来……！"

教室里开始跟往常一样热闹了起来。

"……话说，糟了……真的糟了啊……"

教室后方的黑衣学生轻声嘟囔道。

"我……我之前都不知道直呼过多少次阿诺斯大人的名字了……"

"蠢货,只是直呼其名都还算好的了。不像我,之前把他当作不适任者,嘲讽过他无数次……"

"我比你们都糟糕啊!我之前经常对他说什么你的血脉一点也不高贵,无数次在他的面前耀武扬威……!"

"我说……他不会是以上课为名义,专门来秋后算账的吧……"

"……只是想来杀人的话,交给辛老师不就可以了……既然特地跑过来,不就是想亲眼看我们痛苦的样子吗……?"

"不,他可是暴虐魔王啊,那位传说中的暴虐魔王!一开始就没把我们这种小人物放在眼中的吧?"

"确、确实!也是啊,肯定都忘了吧。贵人多忘事,拜托了……请一定要忘了啊……!"

唔,看来他们很紧张嘛。

"都抬起头来,跟平常一样就行了。"

得到我的允许后,辛和耶鲁多梅朵便抬起头,站起身来。

学生们也紧随其后站了起来,并怀着忐忑不安的心情坐到椅子上。

"都别这么拘谨。就算知道了我是暴虐魔王,我也依然还是我。跟你们在这班级里度过的日子,我现在都还记得清清楚楚。"

为了让他们想起我不过是一名跟他们一起上过学的同学，我露出了爽朗的笑容。

"你们所有人在什么时候，说过什么、做过什么，这些点点滴滴我全都记得清清楚楚。那真是段愉快的校园生活啊，你们不这么觉得吗？"

话音刚落，黑衣学生们全都一惊，并止不住地颤抖起来。

"……完完完……完蛋了……！阿诺斯大人好像全都记得一清二楚啊……"

"那副表情……是考虑着该怎样折磨我们才好而考虑得太入神，才在不经意间露出的爽朗过头的笑容吧！"

"毕竟是暴虐魔王，这位暴虐魔王……拥有比神还要深怀慈悲、比恶魔还要残酷不仁的两面性，可谓完美的存在……我记得在传承里有说，他笑起来的时候才是最恐怖的来着……"

"啊，是的啊……！他现在的笑容是那么地亲切……究竟在想多么残虐的事情啊？！"

唔，看起来他们误会得很深啊。没办法，这里我就直截了当地解释清楚好了。

"我先说明一句。"

我一一扫过学生们的脸庞，并静静地开口道。

"虽然你们当中有人曾觉得我是不适任者就口出狂言，但对此我并无太多想法。因为那时我跟你们是同学，所以，立场是对等的，你们自然可以畅所欲言。我可没有心胸狭隘到去计较这种鸡毛蒜皮的事。"

我向皇族的学生们明确表示，我们之间不存在旧怨。

"……他说他并无太多想法，那……"

"看样子肯定是相当记恨我们啊！现在后悔已经晚了！"

"如果他真的没想法，根本就提都不会提的吧……"

"他说我们立场对等，意思是不会手下留情了吗……"

"是想要将曾经想报复我们的事情都来上一遍吗……完了……"

"……只要能饶我一条小命，我就心满意足了……"

唔，原来如此。

"莎夏，你来想想办法。"

"哪儿有你这样突然跑过来，又强人所难的啊！自己解决！"

听了莎夏的回答，黑衣学生们全都吓得直哆嗦，不安地吞了口唾沫。

"……连那位莎夏大人……都选择退缩……？"

"他究竟打算对我们做什么啊……？"

"……只有一件事，我可以大胆预言……那就是接下来将会是地狱的开始……"

莎夏哑口无言地看向他们。

"哇哈哈，莎夏，你这不是反而火上浇油了吗？"

"你笑个屁呀！引起误解的人，是——你——啊！"

莎夏露出犬齿，反驳我道。

"那么，米夏，你能代替你那不中用的姐姐想想办法吗？"

被我说不中用，顿时令莎夏一脸的不服气。

米夏倏地起身。

"大家听我说！"

听到米夏难得主动发言，瞬间牢牢地吸引了学生们的注意。

"别看阿诺斯这个样子，其实他超喜欢焗蘑菇！"

原来如此。她是打算通过展现我喜欢庶民的食物，让同学们产生亲近感，从而减轻对暴虐魔王的畏惧心吗？

"我经常给阿诺斯做焗蘑菇。拼命地练习过，也失败过。但阿诺斯每次都会夸我做得很美味。阿诺斯就是这种人，他特别温柔！"

只要将日常的我讲述出来，应该就能减轻大家对暴虐魔王的恐惧心了。甚至，还能树立一个平易近人的平民派魔王的形象。

这样一来——

"……焗、焗蘑菇……？！"

皇族的学生们，脸上浮现出了至今为止最恐惧的表情。

"……那是什么啊，到底……是多么恐怖的拷问啊……？！"

"喂……难……难道说……是要把我们活生生地料理成焗蘑菇吗……？！"

"那……不就成一摊糨糊了……？！直接面目全非了吧……？！"

"不对，等一下！米夏说经常为他做……难道这件事是让她来做的……甚至还让她练习……这是何等地……暴虐啊……？！"

"然后还要吃掉？！还说很美味？！是打算把我们活生生地煮成焗蘑菇，然后把我们吃进肚子里……？！"

"不，问题不在这里。你们听好了，最大的问题在于……"

学生们咽了咽唾沫。

"她说，哪怕做到这个地步，都还算是温柔的……"

"那……要是……真的生气了，会多么的……"

"……我真不该忤逆他的……就算是当时不知情，我都做了些什么啊……"

学生们面色苍白，全身颤抖不止地把额头抵在桌上。

米夏迷茫地眨了眨眼睛，然后回头盯着我说道：

"恶化了。"

"没事，这也正常。"

米夏安静地坐了回去。

"米夏你很努力了哟。"

艾莲欧诺露出声安慰有些沮丧的米夏。洁西雅则是从后面摸了摸她的头。

"……乖啦……乖啦……"

算了，也罢。我在两千年前也经常事与愿违的，因为暴虐魔王的名号引发一些没必要的恐惧。倒不如说，这种程度已经算是很轻微的误解了。

只要泰然自若地相处下去，他们迟早都会明白的吧。

"现在我开始说明大魔王训练的具体事项。"

我一开口,耶鲁多梅朵便用手杖指向黑板,并用魔法绘制出了世界的概略图。上面展现了我们所在的地上,以及内侧的地底世界。

"几天前,地表之下广袤地底世界的存在已经得到了确认。拥有跟地上差不多面积的地底世界之中,居住着以龙孕育而生之人为先祖的龙人,他们会祭祀神明、缔结盟约、进行召唤等,形成了独特的文化。"

学生们认真地倾听着我的讲述。

"龙成群结队地袭击亚杰希翁和迪尔海德一事,各位应该都还记忆犹新。这件事的主谋就是这些龙人。本次大魔王训练,就将前往位于地底世界的,龙人的国度进行!"

学生们纷纷震惊地睁大了双眼。

"那个,阿诺斯大人,是要我们前往侵略过迪尔海德的国家吗?"

爱莲举起手,战战兢兢地问道。

"没错。但话虽如此,我们还并不能确定是否所有龙人都敌视迪尔海德。不管是魔族还是人类,都既有坏人也有好人,龙人同样也是如此吧。我希望你们能够去到未知的国度,并让我看看你们是如何亲眼判断这些龙人的。"

我进一步地煽动着这群学生心中的不安,继续说道。

"你们可能会遇到性命危险,也有可能会再也无法复生。正因如此,才有前去学习的价值。"

"可、可是只要阿诺斯大人在,我们就能安心……"

"本次大魔王训练,只是我去办正事之时顺势而为的,我不能保证每时每刻都能照顾到你们。各位同学要齐心协力,自力更生。"

当然,我也做好了相应的准备。但如果让他们总是想着依靠我,就永远无法进步。像这样稍微吓吓他们正好。

看起来,学生们都是一脸的不情愿啊。

"放心,我也不会逼迫没有底气的人前往。毕竟是未知的世界、未知的国度,肯定会有许许多多的危险,量力而行也是很重要的。如果有人认为自己做不到,就直接申请缺席吧。"

粉丝社的少女们互相使了使眼神,并偷偷议论起来。

"……怎……怎么办啊?"

"……说实话,我们连龙都还解决不掉,现在还不行的吧……?"

"还是申请缺席比较好吗?"

"是的吧。毕竟强行跟过去也有可能给大家添麻烦。"

"你们都停一下!我好像明白了!"

"明白?莫非是指阿诺斯大人的想法?"

"他是在试探我们?"

"不对,不是这个意思。既然说是未知国度,那么阿诺斯大人也没去过对吧?"

"唔……嗯……应该是吧。"

"那，我们要是一起去的话，不就相当于是间接地一起初次旅行了吗？！"

"啊——！！"

爱莲的话瞬间让全员的意见统一了起来。

"而且，要是我们真的没了，那也是在阿诺斯大人的考虑之下毁灭的，所以——"

"是、是间接初次殉情旅行？！"

"为、为大人殉情啦啊啊啊啊啊啊啊啊啊啊啊啊啊啊啊啊啊啊啊……！！"

就像是把地底世界的事情全都抛到了脑后似的，粉丝社的少女们叽叽喳喳地闹个不停。

她们自己给自己打气的能力还是那么厉害啊。只要想着会毁灭在我手下，恐惧就消失了，这样反倒是更安全。

可能因为班上最弱的她们都决定要去了，其他的学生都没有再提缺席的事。不过，能明确地说比粉丝社还不擅长魔法的人，也就只有娜雅了。只要还有一定的自尊，是很难开口说放弃的。

"唔，行了。如果你们改变主意了的话，随时都可以告诉我，我们明天才出发。"

听到还有缓冲的余地，学生们都松了口气。

"各位，你们知道这样一段逸闻吗？"

我对学生们抛出提问。

"某个魔族的城池被人类和精灵的精锐团团包围,陷入危机。根据侦查,发现人类大军明天就会发动袭击。敌军数量为2000人,而自家友军只有500人,并且全是新兵。没有增援,也没有其他撒手锏。然而,最终胜利的却是魔族这方。引导他们获得这场胜利的,仅仅只是一名男性。那么这位男性到底做了什么?请各位思考。"

我看向爱莲,她一边思索一边说道:

"……是想出了什么厉害的作战策略才获胜的吗?"

"硬要说的话算是吧,但还差得有点远。"

唔,爱莲陷入了沉思。看样子她没什么头绪。

"其他同学呢?"

这时,米莎举起了手。

"具体的方式我不太清楚,他是利用了地势吗?"

"不,跟地势优劣无关。"

"我来,我来!我来回答!"

艾莲欧诺露连连举手。

"你说说看。"

"是靠努力获胜的吧?"

"要说努力,那当然是努力过的。"

这回,又轮到洁西雅模仿着艾莲欧诺露那样连连举手。

"那就洁西雅,你来回答。"

"更加……卖力地……努力……！"

洁西雅握紧双拳，堂堂正正地回答道。

"要说对的话也算对。"

"……答对了……！"

"啊——阿诺斯，你对洁西雅太纵容了吧。"

艾莲欧诺露噘起嘴抱怨道。因为已经没有其他人举手了，我将目光看向了旁边那个摆着一副事不关己的样子，笑眯眯听课的男人。

"那么，雷伊，请你公布正确答案吧。"

他马上回答了出来。

"那位男性用了一天的时间训练魔族士兵，让他们能够以一敌四，这才击退了人类和精灵的军队，对吧？"

"不是吧，雷伊，你有在认真回答吗？"

莎夏一副无语的表情瞪着雷伊说道。

"回答正确。"

"……不会吧，这是真的？"

莎夏惊讶地叫道。

"如果我不是当时吃败仗的当事人的话，估计也很难相信。"

他苦笑着说。

"这，有点赖皮……"

莎夏趴在桌上嘟囔道。

"当时负责驻守城池的，是一位紧急派遣过去的魔族。他不是别人，正是你们的班主任，炽死王耶鲁多梅朵。"

他哈哈哈地笑着说道。

"这不都是些陈年旧事了吗。而且到头来，城池还不是被这个男人给攻陷了。"

耶鲁多梅朵看向雷伊，雷伊则是爽朗一笑。

为了对付一天就练出好兵的耶鲁多梅朵，雷伊在这场战斗中超越了自身极限，将其击退。当时之所以选择暂时撤退，也是为了调整动摇不已的军心，从而重整旗鼓。

"如果你当时没有选择放弃攻城撤兵的话，那胜负可就不好说咯。"

炽死王笑着回敬道。

此时我对一脸呆滞地看着他们二人你来我往的学生们继续说道：

"很可能在明天，就会有战力高到绝望的敌人攻打过来。到那个时候，是想着只剩一天，还是想着还有一天，仅仅只是这种心态上的差异，就会对战况带来巨大的影响。既然没有增援，那就增强自身的实力。如此一来，哪怕数量上处于劣势，战力上也能领先。这正是两千年前的——不对，炽死王耶鲁多梅朵的守城战啊。"

学生们的脸上，纷纷浮现出了难以置信的表情。

"事实胜过雄辩。接下来要进行的训练，比起当时的炽死王所做的还要危险许多。如果顺利的话，你们的实力能接连上升好几个台阶，但只要一个不留意，就可能会瞬间灰飞烟灭，你们一定要多加用心。"

第4章　鬼哭狼嚎的魔王授课

魔王学院后方——魔树森林内。

随着陆续出现的"转移"魔法阵，学生们都瞬间移动到了此处。

"那么，开始上课。"

我在学生们的身体上对着他们的根源绘制了魔法阵。

"潜思吧。"

我通过连接在学生们身上的魔法线，对其根源注入了我的魔力。

"以自己为目标，朝着终将抵达的未来潜入。深深地、深深地潜进去并凝视自己的深渊，我将唤醒沉睡于你们根源最深处的未来，并将此未来的理想当场具现化出来。"

他们按照我的吩咐，凝视着自己的深渊，描绘自己未来理想的形态。就这样，一个接一个学生被光芒包裹。

只要他们在脑海中能清晰地描绘出自己的未来，便会成真。绽放光芒的学生们，其轮廓开始出现扭曲，光芒也渐渐一分为二。越是凝视理想的深渊并深层次地潜思，分裂便进行得越顺利。

最终，大多数学生的身体和根源都分为了两份。

"'理创像'。"

在一阵格外耀眼的光芒笼罩后，学生们的面前，出现了另一个成长之后的自己。

"……这、这家伙是什么东西……怎么跟我一模一样……！"

拉蒙惊得身子直往后仰，并大喊道。

他的面前站着同样由"理创像"生成的拉蒙。对方个头比他要高，全身裹着如同铠甲一般的肌肉，面貌精悍到他本人都望尘莫及。

"'理创像'是你们今后需要为之努力奋斗的姿态。我将自己的魔力注入这份经由你们潜思过后的理想和你们根源的一部分之中，将你们未来的可能性具象化出来了。"

他们面前的"理创像"，是他们未来人生中的必经之路之一。

"与其一战，盗其技术，窃其力量，然后，再进一步地潜思。若是你们作为目标的理想发生变换，那么'理创像'亦会随之时常改变、强化自身。只是，过度的理想自身是够不着的。所以用你们自己的魔眼凝视'理创像'的深渊，并看透其极限。

究竟什么是适合自己的、什么是多余的，就用自己的身体好好体会吧。"

学生们的"理创像"像是在引领他们一样，一齐奔跑了起来。

"喂、喂！你要跑到哪儿去啊……！"

拉蒙拔腿追赶起自己的"理创像"。

"通常的'理创像'能够具现化理想的力量与技术，但思考是无法再现的。毕竟再怎么灌输魔力，也不能让脑子变聪明，或者是赋予其知识。它只是纯粹的战斗本能的集合体，但是——"

我将手掌对准地面。

身后的德尔佐盖特升起澎湃的魔力粒子，并全都聚集在我的脚下。

我脚下剑的影子渐渐浮现出来，并静静地飘浮到空中，将剑柄伸到我的眼前。

我伸手握住，理灭剑贝努兹多诺亚显现出实体。我将此剑插入地面，注入魔力。

"世间常理，由我破坏。"

贝努兹多诺亚伸出无数道影子，连上众多"理创像"。

"喂，拉蒙。"

因理灭剑而获得思维的"理创像"拉蒙开口了。

"怎、怎么了……？"

"你是不是觉得自己很聪明啊……？我话说在前头，你就是个蠢货，而且一辈子都只是个蠢货。"

"你……你说什么！不试试怎么会知道啊！"

"让我告诉你吧，蠢货也有蠢货的战斗方式。"

"理创像"拉蒙画出一个魔法阵，阵中出现了一个漆黑的太阳。

"……不、不是吧……？！我是在用'狱炎歼灭炮'吗？！"

拉蒙连连后退，想要退到树荫之中躲藏。

"靠这玩意儿怎么可能防得下来？连遮蔽我的视线都做不到！你就别动用你那所剩无几的脑筋了，直接全力防守就是。因为你就是个蠢货啊！！"

"狱炎歼灭炮"将树木尽数烧毁，直击拉蒙。

"嘿呀，呀啊啊啊啊啊啊啊啊啊啊啊啊啊啊啊啊……！！"

拉蒙瞬间被烧成灰烬。

见状，我立刻用"苏生"将其复活。

"死多少次都没问题，记好自己被'苏生'时的感觉。掌握诀窍之后，试着自己使用'苏生'看看。做不到的话，三秒后我会让你活过来。"

拉蒙注视着站在眼前的自己的"理创像"。

"蠢货！'狱炎歼灭炮'是这样用的，搞不懂的话，就用身体去记住！！"

"……可恶……！！你究竟是谁！绝对不可能是我吧！！"

他抱着拼死的觉悟冲向了"理创像"。

在魔树森林中，同样到处都是与自己的"理创像"战斗的学生。

实力完完全全凌驾于自己之上的敌人，而且还对自己知根知底。

他们无论如何也不是对手，一个接一个丧命。只有被逼至临近死亡深渊，离毁灭仅一步之遥的距离，根源才会绽放出更加强烈的光辉。话虽如此，也不单纯地只是这样折磨他们就行了，他们必须积累足够多的成长所需要的经验才可以。

亲身体会自己距离理想还差多远的距离，并被自己的理想所锻炼，在此之上进一步提炼理想。这便是"理创像"的作用。

学生们接受理想中自己的建议，并在其引导下，不断习得力量与技术。哪怕会无数次濒临毁灭，死上千万遍。

然后，当"理创像"使用的根源回归他们的本体时，它便将会化作他们的血与肉，让他们取得飞跃性的进步。

森林里到处回荡着鬼哭狼嚎，一片炼狱般的景象与上课的光景十分相称。

突然，我看向了一位少女。她是被耶鲁多梅朵赋予绰号"留下来"的娜雅。

她的面前，是个纹丝不动的"理创像"，状态跟现在的她几乎如出一辙。

"喀喀喀。"

一脸愉快地看着学生们死斗的炽死王，朝着娜雅走去。

"你一脸的不开心呢，'留下来'。"

耶鲁多梅朵撑着手杖，盯着娜雅的脸。

她垂着头，低声说道：

"……我还是不行的吧……甚至就连魔王大人的'理创像'里的我，都是这副不愿动弹的模样……"

炽死王默默地听她继续说。

"跟大家不一样，我的'理创像'跟现在的我的魔力几乎没有差别……这代表我已经没有任何成长的空间了吧……"

"呼呼呼，没有成长空间？你为什么会这么认为？"

"因为这是魔王大人的魔法，既然是魔王大人的魔眼所判定的，说明这就是事实吧……？"

娜雅十分沮丧地说道。

"没错，没错。谁都认为魔王的魔眼是绝对的，魔王的'理创像'是完美的，只要是在他的判定中被淘汰，那就意味着此人毫无才能可言。"

听了这毫不掩饰的话语，娜雅变得更加消沉了。

炽死王把身子倚在手杖上，露骨地细细端详着她。

"然而，我炽死王不一样！"

听到这话，娜雅用疑惑的目光看向了他。

"你知道这么一个故事吗？曾经有一个魔族，在魔王学院入学考试举行的魔力测试里，魔力数值被判定为零。他是学院自建立以来首位不适任者，所以在学校里受尽了白眼。"

"他是……"

"没错,他就是暴虐魔王阿诺斯·福尔迪哥德。就连他这种拥有庞大魔力的人都曾被判定成没有魔力。"

娜雅思索片刻,随即怯生生地反驳道:

"……可是,那只是魔力测试的方法错了,仅仅只是因为这个时代的魔族无法丈量阿诺斯大人的力量而已吧……?"

"对对对,就是如此,'留下来'的娜雅。这也就是说,这种说法同样也适用于你吧?"

"同样?是指什么……?"

耶鲁多梅朵微微一笑。

"指——的——是,暴虐魔王他错了!你其实蕴含着连那位伟大的魔王都看不透未来的强大力量。"

听完,娜雅连连摇头。

"这、这我怎么敢当,不可能的……!"

她不安地偷偷观察我的反应。此时炽死王继续说道:

"不敢当?不可能?为什么?如果他是魔王,他理应会为这所学院能够出现超过自己的人而高兴才对。不如说,那个男人会更想反超过那个强于自己的人!"

耶鲁多梅朵愉快地哈哈大笑起来。

"'理创像'不过是测试方法的一种,它终究只是一门训练课程罢了。你的未来可能连暴虐魔王都无法探测。这岂不是一件美事吗!"

看起来，炽死王打心底里享受着自己巧舌如簧的口才。

"你是因为真的没有成长空间，还只是因为谁都无法探测到而已，其实没人知道。不知道、不确定，本身就是件很美妙的事情，这代表着可能性。我炽死王，正是面对这种不确定因素，才会心怀期待！"

耶鲁多梅朵铿锵有力、兴高采烈地说着。而娜雅也像是被这番话鼓舞了一样，眼神中多了一抹坚定的力量。

耶鲁多梅朵把手伸进大礼帽，从中取出一根法杖。它是被称为"知识之杖"的魔法道具。

"我来教你这东西怎么用。想要触及极限，现在的你还早得很，起码得到我这个岁数再说这些。"

娜雅用手指揉了揉眼睛，然后拿起了"知识之杖"。

她用跟刚才不一样的轻松愉快的表情说道：

"是。请多多指教，炽死王老师！"

他还是老样子，但凡有一点能与我为敌的可能性，都会十分敏锐地抓住。不过，娜雅交给他就行了吧。

"阿诺斯。"

莎夏朝我搭话，同时米夏站在她身边。

"只有我们没有出现'理创像'来着……？"

雷伊、米莎、艾莲欧诺露跟洁西雅也是如此。

"当然了，你们早就超越用'理创像'训练的领域了。"

"那怎么办？"

"我给你们准备了合适的训练对象。"

我取出选定盟珠,注入魔力。盟珠中的魔法阵显现,一层层堆叠起来。

"'神座天门选定召唤'。"

伴随着召唤之光,一头银发的少女,选定神阿鲁卡娜现身。

"既然要去地底,那就得先习惯跟神战斗才行啊。"

莎夏用一脸心死的表情默默看着我。

"……平常我就在想,你的训练方式也太过火了吧……"

米夏听后连连点头。

"用'分离融合转生'吧。就算是你们,也是没办法直接当阿鲁卡娜对手的。"

阿鲁卡娜缓缓地环顾四周,随后抬头望向天空。

"训练场所在那里。"

她为了不把其他学生卷进去,专门挑选了远一点的地方吧。

随即三人就这么飞了过去。

"艾莲欧诺露、洁西雅,你们暂时先两个人一起练着。"

"知道了。那么,洁西雅,咱们去那边吧,别走错了哦?"

"……我会……努力的……"

两人跑向魔树森林深处。

"接下来,雷伊、米莎!"

两人看向我,"嗖"的一下,辛出现在了我的背后。

"你们对王龙用过的爱魔法,相当不错。"

"啊……啊哈哈……我一点都不想回忆起那个时候的事啊……甚至,现在就想找个地洞钻进去……"

米莎羞得满脸通红,低下了头。此时我身后传来了一阵咬牙切齿的声音。

"爱魔法怎么了吗?"

"我在想,那个魔法会不会对所有神族都有效果。"

根据阿鲁卡娜所说,爱与温柔能够扰乱秩序。那么,爱魔法对神而言,很有可能是一种天敌。

"所以,我最近花时间凝视了爱魔法的深渊。你们之间的爱还会更加深厚吧,我想专门给你们锻炼一下这个方面。为此,爱魔法使用者之间互相实战是最快捷的办法。"

"实战倒还不错。"

说着,两人为了发动爱魔法牵住了彼此的手。"圣爱域"的光芒聚集在她们身上,层层攀登直冲云霄。

"'圣域'先不提,但阿诺斯大人一个人怎么用爱魔法……?你想,这需要两者之间的爱重合起来才行啊……"

雷伊和米莎都一脸疑惑不解。

此时,辛走了出来,静静地从剑鞘里拔出铁剑,然后郑重地递给了我。他单膝跪下,垂下头。我庄严地用剑指向他,并用剑身轻轻地拍了拍他的肩膀。

突然,强烈的光芒从我和辛之间迸出,势不可当地冲向天际。

"……哎……这……这是……?!"

"阿诺斯……难道说你……"

面对瞠目结舌的两人，我继续说道：

"你们以为非恋人，便用不了'圣爱域'吗？"

有些目瞪口呆的两人转念间便重整旗鼓，周围瞬间流露出剑拔弩张的氛围。

他们理解了这场训练的宗旨。

"……本以为只是一场授课，可以不用那么认真，但现在看来这场战斗非赢不可了啊。"

"……是啊，绝对不能输……！"

爱魔法与爱魔法的战斗，是由爱情的深浅决胜负的。如果身为恋人的两人的爱情，还比不过我和辛的话，那受到的打击可就不是一星半点了。但也正因如此，才能让她们的爱更加深厚。

"我们的爱之力可没办法手下留情，全力放马过来吧。"

雷伊和米莎露出挑衅般的表情看着我们。

另一边，我和辛则是肩并肩，悠然自若地挡在她们面前。

"那就让你们见识见识爱的各种不同形式吧。"

第5章　爱的形式

魔树森林中升起两束直冲云霄的光束。

雷伊绘制魔法阵,从右手召唤出灵神人剑。在我和阿希黛战斗时,此剑曾一度化为全能者之剑利维吉尔玛,但之后阿鲁卡娜又将其复原了。

将雷伊和米莎二人的爱变换为魔力的"圣爱域",覆盖着灵神人剑的剑身,化为又大又长的刀刃。

雷伊向前迈出数步。

"米莎。"

他温柔地笑着,并对身后看着自己的她说道:

"我想要一句你的鼓励。"

"……哎,那个……我想想……"

米莎害羞地低下头，楚楚可怜地望着雷伊说道。

"……我、我想看见，我最喜欢的雷伊获胜的样子呢……"

话音刚落，爆炸般的光芒迸发出来，裹着"圣爱域"的灵神人剑绽放出了前所未见的光辉。如今二人的爱所绽放的光芒，远远凌驾于与阿沃斯·迪尔赫维亚战斗和打倒王龙的时候。

这也正常，毕竟挡在他们面前的不是别人，正是我和辛。即使魔法和剑的比拼上不及我们，也不能在"圣爱域"上输掉。因此，二人将自己的羁绊与爱意彻底点燃，熊熊燃烧。

然而，有一个男人，正以仿佛有血海深仇似的目光，死死地盯住这颗璀璨闪耀的爱之结晶。

他又一次"嗖"地一下走上前去，并与雷伊对峙。

"我有一事要向我主请愿。首先请准许我向他们展示何谓真正的爱。"

"准了，你就尽情展示吧。"

我把铁剑递给辛，闪耀的光芒聚集，覆盖整个剑身。我将这份爱变幻为我的魔力，从而发动了"圣爱域"。

"这是我第几次和你交手了，雷伊·格兰兹多利？"

"谁知道呢，已经多到数不清了吧。"

各自上前了数步的两人，手拿光之剑静静地摆好架势，视线交错。

"自从那次剑术训练以来，我一直在思考一件事，并在心底暗暗发誓。"

脸上永远挂着微笑的雷伊，却在还尚未交锋的此时，摆出了无比严肃的神情。

跟那次为了保护我，叫我走时一样……不，甚至气势比那时还要厉害。

也就是说，他接下来想要诉说的话语拥有如此激烈的感情吗？

"下次与你对峙时，我一定要拿下一着！"

"挺会口出狂言的嘛。然而，在那之前我便会先拿下你十次。"

辛的眼神寒冷刺骨，宛如利刃般锋芒毕露。

这是如同我跟他初次见面时那样的露骨杀气。但话虽如此，跟过去他一心寻死地与我对峙时相比，现在他的内心当中翻腾的却是完全相反的感情。辛也是认真的。

不管是两千年前还是两千年后，他们都从未怀揣着如此强烈的情感战斗过吧。

挑战者是雷伊，迎战者是辛。两人同时将绝不言败的感情与巨大的爱意，灌注剑中。

"我要上了。"

"这次就让你败于我的剑下。"

雷伊和辛各自拿着手中的爱之剑摆出上段的姿势。其中多半不会有任何小动作，也不会有任何技巧吧。

这就是爱与爱、感情与感情的单挑。哪怕退缩分毫，对于他们而言都是败北。

"……喝……！！"

气息轻吐，率先发动攻击的，是雷伊这方。

他挥起巨大的光剑，正面朝辛冲了过去。

"喝啊啊啊啊啊啊啊啊啊啊啊啊啊啊啊啊啊啊啊啊……！！！"

他的感情、他的爱意就像是化作光粒从全身渗透出来一样，朝着四周散发。若是用魔眼凝视，就能看到他意志里述说着的雄心壮志。

——若是我赢了，我想跟你说一件事，伯父！

"光靠吼的，爱是不可能变强的吧……！！！"

为了从正面弹开雷伊的情感，辛脚踏地面，高举迸发出光芒的光剑。

——等你拿下一着再来让我听你的一派胡言吧！小子！

随着一声清脆的撞击声，光剑与光剑猛烈交错，爱与爱激烈交锋。

——我一定会讲给你听的！
——我不听！

——不！你要听。这是关于你女儿的，很重要的事情！

随着一声巨响，光芒发出激烈的爆炸。辛受到爆炸的冲击，一个踉跄后便飞了出去。

"……父亲……！"

米莎担心地喊道。这正是发挥到极致的"圣爱剑爆裂"。面对完全不听自己说话的顽固父亲，雷伊只得步步紧逼纠缠不休，并为了展现自己爱意之深厚，发出了恳求的一击。

米莎担心哪怕是辛也无法身免，急迫地用魔眼看向爆炸的正中心。爆炸的光芒渐渐收束，里面出现了一个人影。

辛还活着。不仅如此，他还用他的爱之剑，完全地接下了雷伊用尽浑身解数使出的"圣爱剑爆裂"。

"你们两人的爱就这种程度？"

"不，还没完……！！"

举起感情，挥下爱意，雷伊连续使用"圣爱剑爆裂"向辛砍去。

然而，辛却从正面将这些斩击一一接下。

——这是很重要的事。我一定要告诉你，哪怕赌上我的这份爱！！

——不听不听不听，不听不听不听！！！你就这种程度吗，黄口小儿！

辛充耳不闻雷伊的话语，雷伊的剑击也完全无效。

"……哈啊……哈啊……"

当重新恢复成短兵相接的状态时，雷伊的呼吸已经变得急促。双方的剑刃激烈交错，视线间的火花四散而飞。

"你知道吗，雷伊，为什么你的'圣爱剑爆裂'会被辛的剑尽数挡下？因为，这也是爱的一种形式——"

面对这位充耳不闻的老父亲，雷伊就像是想死死赖在屋檐之下不走的人一般，无数次使出"圣爱剑爆裂"。这一道道剑光，宛如在鹅毛大雪之中无数次磕头恳求老父亲嫁女儿的男人，充满爱意地下跪一样。

然而，辛的剑却从正面将这些剑光悉数砍落。就像是父亲看着在房檐底下不停磕头的女儿的男友，对这个终将会夺走自己女儿的男人，内心升起了深不见底的憎恶；同时，这也是一份哪怕知道这样做会被女儿讨厌，却仍旧固执地不愿将这个男人放进玄关的，笨拙而又深邃的爱。这份溺爱如同给他的闭门羹一般变成一道道剑光挥洒而出——

"——'圣魔爱憎剑爆击'。"

随着我发出的声音，雷伊的根源被接连爆破。在他被击飞的同时，便死了五次，再加上复苏五次后，又死了五次。

雷伊倒地的这一瞬间，便被拿下了总计十次。

"刚、刚才的是……？"

"是我新开发出来的招式,'圣魔爱憎剑爆击'是将爱与恨爆发出来的一击。本来'圣爱域'是将两人的爱合二为一才发动的,而我这则是通过将爱与恨合二为一发动的'圣爱域'。"

"恨……这根本就不是爱魔法了吧……?"

米莎一脸不解地说道。

"如果只是单纯的恨意的话,确实如此。然而,有时爱意也会越过一条线,转化为恨意。这正是爱与憎。面对女儿的男友百般阻挠、决不退缩的笨拙爱意,这份父爱正是击碎恋人之间使出的'圣爱剑爆裂'的剑刃,'圣魔爱憎剑爆击'。"

辛正是因为对女儿无比深爱,所以才会对想要夺走女儿的雷伊燃起非同一般的憎恶。然而,这绝非真正的憎恶。只要凝视这份憎恶的深渊,便能看出其根本是爱。憎恶也是爱的一种形式。

如果要说这个连雷伊的"圣爱剑爆裂"也能轻易制伏的魔法有什么缺点,那也就只是其发动条件是仅限于辛和雷伊对峙之时这一点而已了。

说直白点,就是无法对敌人使用。

"好了,这下你们明白了吧。凭你们之间的爱的形式,依然还远远敌不过父母的爱。无须手下留情,用你们的'双掌圣爱剑爆裂'攻过来吧!"

米莎搀扶起倒地的雷伊,并看向了他。

"……说来惭愧,你能把力量借给我吗……?"

米莎低着头，轻声答道："……好……"随后她静静地将手举过头顶，一团黑暗从她手心中溢出并包裹了她的全身。

"……还说什么借不借，请别这么见外了啦……"

无数道闪电游走于这团黑暗之中。这一道道闪电撕开了黑暗，让其身形显露出来。她身穿槟榔子般黝黑[①]的礼裙，背后伸展着六羽精灵的翅膀。随后她扭了扭头，宛如深海般深邃的秀发随风飘扬。

此时显露出来的便是她的真身，寄宿着暴虐魔王传承的大精灵姿态。

"我的身心早已是你的了。"

米莎优雅地伸出手，雷伊将其牵起并再度看向前方。

看向那个巨大的、高不可攀的爱的障碍。

"父亲大人。"

面对米莎笔直的眼神，辛略微错开目光。

"父亲大人，请好好听我们说。现在能请您直视我的眼睛吗？"

"现在还在上课，我不是你父亲。"

辛正颜厉色地开口道。

"……我知道了。那么，哪怕我用尽全力也一定要让你听！"

雷伊将灵神人剑收回魔法阵中，转而拔出了一意剑。

---

①：江户时代，日本武士们喜欢一种叫"槟榔子黑"（びんろうじぐろ）的颜色，认为这样的颜色能够彰显武士刚健质朴的性格，后来这种颜色开始使用在各类衣服上，成为日本的一种传统色彩。

随后两人一同握住剑柄。

"就让我们用这份爱来打倒父亲大人吧。今天哪怕是把您五花大绑,也一定要让您听我们说!"

他们的呼吸节奏配合得天衣无缝,然后将剑尖对准了辛的方向。雷伊和米莎那身心都合二为一的"圣爱域",比刚才又强了数倍,光芒仿佛就像是要迸发而出一般,辉煌燃烧。

"那就让我来会会你们吧。"

爱憎的"圣爱域"从辛的体内喷涌而出,化作了旋涡般的巨大光柱。

"雷伊,今天就由我来……能请你配合我吗……?"

"我爱你。"

米莎的脸上顿时浮现出一抹潮红,她别过脸去,娇羞地说道:

"……这种事情,不用说我也知道的啦……"

两人"圣爱域"的光芒又强了一分,光芒如龙卷风一般扶摇直上。雷伊完美地配合着米莎的一举一动。

如今一对身心合一的恋人,正要开始挑战这位伟大的父亲。

"'双掌圣爱剑爆裂'。"

面对这个洋溢着爱情突刺而来的剑击,辛双脚踩地、咬紧牙关,使出"圣魔爱憎剑爆击"正面接下。

光与光撞击到一起,发出了两种爱的轰鸣声。

"……米莎,也许你终有一天会离开父母,但现在你还只是个孩子。就让我来告诉你吧,你们的这种感情,终究不过是热恋中盲目的儿戏罢了,远比不上我的父爱……"

辛微微反压了米莎和雷伊"双掌圣爱剑爆裂"的攻势。

"唔……!!"

雷伊紧咬牙关。毕竟魔法的威力如此之大,只要形势略微倾斜,便会被一口气吞没。

此时,米莎突然开口道:

"……啊,母亲大人……"

听闻,辛瞬间便以十分猛烈的势头转过身去。

当然,他没有看到任何人。

"就是现在!"

"真是赢不过你啊,米莎!"

辛大意了一瞬间。而在战斗当中开小差,是身为魔王右臂绝不能犯的、终生的失策。

能想出这个点子,正是表现出了她那颗无论用多么卑鄙的手段也要得到承认的、奋不顾身的恋之心。

此时若是不予以回应,那就不是男人。他们手中的爱之剑,开始燃起越来越炽热的火焰。

"我爱你!!"

"我也爱你!"

在这爆发出的压倒性的光芒中,两人爱情的热量,将辛连同爱憎之剑,一并吞没——

第6章　爱的深渊，跨越那一线

　　足以照亮整个魔树森林的光集中在辛的身上，剧烈膨胀。哪怕使了手段，二人的爱也是货真价实的，并一点点地用力撬开辛那颗顽固的父母心。在如怒涛般袭来的光之大爆炸的冲击下，他手中的爱憎之剑岌岌可危，而就在这一瞬间——

　　"很不错的爱魔法。然而，只是这样还无法及格。"

　　我用"创造建筑"做出魔剑，将剑尖与辛的爱憎之剑朝着相同的方向。

　　两把剑所产生的"圣爱域"之光，膨胀了两倍、三倍，将"双掌圣爱剑爆裂"给反压了回去。

　　"……什么……？！"

　　"……太难以置信了吧……"

虽然雷伊和米莎一脸的惊愕,但还是站稳脚跟,腰部用力,将彼此的感情与呼吸集中在爱之剑上。

撞击在一起的光剑与光剑力量不分伯仲。不,我方稍微占据优势。

"……究竟是为什么……为什么能够胜过我和雷伊的爱所展现出来的'圣爱域'?父亲大人和阿诺斯大人到底是怎么做到这种地步的……?"

"还不明白吗,米莎?爱并非恋人之间的专利。既然有亲人的爱,那便也有友人的爱、君臣之间的爱。这份友爱与敬爱正是我和辛之间爱的形式,属于另一种'双掌圣爱剑爆裂'。"

我和辛将两把剑笔直地刺向前方。

米莎和雷伊被迸发而出的庞大光芒压制,双脚都陷进了地面。

"……你还真是,经常会做出一些难以置信的事情呢。不仅靠友爱与敬爱使出了'圣爱域',还将其升至恋爱的高度,从而使出'双掌圣爱剑爆裂'吗……这种事情,可不属于勇者魔法中惯有的常识啊……"

恋爱中男女之间的爱,胜过其他一切的爱。这正是爱魔法的术式中一条不成文的规定,但我却发现了其构造中的缺陷。

"不过是你们的一厢情愿罢了,爱情并非如此不自由之物。你看,我们之间的友爱,已经超越了你们的恋爱。"

我和辛释放的"双掌圣爱剑爆裂"的光芒越发闪耀,如龙卷风般呼啸着，不断压向雷伊他们的爱剑。

"这世上无任何东西，可胜过我对主君的爱。"

辛一边把剑指向与我相同的方向，一边泰然自若地开口说道。

"米莎，还有雷伊，这下你们知道了吧。就凭你们这种哄小孩般的爱，是绝对把握不住幸福的。魔族的寿命很长，这种程度的热情，迟早有一天会冷却。"

就像是被辛的语言激励到了一样，雷伊和米莎将彼此的心合为一体，共同面对阻碍在两者爱情前方的巨大障碍物。

"父亲大人，阿诺斯大人，既然二位的友爱超越了恋爱的话……"

"那我们就用我们这哄小孩般的爱，超越恋爱给你们看！"

绝不退让的感情从二人的心底涌出，并正面接下了席卷向她们的爱之光，试图反制我们。

"快看快看，洁西雅，那边好厉害啊。如此巨大的爱，我还是第一次见呢！"

"……友爱……'圣爱域'……"

"看样子有点不妙，我们稍微离远点吧。"

"……明白，我们……避开……"

熟知勇者魔法的艾莲欧诺露和洁西雅，肯定对其厉害程度心知肚明。

然后，"双掌圣爱剑爆裂"之间的猛烈冲突，让正在进行地狱般训练的学生们的"理创像"也发生了异变。

"啊,喂……!你要去哪儿啊?!"

"哎,我的'理创像'也突然……?"

"难道说……?"

学生们的"理创像"争先恐后地奔跑在魔树森林里,逃离了光之爆炸的中心地区。

"它们是在逃跑吗?!"

"糟糕,连'理创像'都得跑,这可不得了啊!!"

"你们看,这都跑那么远了,还没一点停下来的迹象。莫非一个不小心吃到爆炸的余波都会被毁灭掉……?!"

"话说……那真的是上课?阿诺斯大人和辛老师难道不是在打算毁灭掉勇者卡农和阿沃斯·迪尔赫维亚吗?!"

"确、确实……!这么庞大的魔法碰撞,绝对不是在上课……"

"情况不妙啊。咱们再不离远点,赶紧张开反魔法躲起来的话……"

学生们都战战兢兢,拼命往后退避。而在这之中,有八位少女正呆滞地注视着这团爆炸的光芒。

"……我说,各位……刚才阿诺斯大人是不是说过,有时候爱会越过一线?变为爱憎……"

爱莲嘀咕道。听到这里,粉丝社的成员们都露出了恍然大悟的表情。

"确实说过……"

"我也听见了。"

"肯定没错……"

"那、那不是说！现在的辛老师和阿诺斯大人的友爱，也跨越了那一线？！"

"快看，我们的'理创像'？！"

"啊啊……！它们正朝着光的方向飞奔而去！"

"肯定是在指引我们前行吧！"

与其他学生全力逃跑的"理创像"相反，粉丝社的"理创像"居然朝着光的爆炸中心突进。

"我们也必须一起去！"

粉丝社的成员们下定决心，纷纷跟了上去。

"啊！爱莲你们，那边很危险的！万一被卷进去，可能连根源都留不下来！"

听到艾莲欧诺露的劝阻，她们却回头说道：

"可是，我们必须要见证这一切！因为这是我们的使命啊！"

"我们作为魔王圣歌队，不，作为阿诺斯粉丝社的一员，有义务在比所有人都近的距离欣赏阿诺斯大人的爱，并将其歌颂出来！"

"可你们要是被毁灭了，一切不都白费了吗！"

"被阿诺斯大人的爱毁灭才正合我们的心意！"

"而且这还是跨越那一线的友爱啊！"

"本世纪最盛大的毁灭时刻!此时不赌上性命,那还要等到什么时候!"

"这里,正是我们应该战斗的地方!"

粉丝社的人完全不顾艾莲欧诺露的制止,再次选择突入。

"啊……怎么办啊,我完全没办法理解……"

"……只能祈祷……她们平安无事了……"

艾莲欧诺露和洁西雅目送着粉丝社成员消失在森林之中。

"感觉下方有人在用很恐怖的魔法啊……""很危险……"

出声的人正是在上空训练的艾夏。她朝着"双掌圣爱剑爆裂"的冲撞处望去。

"有几名魔族的学生正在往魔法发生的中心去。"

说着,阿鲁卡娜指向粉丝社的成员们。

"那群孩子在干吗呢?""……锻炼勇气?"

"去保护她们吧,这也能当成艾夏训练的一环。"

阿鲁卡娜"嗖"地举起双手,并将手心翻过来,对准苍天。

"夜来昼去,月升日沉。"

秩序遵从着她放出的神力,让黑暗笼罩了光明。

转瞬间,白昼变为黑夜,梦幻般的"创造之月"放出温和的光芒,浮上夜空。

"雪花飘落,点亮地表。"

从阿提耶托诺亚中飘出纷飞的雪月花落下,覆盖住了整片魔树森林。

它化作了守护学生们的一种加护。

"艾夏,看向'创造之月'吧。"

听从阿鲁卡娜的话,银发少女仰望天空。

"'悖理魔眼'据说连神的秩序也能改写。既然你的魔眼拥有相同的力量,应该能够将那'创造之月'从新月改为半月才对。"

艾夏在"创灭魔眼"里灌注魔力,目不转睛地看着新月的阿提耶托诺亚。

然而,月亮的轮廓虽然朦胧了一瞬间,但却并没有再发生任何变化。

"再怎么说也改造不了这颗月亮的吧……?""我们魔力不够。"

即使艾夏在自己的魔眼中聚集魔力,却也达不到改造"创造之月"的能量。

"阿提耶托诺亚之所以是新月,不是由于魔力的多少,而只是遵循了神的秩序而已。如果是'悖理魔眼',应该能违抗此秩序才对。"

"就算你这么说,但现在还不能确定这对魔眼是不是'悖理魔眼'啊……""很困难……"

阿鲁卡娜挥了挥手,让雪月花飞舞而起。

"那我就把魔力赐予你们。"

说罢,雪月花开始闪耀出银白色的光辉。

"飘渺雪花，转瞬消融，只于心留痕。"

雪月花纷纷飘落在艾夏的身上，并渐渐融化，变为了她的魔力。

映在"创灭魔眼"中的阿提耶托诺亚，渐渐绽放出光辉。

"……这次感觉能行……虽然我不太懂，但只要弄成半月就行了吧……"

"——上弦之月。"

艾夏将全部魔力注入"创灭魔眼"之中，并死死地盯着月亮。在其轮廓朦胧了一瞬之后，新月阿提耶托诺亚的样貌渐渐出现了变化。

它一边释放着梦幻般的白银色光芒，一边化为上弦之月。飘落的雪月花因此增强了力量，给予地上的人更为坚固的守护。

在魔树森林中，粉丝社的少女们看见了半月阿提耶托诺亚，仰天大喊道：

"这是什么情况，突然就变成晚上了？！"

"难道说阿诺斯大人和辛老师的友爱之情越线越过头了，导致昼夜都变得奇怪了吗？！"

"意思是，他们的二人世界中不需要白昼？！"

"喂，快看！那轮从未见过的白银之月，正在祝福阿诺斯大人他们的友爱！"

"胜负马上要见分晓了。看啊，阿诺斯大人他们的爱之剑都如此光芒万丈了！！"

光与光的冲击，爱与爱的碰撞，在这激烈的对拼之中，震耳欲聋的爆炸音此起彼伏。

这里可谓爱的爆炸中心。敬慕与爱恋之情互相释放着疯狂的吼叫。

"……米莎……我爱你……"

"……雷伊……我也爱你……"

每一次的互相倾诉、爱意交叠，都会使二人的"双掌圣爱剑爆裂"燃烧得更为凶猛。

"……我们绝不会输……！！因为我比任何人都喜欢米莎！阿诺斯，不管你有多强，但只有今天，这份爱我绝不让步！！！"

雷伊和米莎将我和辛的爱之剑推了回去。

"雷伊，米莎，这样就好。所谓爱，越是遇到困难，便越是会熊熊燃烧。这份感情没有边界，但是——"

在激烈的爱与爱的对拼中，我稍稍和辛视线交互。

我们之间无须言语。只需这个动作便可传达一切。

我缓缓地移动手上的剑。

我们的两把剑尖相重叠，并做出了一个 V 字形。

"你们跨越那一线的方式还不够。你们之间的爱还存在缺点，导致你们的爱被遮掩了起来，这是十分致命的缺点！"

我们再一次反压住雷伊和米莎的"双掌圣爱剑爆裂"。

"……唔……难道……！！"

"……你们怎会还留着如此庞大的爱……"

雷伊和米莎咬紧牙关，拼命阻挡着这发爱的一击。

"我不会说你们之间的爱逊色于我和辛。但是，你们的觉悟还有决定性不足！"

"……觉……悟……？"

雷伊呆呆地嘟囔道。

"没错。雷伊，米莎，你们是不是觉得爱是件很羞耻的事情？"

"事到如今……我们怎么还会……觉得羞耻……！"

"我不是指这种肤浅的层次，再好好凝视一下你们自己的深渊吧，要更深、更深、更深地潜入进去。你们内心深处，爱的深渊当中，有着掩盖不住的羞耻心。这导致你们对爱产生犹豫，让你们变得迟钝。友爱与敬爱中并不常见的这份羞耻，就是恋爱的缺点。"

雷伊恍然大悟。

"爱魔法的深渊，你明白了吗？只有克服了羞耻心，才算理解了爱的深奥。为此，方法只有一个。"

我怀着对友人的爱，开口道。

"将你们真正的爱全部展露出来。无论身在何处，无论有谁在看着你们，都当成是只有你们两人独处。"

我向前踏出一步。仿佛事先就知道我打算做什么一样，辛也以相同的时机踏出了脚步。

"让他们见识一下吧，辛。"

"遵命。"

拼成 V 字的剑被爱魔法的光芒染成漆黑，膨胀起来。

"'双剑圣魔友爱爆裂炮'。"

两把漆黑的爱魔剑剑锋交错，剑尖处纯白的光芒化作巨大的光团，如炮弹般被发射出去。

这发让空间都为之碎裂的爱之炮弹，令雷伊和米莎的爱之剑一节节被破坏，随即崩飞了出去。

"唔……唔啊……！！"

"唔，呀啊啊啊啊啊啊……！！"

雷伊和米莎被宛如洪流的光之大爆炸吞没，并被弹飞了出去。他们随着爆炸的气浪接连撞破树木，直到撞到巨大的岩山之上，才总算停了下来。

多亏了阿鲁卡娜和艾夏降下的雪月花的加护，才没有导致他们出现生命危险。

"这便是，我们所展露出的爱的形式。"

第7章　响彻龙之歌的国度

第二天——

魔王学院一年级二班的学生们一齐来到了位于米德海兹以东的雷德诺尔平原。

所有人和"理创像"的战斗训练一直如火如荼地持续到了第二天黎明，虽然每个人训练成果不同，但所有人都成长到了一个令人刮目相看的境界。

因为不断强制性地死而复生，先不论学生们的体力，精神都已经十分疲惫了，所以现在他们的表情稍微有些恍惚。不过，这还在我允许范围之内。

倒不如说，那场训练的种种还在他们脑海里挥之不去的现在，正是最好的时机。毕竟谁都不知道地底世界里有什么在等待着我们啊。

"好了。接下来，我们将前往地底。"

"请问，阿诺斯大人。"

此时，"留下来"的娜雅举手提问。

"什么事？"

"阿诺什好像不在呢……他怎么了吗？"

她一脸疑惑地问道。

"哎，确实啊？"

"话说，和'理创像'训练时也没见着他吧？"

"不对……可能单纯没看着而已吧……而且，当时我们哪里顾得上这些事情……"

学生们开始议论纷纷。虽然直接说他休假了也行，但要是被人当作阿诺什恰巧在大魔王训练的时候休假，可能会让有些人胡思乱想。

不过，特地用魔法做出阿诺什的身体，然后让他出来活动也实在挺麻烦的。而且不多费点心思，还很容易被看穿。

既然如此——

"啊哈哈，你们在说什么呢？阿诺什的话，不一直都在那里吗？"

我朝着空无一人的方向看去。

"哎……？"

"阿诺什在那里吗？"

"嗯。"

我走到看着的位置，并对着那里说道：

"'幻影拟态'加上'隐匿魔力'吗，居然想躲着我，你还真是喜欢搞恶作剧嘛，但你离想要够着深渊还远着呢。在此次大魔王训练期间，你可以试试一直都保持着这个状态。中途哪怕有一次能瞒过我的魔眼，就算你及格了。"

学生们朝着我视线的方向用魔眼凝视。

"完全看不见啊……连一丝魔力都感受不到……"

"阿诺什果然是位天才少年啊……"

"但是，不管再怎么天才，在魔王大人面前也还是个小孩子呀。都这么完美地隐匿了姿态，却还是一下就被发现了。"

好了，这样一来，阿诺什的问题就解决了。

"那么，准备朝地底出发。"

站在我身后的阿鲁卡娜静静上前。

"介绍得有点迟了，她叫阿鲁卡娜，是地底世界的人。不过她并非龙人，简单来说，她是一位神明。我拜托她带你们去吉奥达尔。"

阿鲁卡娜"嗖"地消失，又瞬间移动到离学生们几百米的位置。

"……刚才的是什么？'转移'？"

"不，完全没看到魔法阵啊……？"

"话说，居然说她是神明，难道真的是吗？"

"……虽然有些难以置信,但既然不是耶鲁多梅朵老师,而是阿诺斯大人亲口所说,那应该就是真的吧。你们想,之前那个叫阿鲁卡娜的女孩子只是挥了挥手,瞬间就昼夜颠倒了……"

"话说……那是什么情况?魔力简直非比寻常呀!"

"总感觉这次授课跟以往的课程完全不是一个级别的……我们真的能活着回来吗?"

在他们谈话的时候,新月的阿提耶托诺亚已经升上了天空。

"大地冻结,冰霜融解。"

以阿鲁卡娜为中心,"创造之月"的银白光芒照射下来。

光芒迅速将大地冻结起来。下个瞬间,随着"啪咔"一声,这片冰面便如薄冰般碎裂,地面出现了一个偌大的空洞。这便是通往地底世界的隧道。

"雪花飘落,化作羽翼。"

无数雪月花纷纷落下,并在阿提耶托诺亚的照耀下,化为了几条雪龙。

雪龙一边弥散着银白色的光芒,一边飞到了学生们的身边。

"距离地底世界还有很长一段距离,不擅长'飞行'的同学就坐龙过去吧。"

听到我这么说后,大半学生都选择坐上了雪龙。

"出发。"

以阿鲁卡娜为首,所有人都有序地沿着洞穴朝地底前进。我用"飞行"跟在她的身边,而耶鲁多梅朵和辛则跟在我的身后。

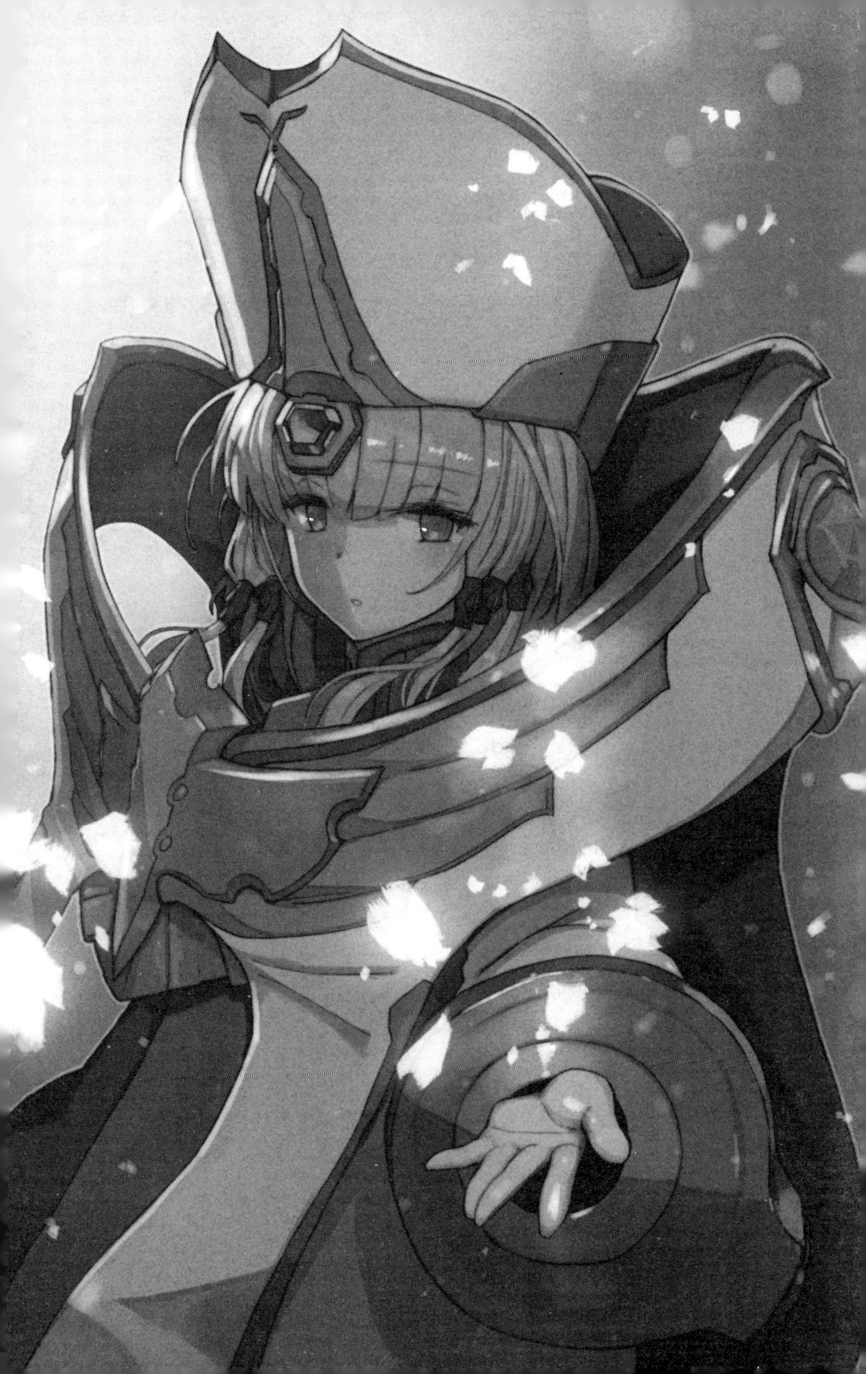

"哇哦,好爽!飞起来了,我们飞起来了,洁西雅!"

"……很……舒服……"

艾莲欧诺露和洁西雅二人乘着一条雪龙,而米夏和莎夏则是在一旁用"飞行"并排着前行。

"话说,艾莲欧诺露和洁西雅,你们俩明明能自己飞的吧。"

听完莎夏的抱怨,米夏则是歪了歪头问道。

"偷奸耍滑?"

"……才、才没有。那啥,我只是想坐一下雪龙体验体验嘛。"

听着艾莲欧诺露说些完全算不上是借口的借口,米夏只是一直面无表情地盯着她。

"而且你想,以这条雪龙作参考,说不定可以开发出新的魔法呢……"

艾莲欧诺露自说自话地念叨着,突然想到了什么。

"是哎!说不定真的能做出新的魔法哦!"

"……重大……发现……"

洁西雅轻轻在旁边拍着手,而米夏则是眨巴眨巴着眼说道。

"……没有偷奸耍滑?"

"不不,怎么想都是吧!她一开始说的借口可是烂到不行啊!"

莎夏义正词严地吐槽道。

听完,艾莲欧诺露竖起食指,而洁西雅也在旁边学着她竖起食指。

"莎夏,这世上有句话叫作'结果好便好'的哟。"

"……的……哟……"

莎夏一脸无语地看着她俩。

"米夏,你有什么能反驳她俩的话吗?"

米夏歪了歪头想了想。

"你以为只要结果好的话,那就一切顺利吗?"

"说得好。"

我们一边各聊各的话题,一边在通往地底的洞穴中飞行。

飞了一会儿,我们渐渐开始能够望见地底世界的地面了。当我们穿过隧道后,视野顿时变得开阔起来。地底世界的头顶被天盖遮蔽,而眼底下则是广袤的大地。

"很快就要抵达吉奥达尔的领空了,我们直接往首都吉奥海泽前进!"

我跟着阿鲁卡娜的方向飞行,身后的辛、米夏她们,以及乘着雪龙的各位学生也紧随其后。

"那个,我其实在想,吉奥达尔就是用龙群袭击亚杰希翁和迪尔海德的那帮人吧?我们这么堂堂正正地跑进来没问题吗?"

米莎追上我,并问道。

"根据阿鲁卡娜所说,那次袭击是阿希黛的独断专行。"

"没错。王龙的行动本来是违反吉奥达尔教义的,那其实是王龙的国家阿加哈的做派。"

阿鲁卡娜补充道。

"吉奥达尔对迪尔海德本来是没有敌意的吗？"

米夏随即问道。

"……我不知道……但统治吉奥达尔的是教皇戈尔罗亚纳·德罗·吉奥达尔。他是八神选定者之一，被赐予'救济者'称号的龙人。即便他对迪尔海德没有敌意，也依然是阿诺斯的敌人。"

"或者说，有可能他是最想将这件事推给阿希黛的。"

米夏面无表情地注视着阿鲁卡娜，并再次问道：

"那痕迹神利巴尔舒内德呢？"

"据说吉奥达尔的教典里有所规定，历代教皇都仅通过口头传位。那么，痕迹神的所在之处可能也是这样代代传下来的。"

莎夏伸手扶住额头。

"不管怎样，都必须先跟这位选定者的教皇见面才可以啊。真是让人头疼。"

"没啥，既然我们已经决定要毁掉选定审判，那就必然会碰上，还是得提前打个招呼的吧。"

"……真的只是打个招呼吗……"

"那就看对面什么态度了。说不定教皇也正好想要毁掉选定审判，要来帮我们呢。"

莎夏用一脸"绝不可能"的表情，无语地看着我。

"那个，阿鲁卡娜，你能不能给阿诺斯几句神谕呢？"

"他说得都对。"

"贵为神明大人，撒谎真的好吗？！"

阿鲁卡娜转过身来，一边倒着飞行一边说道：

"人心摇曳于秩序之外，徘徊游荡。它的目的地在何处，是连神明都无法知晓的混沌。"

"就算是无法百分百预测到，但也存在可能性的吧。硬要说的话，哪种可能性最大？"

"以人心而言，那便是不可能吧。"

"那你一开始说不可能不就行了吗！"

听罢，阿鲁卡娜露出了些许微笑。

"是名不畏惧神明的魔族女孩呢。"

"这家伙连我都不怕，有趣得很哦。"

听罢，莎夏便一脸不服气地小声嘟囔道：

"总感觉我被你们戏弄了。"

随后她调整好状态，又朝向阿鲁卡娜的方向，重新问道：

"所以呢，这次到底会不会有问题啊？"

"目前这个时期，会有很多从吉奥达尔各地来到吉奥海泽的巡礼者，我们混在其中即可。"

"也就是说，即使教皇发现了我们，但其他人也会把我们当成巡礼者，致使他无法在显眼的地方出手吗？"

"没错，所以，堂而皇之地进去反而安全。"

如果偷偷潜入跑到没人的地方去的话，反而会给对面秘密处理我们的机会。

当然，我们现在都还不知道教皇具体是怎么想的。

"……哎……？"

"怎么了，爱莲？"

"你们有没有听到什么？"

"啊……这么说来的话……？"

亲密地围坐在雪龙上的八名粉丝社少女竖起耳朵倾听。

"……这是，音乐吧……？"

"是的，应该没错。而且是从未听闻的音色……"

"是什么乐器啊？"

"可是，居然连这么高的位置都能听到，究竟是在哪儿演奏的呢……？"

"我说，这不是一首歌吗？我不太好解释，但总觉得这是在唱什么来着。"

爱莲说完，洁西雅便再次细细听起这阵音色。

"你这么一说，确实有点像……"

感到不可思议的少女们，都再次竖起耳朵细细听着传来的旋律。

"你们猜对了，圣歌队的女孩子们。现在我们进入了吉奥达尔的领空，而这是神龙的歌声。"

听闻，少女们立马惊讶地喊道：

"果然是在唱歌啊！"

"爱莲你好厉害,真亏你能听得出来。"

"阿鲁卡娜大人,您的意思是,这是龙在唱歌吗?"

阿鲁卡娜点了点头。

"地底世界的三大国,吉奥达尔、贾迪席奥拉、阿加哈,都各自将龙作为神使祭祀着。吉奥达尔祭祀的是神龙,而神龙是音之龙,它的歌声自吉奥达尔建国以来便一直响彻整个国度,从未断绝。"

"龙在哪里唱的歌呢?"

米夏疑惑地问道。

"这只是传闻。除了历代的教皇和交换盟约的神明以外,没人能见到它。所以我也不知道。"

说着,阿鲁卡娜开始缓缓下降。身下一座巨大的都城渐渐映入众人眼帘。

"这里就是首都吉奥海泽,我们去龙之码头降落吧。"

阿鲁卡娜落地的位置,是设置在城市中的广阔平原。平原周围都被城墙围住,四周还有几条龙停留在此。它们可能是习惯了与人类相处,并没有袭击过来的迹象,应该是到访吉奥海泽的巡礼者们驾驶的坐骑吧。

雪龙依次在平原上落地,将学生们一个个放下来,而就在此时——

头顶上方突然传来地裂一般的轰鸣。

"这是,什么声音……?"

"快看！"

米夏指向远方的天盖。而此时头顶上方再次传来剧烈的地鸣。

"就算你叫我看，我也没有米夏你这么厉害的魔眼啊……"

"天盖正在下落！"

"哈啊？！"

轰隆隆……又一声更加震耳欲聋的轰鸣声响起，天盖开始向下坠落。此情此景，就如同天塌下来了一般。

第8章　神龙国吉奥达尔

在上空中响起的地鸣声渐渐停歇，天盖也停止了继续下坠。仅仅留下些许声音在回荡。

"地底的天空震动鸣叫，这便是震天。"

阿鲁卡娜凝视着上空的天盖说道。

"唔，毕竟地上也会发生地震嘛。不过照这个样子下去，天盖会慢慢掉下来的吧。"

"地底世界由神的支柱所支撑着，落下来的天盖将会被那些支柱支撑起来。"

意思是落下来也不影响吗？

"这还挺罕见的，毕竟在地表上的天可不会塌下来。那个叫神柱的东西，有机会我也想去见识一下。"

"神柱乃秩序之柱，常人是无法看见的。不过，你说不定可以。"

秩序之柱吗？那就代表这个地底世界的空间相当于是被魔法所支撑起来的吧。

"这些秩序之柱，是由哪位神明创造出来的？"

"在最初的子龙诞生前，这个地底世界便已被创造出来了。虽然神名已经失传，但应该就是掌握创造的神明所创造的。"

"创造神的话，那就是米里狄亚了吧？"

"我不认识这个名字。"

既然能用"创造之月"，那阿鲁卡娜很有可能就是这位创造神。因为忘了自己的神名，所以才会说不记得了吧。

不过话虽如此，在选定审判期间，大家都可以吞并其他神明的秩序。忘记神名之前的阿鲁卡娜有没有参加过当时的选定审判还无法下定论，也无法一口咬定创造的秩序不是她在此期间吞并的。

甚至有可能地底还存在别的创造神。不过这些事情，只要能拿回记忆，自然就都明白了。

"那我们走吧。"

我们在阿鲁卡娜的带领下，走进城市里热闹的街道。除了用龙骨等素材建造的独特风格的建筑以及不太常见的服饰之外，吉奥海泽的街景几乎跟在亚杰希翁和迪尔海德没什么区别。

街道四通八达，店铺鳞次栉比，也有小摊小贩在叫卖。我们所到之处，处处可见祭祀神明的教会，其周围还围聚着一群身穿蓝色法衣的人。

"这个国家是教皇，也就是吉奥达尔教团，在神的名义下治理的。那些身穿法衣的人，全都是教会的圣职者。如果是披铠甲的人，则是圣骑士。"

阿鲁卡娜一边走，一边说明城里的情况。路上，学生们都好奇地张望着四周的风景。

耳畔轻轻传来神龙的歌声，其音量是小到不仔细听便捕捉不到的程度。在这吉奥达尔内，神龙的歌声应该就跟浅溪的流水声一样，是很稀疏平常的东西吧。

"你们听，那边是不是有歌声？"

"听到了听到了，有人在唱歌吧。这是什么音律呢？是弦乐吗？音色好美啊。"

粉丝社的少女们眺望着远方，侧耳倾听。

"阿诺斯大人，我们能去那边听听歌吗？"

爱莲这么问我。

我看了眼阿鲁卡娜，她开口回答：

"吉奥海泽的治安很好，虽然这里的居民都受着严苛的戒律约束，但对旅客就相对比较宽松。只要不失口诋毁神明，哪怕违反了戒律，也最多只是被教团关押拘留而已，在受到异端审问之前会留有一定余地。"

看来没什么大问题。

"那就，给你们三小时左右的自由活动时间，各自都去增长见闻吧。在此期间，你们想做什么便做什么，但最好不要离我太近，我可能会被这里的教皇盯上。"

在告诉爱莲的同时，我也顺便用"意念通讯"一并传达给了其他学生。

"谢谢您！"

"那我们就出发了！顺带会学点新歌回来的！"

卡莎说道。

"唔，那我就期待着你们回来给我唱新歌吧。"

"呀，好耶好耶！爽到了爽到了！"

卡莎高兴得手舞足蹈，然后跑开了。

"啊，卡莎，不公平！不准偷跑！"

"那句话也讲给我听听，快点！"

听罢，卡莎神情紧绷，严肃地说道：

"唔，那我就期待着你们回来给我唱新歌吧。"

听了这句话，诺诺又用同样的表情转过身去说道：

"唔，那我就期待着你们回来给我唱新歌吧。"

听罢，这次又轮到麦雅摆出帅气的表情说道：

"唔，那我就期待着你们回来给我唱新歌吧。"

当每个人都重复了一遍后，排成一长排的粉丝社的少女们，又一次摆出魔王的神情，异口同声地说道：

"唔，那我就期待着你们回来给我唱新歌吧。"

少女们一边叽叽喳喳,一边跑远了。

"阿诺斯大人的耳中,将传进我们的歌声……!"

她们如同在演歌剧一般,放声歌唱着。

"啊啊,这将会孕育出何等的感动之情呢?"

"我们能让大人为此感动吗?"

路过的龙人们停下脚步,朝着即兴演唱的她们瞧了又瞧。

"孕育出,感动吧——!"

少女们一边用颤音高唱,一边朝着歌声响起的方向走去。

"……她们为什么会这么没有危机感啊……是吧,米……"

莎夏一回头,便发现米夏正享用着刚从小摊上买来的龙排串。她花费的是为了让大家增长见闻而事先分配的货币。

"莎夏你说得对。"

同烫嘴的龙排串苦战中的米夏,一边呼呼吹着气,一边回答道。

"呔呜警惕心惹①。"

"你吃啥呢?!"

"龙排涮②。"

"我当然知道你在吃龙排串!我是在问你为什么就开始吃起来了?"

"因为小摊的大叔说很好吃。"

---

①:太没警惕心了。
②:龙排串。

"这里可是敌营啊,敌营!敌营的正中央啊!万一里面下了毒,怎么办啊?"

米夏咽下龙肉后,说道:

"我提前看过了。"

米夏的魔眼,大多数毒都很容易就能看破。

"莎夏你那份我都给你留着的。"

米夏把剩下的龙排串递给了莎夏。

"我生气不是因为以为你没给我留啊……"

"不想吃?"

米夏歪歪头问道。

"……我吃。"

莎夏一脸享受地大快朵颐了起来。

"咯咯咯,这座城市真是令人感兴趣啊。用龙之力和神之力生活吗?有趣,看样子会有不少让人心潮澎湃的发现咯。"

耶鲁多梅朵拄着手杖,毫不犹豫地走向了最大且装潢最奢华的一座教会。

"那个,炽死王老师,您要去哪儿?"

娜雅跟在他身后问道。

"咯咯咯,我对教会非常有兴趣。在这个地底世界生活的龙人们,非常擅长召唤龙或者神,以及其他魔力优秀的魔法生物。特别是教会的圣职者们,每个人都拥有盟珠并能随意使用。虽然地上也有召唤魔法,但肯定还是他们的更胜一筹吧,实在是有趣得很啦。"

"原来如此。"

炽死王停下脚步,突然转过身来,问道:

"你要一起来吗,'留下来'?"

"……但是,我害怕自己妨碍到老师……"

"喀喀喀,我怎么可能会嫌弃勤奋好学的学生呢。但你要小心了,地底可不知道会发生些什么。"

耶鲁多梅朵带着娜雅站在了教会门前。

敲了敲门,等了一会儿,门便打开了,一个面容和善的龙人走了出来。根据阿鲁卡娜的说法,他穿着的法衣是属于教会里的司教。

"先生是生面孔啊,请问您有何贵干?"

耶鲁多梅朵拄着手杖,堂堂正正地说道:

"我是从地上来的,想要入教,这家伙也一起。"

"哎哎哎——咕唔……!!"

在娜雅差点惊叫出来的瞬间,便被耶鲁多梅朵用手捂住了嘴。

"嗯、嗯——?"

"喂喂,别这么一惊一乍的,'留下来'。我刚刚才叫你要小心一点,在这地底可不知道会发生什么,对吧?"

娜雅虽然很困惑,但还是乖乖地点了点头。

"喀喀喀,真是听话的好学生。"

耶鲁多梅朵松开手,并转向司教继续说道:

"抱歉,久等了。刚刚没啥事,你别在意。"

"入教可不是你说的那么轻而易举的事情,里面会有严格的戒律,还有残酷的修行。"

耶鲁多梅朵露出游刃有余的笑容,就像是在告诉对方他早就一清二楚。

"那我问你一个问题吧。现在你的面前,有一条艰辛的道路和平稳的道路,你会做何选择?"

"喀喀喀,我会选的,是在艰辛的道路上再放满毒蝎、吸引猛兽,并且还得带领着一伙邪恶之人和不信正义之人闯荡,这么一条充满各种各样危险的修罗之路。"

"……"

听完,司教脸上的表情一瞬间变得呆滞。然而,很快他又重整旗鼓,转而问娜雅:

"那么,艰辛的道路和平稳的道路,你又会怎么选择?"

"……那个,我会选……平稳——"

"喀喀喀喀喀喀喀喀喀喀喀喀——!"

耶鲁多梅朵大笑着,盖过了打算说要走平稳道路的娜雅的声音。

"……平稳——"

"喀——喀喀喀喀喀!!!"

娜雅不再回答,瞥了耶鲁多梅朵一眼。

"是选择跟本炽死王一起走艰辛的道路,还是自己一个人走平稳的道路?你要选择哪一边,'留下来'?"

娜雅低下头,说道:

"……那就,艰辛的那边……?"

听罢,司教一脸赞叹地点了点头道:

"对于为了向神奉献生命而叩响大门之人,我等必将施予援手,二位请进。首先请你们来接受一下盟珠的洗礼吧,如果能通过祈祷,得到神召的话,你们也将成为圣职者的一员。"

司教一步步带领着他们走进教会内部。

"喀喀喀,进展非常顺利嘛。想要获得盟珠,入教成为圣职者是最方便的办法。"

"……可、可是,这不好吧,老师?要真变成吉奥达尔的信徒,感觉会有很多问题……"

"喂喂,'留下来',你以为我是谁?"

"你、你是……炽死王老师……?"

"正是如此。要是畏惧神的话,我还怎么和那位魔王战斗,虽然我已经被他打得体无完肤了吧,喀喀喀。"

他毫不犹豫地跟着走进了教会。

娜雅呆呆地望着他离去的背影。

"你在干什么呢,'留下来'?快点过来。"

听罢,娜雅跟在一脸笑意的炽死王身后,也走进了教会。

唔,他究竟在考虑些什么?就目前来看,虽然他没有什么可疑的行径，但也不可大意。

毕竟如果炽死王真有那个意思，肯定会比什么教皇要麻烦得多。当然，以他的性格来看，很可能只是出于好奇心的行动罢了，但姑且还是叮嘱他一下比较好。

"你怎么了，阿诺斯？"

"莎夏，米夏，你们跟我来。"

米夏点了点头。

"我倒是……无所谓吧。"

我刚迈开脚步，艾莲欧诺露和洁西雅便凑了过来。

"你们这是要去哪儿呢？能带我们吗？"

"无妨。"

我走到耶鲁多梅朵进去的教会门前，并敲了敲门。

过了一会儿，刚才的那位司教现身了。

"……旅行者们，请问有何贵干？"

"我想入教，路选艰辛的那条。"

第9章　盟珠的使用方式

我们被带到了教会地下的一处圆形房间内。

四周火把整齐地排放着，点亮了房间，营造出一种庄严的仪式感。

刚才进入此处的两人也在这里。

"啊，阿诺斯大人……？！"

一看到我的出现，娜雅便震惊地喊道。

"咦，你们认识？"

面对司教的提问，耶鲁多梅朵得意地翘起嘴角道：

"喀喀喀，何止是认识，这个男人可是我们国家的魔王啊。"

"……魔王？"

司教一脸不明所以地扭了扭头。

"恕我眼拙，请问您来自什么国家？"

司教向我问道。

"迪尔海德。"

"直接就说出来了吗……"

莎夏在一旁小声嘀咕。

"不辞辛苦远道而来，这定是神的指引呀。"

司教可能以为我只是来自地底世界的某个小国，不以为意。

看来知道迪尔海德的，只有枢机主教等一部分教团人员，以及和那场侵略作战相关的人吧。

"接下来，选择迈上艰辛之路的各位信徒，将要接受'全能煌辉'艾克艾斯赐予的盟珠洗礼。请各位先将目光放在眼前的神之篝火。"

司教以庄严的口气说道。

我们看向篝火，发现其火焰当中飘浮着一枚枚镶有透明水晶的戒指。

"不知各位是否了解，在这神之篝火当中的，正是被称为盟珠的戒指。我想各位应该知道，盟珠是自古以来我等龙人和神、龙等交换盟约时所用之物。在吉奥达尔的教典中，这正是将祈祷传递给神的神具。"

司教用左手覆盖到右手戴着的盟珠戒指之上，并献上祷告。

"将手伸进这神之篝火，并在火中取出盟珠，便是信徒的洗礼。只有天选之人，才能够不被神火烫伤，取出盟珠。取出盟珠之人，才可以进入接下来的召命仪式环节。"

唔，用魔力做成的火焰吗？那只要张开些许反魔法，便不会被烫伤了。

进入召命仪式之人，应该就是通过判断魔力的有无筛选而出的。

"据说能够进入召命仪式的人十里挑一，在你们当中，也有可能存在着被天选中的信徒，请各位一边祈祷，一边试试看吧。"

哪怕是在龙人之中，拥有足以使用召唤魔法魔力的人也只是十里挑一吗？从比例上来看，高于人类，但弱于魔族啊。

"让谁专门失败一下比较好吧？"

莎夏问道。

"不用，直接通过也无妨，毕竟可能性又不是完全为零。"

我轻而易举地将手伸进篝火中，取出了盟珠戒指。

"哦哦……！太棒了，居然连一点烫伤都没有。你毫无疑问是天选之人——嗯嗯？"

话还没说完，艾莲欧诺露也毫发无伤地取出了盟珠戒指。

"还蛮简单的。"

"……洁西雅……也被，选上了……"

司教目瞪口呆地注视着二人。

"……居然连续有三人成功，今天是何等的——什么……？！"

米夏和莎夏也同样毫发无伤地拿到了盟珠。

"……居然，有五个人都……"

"喀喀喀，这不是简简单单吗？"

看耶鲁多梅朵把盟珠拿到手上后，娜雅也一股脑地把手伸进篝火中。

她在魔王学院虽然算是差生，但怎么说也是能考上魔王学院的学生，自然不可能被这种程度的火烫伤，所以很轻松地便拿到了盟珠戒指。

"……我做到了……"

娜雅松了口气，说道。

而司教则是以无比震惊的表情，看着我们接二连三地取走盟珠。

"居、居然所有人都被选中了……今天到底是什么日子啊……我竟然有一天能亲眼见证这种奇迹。啊啊，神啊，'全能煌辉'艾克艾斯啊，感谢您给我安排了这次绝佳的机缘。"

司教难掩兴奋地向神献上祈祷。状态就像是遇上了几百年难遇的奇迹一般。

"那么接下来，我们准备开始召命仪式吧。请各位看向这边。"

司教将自己的右手伸进篝火，然后画了个圆。盟珠戒指中涌出火焰，形成类似魔法阵的形状。

"这就是使用盟珠的基础，'使役召唤'的魔法阵。通过使用这个魔法，信仰浓厚的圣职者，就可以让龙或者神降临在这片土地并进行使役。话虽如此，所谓的神，乃是拥有所有力量的'全能煌辉'的左膀右臂一般的存在，并不会轻易便缔结盟约。"

虽然跟地上的召唤魔法相似，但根本的架构上却有些许差异。仅凭"使役召唤"的魔法术式，召唤是不成立的。这是以盟珠为前提而发动的魔法。

"请各位到这边来。首先为各位说明，召唤神之使者——龙的一些相关事宜。"

司教站到地上画好的魔法阵里。当我们都随其走进去后，阵中魔法便开始注入，将我们瞬间转移。

转移的地方，是比刚才的房间还要更下层的一间房间。此处天花板很高，空间十分宽阔。

"这里是用于实行召命仪式的召命之间。如果你们能用这盟珠成功使出'使役召唤'，那么从今天起，你们便算接受了召命——也即是接下了由神赐予的，为神贡献的使命。"

如此宽阔的空间，是为了使用召唤魔法而准备的吗？毕竟在狭小的室内召唤龙的话，甚至都塞不下的吧。

"很久以前，根据神之秩序，带到这地底的盟珠拥有召唤六种龙的力量。力与炎的'力龙'，飞行与转移的'飞龙'，固若金汤的'坚龙'，治愈与恩惠的'惠龙'，隐秘的'隐龙'，束缚的'缚龙'。"

司教仔细地对盟珠进行说明。

"据说,用'使役召唤'召唤龙之时,并非召唤在这地底的龙,而是凭借盟珠连通这里与神界的大门,让在神身边的龙作为使者降临到地底,并获得相应的血肉。"

司教一边展示着盟珠戒指,一边说道。

"通过'使役召唤'让神的使者在地底现身,它们将会为人们的生活带去恩惠。龙是支撑着我等生存的使者,它们会成为保护我等的家庭、养育我等的血肉、搬运我等的双足。手握着让神使降临此地的钥匙之人,便是接受召命的圣职者。"

与其说召唤的是龙本身,倒不如说更像是召唤了其根源吧,所以才能通过"凭依召唤"让龙之力附身吗?

在"使役召唤"中,盟珠会给予其根源相应的血肉?不过毕竟盟珠是最初的代行者,也就是拥有神之秩序的人所赐予的东西,倒也不是不可能啊。

本应濒临灭绝的龙突然数量激增,也是因为这个理由吧。也就是说,盟珠与召唤魔法承担着不让龙彻底灭绝,或者不让龙人彻底灭绝的秩序。

"相传,召唤魔法不是根据魔力的多少,而是根据魔力容器的容量,来确定召唤出的龙的强度。首先由我来给大家做个示范吧。"

司教开始往盟珠戒指中注入魔力。此时,水晶内陆续出现魔法阵,并层层堆叠。然后,司教面前突然升起一团巨大的火焰。其中隐隐约约能看见龙的影子。

"'使役召唤'·'力龙'。"

火焰啪地一下散开,从中出现了一条巨大的龙。

在司教的支配之下,这条龙并没有要闹腾的迹象,而是乖乖地待在原地。

"来吧,请各位也来试试吧。我知道现在各位还一无所知,但还请放心,召命仪式不限次数。因为这场仪式尤其困难,能一次性成功的人可谓百里挑一。今天是召命的初始之日,只要能够稍微触碰到神圣的神之御手就可——"

话还没说完,司教便因为看到眼前令人震惊的一幕而呆滞在了原地。

米夏和莎夏在盟珠内侧画好魔法阵后,火焰便升腾而起,其中浮现出了龙的身影。

"这魔法我还是第一次用,算成功了吗?"

"我觉得算成功了。"

火焰散去,里面出现的龙比司教召唤的还要大上一圈以上。

"……这、这……?!没想到,第一次召唤就能超越我召唤的龙的大小……而且还是两个人——?!"

司教震惊之情溢于言表,就在下个瞬间,他的眼睛瞪得更大了。

又是两束火焰升起,龙被召唤了出来。这是艾莲欧诺露和洁西雅的"使役召唤"。

果不其然，她们的龙也比司教的龙庞大。

"呼呼，成功了耶。"

"……好大……的龙……"

两人心满意足地望着自己召唤出来的龙。

"……四、四个人都……今天是何等的……何等的大日子啊，'全能煌辉'艾克艾斯……您到底要将我指引去何——？！"

话音未落，耶鲁多梅朵便召唤出来了一条，甚至大到头都顶到天花板的龙。面对此情此景，他更加呆若木鸡。

"……何等巨大的龙……此龙的身躯，跟千年龙差不多大了……"

"好了，'留下来'，你也来试试。"

"……是……！"

娜雅对着盟珠画出魔法阵，并使用了"使役召唤"。

她的面前升起了一团小小的火焰。

其中浮现出了龙的身影。然而，其大小哪怕在幼年体的龙中，也是十分娇小的那种。召唤之炎散去后，一条大小跟猫咪差不多的龙飘浮在空中。

"……虽、虽然很小，但我总算是做到了……"

不知是不是因为与其他龙个头差距太大，娜雅有些惭愧地说道。

然而，耶鲁多梅朵却兴致勃勃地凑到这条龙身边。在离它非常近的距离站定，端详起它的全身。

"这是我从未见过的龙啊。"

他喃喃自语道。此时，小龙"咕"地叫了一声，张开了嘴。

"哎……？"

瞬间，现场召唤的六条龙的身体，便被透明的魔力球包裹起来。这些魔力球的内侧开始变得扭曲，然后眼看着越来越小，龙的身躯也随之缩小。

转眼间，变得小小的魔力球，像是被小龙吸走似的飞到它的嘴边。

小龙"啾"地叫了一声，然后将这些魔力球吞了进去。它原本绿色的龙鳞，渗透出了些许红色。

"……居然，把龙吃掉了……？不对，龙吃龙……我闻所未闻、见所未见啊……"

司教一副跟不上现场事态发展的样子，目瞪口呆。

"唔，你召唤了条奇怪的龙嘛。"

我凝视着娜雅召唤的龙，它的确跟其他龙的种类不太一样。

两千年前也没看见过这种个体啊，而且它吃了龙之后，龙鳞的颜色也发生了变化。

"把我召唤的龙也吃掉试试。"

我一边在盟珠内侧描绘"使役召唤"的魔法阵，一边对呆若木鸡的司教警告道。

"吉奥达尔的司教，这里可能会很危险。毕竟这是我第一次使用此魔法，不知道能不能控制好力道。"

"……啊啊……啊……"

司教终于缓了过来,并说道。

"没、没事,召唤之炎,即是赋予血肉的授肉之炎,绝不会伤害到我等圣职者。"

"绝不会吗?"

"是的,绝对不会。这是神的秩序所规定的。"

虽然我不太相信,但毕竟也是有我不知道的事情的嘛。

"以防万一,你还是小心点为好,说不定会没命的。"

"请您放心,此身有神的加护。同时也请您理解,对于吉奥达尔的信徒而言,要是对此产生怀疑,那便比死亡还要更加严重。"

"原来如此,是我多嘴了。"

那就入乡随俗吧。既然他的信仰如此深厚,我也不便再多言了。

我往魔法阵中注入魔力,眼前便升起了一团火焰。其火势越来越猛,瞬间便膨胀得巨大。

"怎、怎会如此……召唤之炎居然能燃烧得这么凶猛……唔,唔哦哦哦哦哦哦哦哦哦哦哦哦哦哦哦哦哦哦哦哦哦!!!"

看见火势瞬间增强到笼罩整个室内的召唤之炎,司教大叫了出来。

见状我在他的周围张开了反魔法,帮他防了下来。

"老实点,果然还是会被烧着的吧。"

即使听了我的忠告,他依旧战战兢兢地把脚探出了反魔法之外。

"……请您放心,不可能烧着我的。就算火势看着很凶猛,召唤之炎也是绝不会审判圣职者的授肉之炎!"

"等、等等……阿诺斯!整个室内都很危险了啊……"

"感觉地底魔法的手感不太一样啊。哪怕调整了魔力,也不太能控制得住。你们专心防御,小心别死了。"

"喀喀喀喀,越来越能让我感受到,你身为暴虐魔王的气焰了。这才是阿诺斯·福尔迪哥德啊!!"

"司教的大叔烧起来了。"

米夏嘟囔道。

我都说了叫他老实点。

"那我用'苏生'了哦。"

艾莲欧诺露立即复活了他。

此时,膨胀到极限的火焰"啪"地消散开来。

出现在眼前的,是一条真红之龙——的大脚。它那过于巨大的躯体,直接顶穿了地下的天花板,破坏了教会,头探到了地面之上。

被破坏的岩盘、建筑的瓦砾,噼里啪啦地从头顶倾泻而下。

"好了,娜雅,用你的龙吃了这家伙吧。"

"哎?吃、吃这么大的龙吗?"

娜雅呆呆地望着这条大到无法一眼窥其全貌的巨龙。

"既然它能让龙变小，那再大应该也吃得了才是。"

"……啊，也是……但，不好意思。我应该怎么做才好呢……"

看来娜雅并不知道该如何控制召唤出来的龙。

当她露出困惑的表情后，小龙便"咕"地叫了一声。透明的魔力球逐渐包裹真红之龙，可包裹的中途便跟泡沫一样破碎后消失了。

"咕呜呜。"小龙随即发出了些许悲鸣。

"唔，果然不行吗。"

真红之龙略微扭了扭身体，便传来一阵轰隆隆的剧烈声响，教会被破坏得更加严重了，无数的瓦砾掉了下来。

"喂！阿诺斯，你想想办法啊。再这样下去，整个教会都要崩塌了！"

"你大可放心。"

我凝视真红之龙，随即一声令下。

"自己飞到不碍事的地方去！"

"嘎啊啊啊啊啊啊啊啊啊啊啊啊啊啊啊啊啊啊啊啊啊啊啊啊啊啊！！！"

真红之龙发出一声震耳欲聋的咆哮，令地下的天花板和上方的部分建筑全都出现龟裂。这条龙一边打碎地表，一边张开庄严的翅膀，并飞向了地底的天空。

"唔。"

整个教会被摧毁得无影无踪,连地下建筑都全被贯通开来。

"你看,这样就不会再崩塌了。"

"你是笨蛋吗!"

第10章　神的容器

小龙咕噜噜地叫着,并开始绕着娜雅周围转圈圈。

"哎,呀、呀啊啊……请、请不要这样……不要……"

娜雅害怕得四处逃窜,但小龙却死死地黏着她不愿放开。

"别那么害怕,'留下来'。这不是你召唤的龙吗。"

耶鲁多梅朵说道。

"可、可是,老师,这条龙完全不听我的话呀!"

"喀喀喀,总之,你先别跑了。"

"哎哎……可、可是……"

"别可是了,你先停下来。它看起来不是没有敌意吗,还是说你打算逃一辈子,嗯?"

娜雅下定决心,停下脚步。看着小龙朝自己慢慢飞来,她吓得紧闭上了双眼。

小龙"咕噜噜"地叫了一声,停在娜雅的肩膀上。

"啊……"

她松了口气,放下心来。

"你召了条很有趣的龙嘛,'留下来'。能吃龙的龙,就连魔王都未曾见过。"

耶鲁多梅朵靠近小龙,用魔眼凝视。然后,将自己的手指伸进了龙嘴。

"魔族也能吃吗?再把刚才的魔法球放出来试试。"

"哎,哎哎?!很、很危险的哦,老师!"

"喀喀喀,我不就只是试着让它吃掉根手指而已吗。"

炽死王用指尖轻轻点了点龙嘴后,小龙便伸出舌头舔了起来。

"懂了懂了,魔族不合你胃口吗,共喰?"

"共……'共喰'是什么意思?"

"这小家伙的名字,还是说你想给它起名吗?"

娜雅像拨浪鼓一样连连摇头。

耶鲁多梅朵用手杖敲了敲地面,盯着她的脸说道:

"嗨呀嗨呀,这不是变得越来越有趣了吗!'留下来',要不再来试试召唤神明?"

"哎,啊,好的……哎?神、神明?您要我召唤神明?"

娜雅一脸疑惑地看向炽死王。

"请、请等一下,召命已经完成了,你们几位已经光荣地获得了成为吉奥达尔圣职者的资格。可是，要想召唤神明的话，就没那么容易了啊。"

一直陷入震惊状态的司教听罢，慌忙开口说道。他似乎还没清醒地意识到自己刚才已经死过一遍了，为了完成自己的职责，又开始做起说明。

"入教后，需要学习各种教义、跨越各种试炼，然后才能初次学习召唤神明的'使役召唤'的术式、接受盟约仪式。即使成功来到盟约仪式这一步，实际能召唤出神明的也仅有一小撮被选中的信徒罢了。就目前各位的修行来看，甚至连了解召唤神明的相关事宜都是不被允许的。"

司教做出祈祷的动作，继续说明道。

"我已经充分明白，各位是何等地被神所喜爱了。今后只要你们继续加深信仰的话，便肯定可以与神缔结盟约。就让我们一起学习、一起在信仰之路上前进吧。"

司教朝着我们露出十分虔诚的表情。

炽死王愉悦地"喀喀"大笑起来。

"无妨、无妨、无妨啊。既然都拿到了盟珠，之后我们要做什么你也管不着了。如果不愿意教我们召唤神明的'使役召唤'魔法术式的话，那就从头编写一个便是。"

"……这种事情，怎么可能做到……"

司教的话中夹杂着惊愕。

"不必惊讶，当然是做不到的！本炽死王怎么可能做到这种事情！"

听罢，司教放下心来。而此时耶鲁多梅朵又咧嘴一笑道：

"然而，魔王的话那就另当别论了。"

说着，炽死王朝我看去。

"你是不是也很在意啊，嗯？"

他用余光看了看娜雅。

确实。如炽死王所说，我的确有在意的地方。

那条会残食同类的龙，明显有跟普通的龙完全不同的性质。这就代表，召唤了它的娜雅，很可能有适合召唤魔法的某种素质。

"那我就试试看吧。"

我就地试着画了一个魔法阵。

"这就是召唤神明的'使役召唤'的魔法术式。"

一看到这个魔法阵，司教便惊诧地瞪大了双眼。

"……不……不、不会吧……"

他结结巴巴地问道：

"……您从哪儿学到过这术式……不，您不可能学过……那难道您真的是，当场编写出这个术式的，这怎么可能……？"

司教百思不得其解地自问自答道：

"这没什么大不了的。只要有这盟珠和召唤龙的'使役召唤'的魔法术式，以及知道需要用到盟约的话，那自然而然就能推算出其最优解。"

召唤阿鲁卡娜的"神座天门选定召唤"也一样，术式的基本构造都差不多。

"顺带再画一个,'凭依召唤'吧。"

我又画出另一个魔法阵给他看。

"……啊……连'凭依召唤'都……?!"

司教倒吸一口冷气地惊讶道。

"还有这种事情……莫非真能召唤出来……啊啊,不对,就算你会画魔法术式,可在召唤神明之前,首先必须得跟神明缔结盟约才行。这跟龙的召唤不同,并不是用了魔法就能召唤出来的……"

我径直走到耶鲁多梅朵跟前。

略微抬起右手,并直接贯穿了他的左胸。

"……啊……!"

"阿、阿诺斯大人!哎……您、您为什么要把老师他给……"

娜雅一脸混乱地看着我问道。

"……喀喀喀,冷静,'留下来'。本炽死王的神体,不到危及秩序之时是发挥不出来的啊……"

耶鲁多梅朵一边吐着血,一边笑着说道。

"唾弃上天的愚蠢之人,接受背弃秩序的惩罚,仰望神明之姿吧!"

这是过去诺司加里亚说过的,能引发奇迹的神言。此时炽死王的身体被耀眼的光芒包裹,魔力暴增到了超乎常理的程度。

"喀喀喀喀！！"

耶鲁多梅朵的身体渐渐发生变化。他的头发被染成金黄色，魔眼放射出宛如火焰般的红色光芒。魔力粒子在他的背后开始聚集，并具象化成了一对光翼。

剧烈的地鸣声响起，震撼着整个地底。他仅仅只是存在于此，便让空气为之爆裂、世界为之晃动。

周围庞大的魔力宛如拥有了质量一般，真正的神之姿出现在此。

"……这、这究竟是……'凭依召唤'……不、不对……他刚才并没有使用魔法……"

司教用魔眼端详着他的身姿，战战兢兢地出声道。

"莫非、莫非、莫非莫非莫非莫非……？！"

前所未有的冲击将他的内心贯穿。

"莫非这是神明……！上天派遣而来的神明，居然降临到了这片土地……哦哦，这是何等的奇迹啊……！何等的幸运啊……！'全能煌辉'艾克艾斯啊……请您告诉我，这位神明的名号……"

司教就像是目睹了今天最大的奇迹一般，跪伏在地，祈祷不止。

"老、老师，怎么长了翅膀……"

娜雅看着耶鲁多梅朵的样子，说出了自己的感想。仅仅只是关注到了外貌变化，是因为她的魔眼还无法识别炽死王现在的魔力吧。

"喀喀喀,'留下来',我篡夺了某位神明的神力。说直白点,本炽死王现在就跟神差不多。"

"……哎,炽死王老师,现在是神明……大人吗……?"

娜雅似乎有点跟不上现在的节奏。

"正是如此,就让我给你看看作为神明的证据吧。"

耶鲁多梅朵把大礼帽拿在手里,并双手抛接了起来,抛着抛着,绅士帽便一分为四。

"喀喀喀,去吧。"

他将帽子依次抛出。在飞出去一段距离后,帽子便悬停到了半空之中。

"遵从天父神之秩序,炽死王耶鲁多梅朵下令,四种秩序、守护法理的蕃神哟,诞生吧!"

大量形似彩纸屑与缎带的光芒,闪耀着从大礼帽中倾泻出来。宛如变戏法一般,这些光芒逐渐构筑成了神体。

从而诞生的是,四名蕃神。

手握两根法杖,并拥有一头异常长的秀发的小女孩。再生蕃神努特拉·笃·席亚娜。

长着翅膀的人马外型的淑女。天空蕃神蕾兹·娜·伊尔。

背扛巨大盾牌的壮汉。守卫蕃神泽奥·拉·奥普特。

持有枪、斧、剑、矢、镰等十几种利器的黑影。死亡蕃神阿特罗·泽·西斯塔瓦。

"……啊……啊……啊……"

怀抱着畏惧与崇敬之情,司教已经连嘴巴都不利索了。

"……孕育秩序的秩序……最能展现'全能煌辉'艾克艾斯光辉的神明……天父神诺司加里亚……!!!"

唔,是在说那条虫子吗?看来他在地底倒是被人崇拜得很嘛。

"哦哦……哦哦哦哦哦……我已经语无伦次了……!!我居然能活着、活着亲眼见证这一幕……哦哦哦哦哦!!"

激动至极的司教双膝跪地,泪流满面地感动道。

"喀喀喀,这不是很顺利吗?接下来,'留下来',我们来缔结盟约吧。"

"盟、盟约?跟、跟……这些神……?"

娜雅小心翼翼地看向蕃神们。

死亡蕃神阿特罗·泽·西斯塔瓦露出赤红的眼眸,令她打了一个寒战,娜雅瞬间逃也似的躲在耶鲁多梅朵身后。

"我、我觉得我做不到吧……"

"不不不,你能行,你应该能做到。毕竟,你可是我的学生啊。这群蕃神,就相当于是我的孩子。我能掌控它们,它们不可能不答应你的盟约。来吧,就当是被我骗了,来试试。"

娜雅战战兢兢地点了点头,将盟珠戒指对准蕃神们。

"我、我该怎么做……?"

"这群家伙不通言语,你用意念跟它们缔结盟约,让它们成为你的召唤神。不过,它们可能会提出一些条件,你就姑且先全答应下来吧。"

"……我、我知道了……"

娜雅上前几步,一边内心发出意念,一边叨着:

"……我、我什么都答应你们,能请你们成为我的召唤神……吗?"

沉默了数秒。

之后,噼里啪啦的,蕃神开始释放出庞大的魔力。随着一阵光芒亮起,四名蕃神的轮廓变得扭曲,仿佛被苍天所召回了一般,"嗖"地一下便消失了。

"……哎,怎么了……?"

娜雅不知道发生了些什么,愣在了原地,而炽死王则心满意足地笑了起来。

"这不是成功了吗,快召唤它们试试。"

娜雅点点头,往盟珠戒指里注入魔力。

"使、'使役召唤'……!"

她的盟珠突然亮起火光。内部"使役召唤"的立体魔法阵,将缔结盟约的蕃神召唤到现场。

伴随着噼里啪啦的响声,四道光集中在她的眼前。

"……这、这是……?!"

仿佛要把一辈子的惊愕都用光似的,司教又一次惊愕不已地喊道。

"怎么会……不但同时跟四名神明缔结了契约,甚至还同时召唤了它们……这种事，本来应该只有被选定神选中的八神选定者才能做到才对……而且说到底，盟珠应该最多只能召唤一名蕃神，再多的话，宝石应该会承受不住而碎掉才对啊……？！"

与司教的预料相反，光芒逐渐汇聚成实体，随后，娜雅的面前便出现了她刚才缔结过盟约的四名蕃神。

"……奇迹发生……神呀……您今天究竟要让我见证多少次奇迹啊……哦哦、哦哦哦哦哦……"

仿佛受到天启一般，司教又号啕大哭起来。

"……我、我成功了吗……？"

"原来如此，原来如此原来如此，原来如此啊。我明白了，'留下来'！"

耶鲁多梅朵露出从未有过的生动的表情，"唰"地一下用手杖指向娜雅。

"怎……怎么了……？"

"我明白了你的可能性。确实你的魔力十分匮乏，如果将根源比作容器，魔力比作水的话，那么你的容器可以说等同于是空的！因为，本来应该从根源中涌出的水，到你这儿却一丁点都没有涌出来！"

"……嗯……"

娜雅露出失落的表情，低下头去。炽死王却用手扶住她的下颌，强行让她抬起头。

"喀喀喀，你失落个什么劲？真是个搞不懂的家伙啊，我这不是在夸你嘛。的确，你的根源里涌不出魔力。但是，你的根源容器却无比庞大，且上乘。哪怕召唤了四名蕃神都还有空隙！"

"哎……"

"我想说的是，你非常适合召唤魔法。虽然你自己缺乏魔力，但既然你有如此出色的容器，那就从外面找水将其灌满就好了！"

正如炽死王所言，地底的召唤魔法所需要的，似乎是根源的空隙。因此我刚才召唤龙的时候，就算调节了魔力的输入量也没有什么用处。

因为我容器的大小是固定不变的啊。

"使役召唤"和"凭依召唤"中，没有灌满魔力的根源容器，换言之就是空白处，会被与神的盟约或者召唤时所用的术式填上。然而，大多数人并没有这么多空隙，所以才得拿盟珠作为容器代替。

盟约缔结的越多、召唤的越多，容器的空隙便会越少，一旦超过极限便会导致盟珠碎裂。然而，娜雅即使不用盟珠，她的根源里也留有足以接纳这些蕃神的空隙。

"娜雅，和本炽死王缔结盟约吧。如果你成为我的部下，我便成为你的神明，并实现你的愿望。"

"唔，很有趣的尝试啊，炽死王。"

我走到他面前，对他说道：

"确实，这样做说不定就能避过我的'契约'了嘛。"

通过"使役召唤"或者"凭依召唤"，将他的力量变为娜雅的话，那么天父神的秩序也将由她随意掌控。

因为那份"契约"对娜雅无效，所以就算她想要违抗我也不成问题。

"喀喀喀，有什么问题吗，暴虐魔王？就算我的力量变成娜雅的东西，她终究也是魔王学院的学生，不是吗？"

炽死王挑衅地对我说道。只要娜雅不背叛迪尔海德或暴虐魔王，那么即使她能够召唤天父神的秩序，也没有什么问题。

"唔。"

炽死王再三说过，魔王需要敌人。他可能是为了不被"契约"限制，所以才打算将娜雅培养成我的敌人。

不过——

"娜雅。"

"……我、我在……"

娜雅紧张地摆正了自己的姿势。

"你觉得炽死王怎么样？"

她思考了一瞬，便立刻答道：

"……我认为，他是一位非常优秀的老师……只要跟着炽死王老师学习，就算我这种半吊子，说不定也有一天能为迪尔海德派上用场……"

我点点头，对娜雅说道：

"说得没错，迪尔海德里不存在跟炽死王一样优秀的老师。拼上自己的性命跟着他吧，他一定会指引你抵达你想要抵达的目标。"

听罢，她开心地绽放出了笑容。

"信任他，并作为他的学生好好努力。如果你觉得欠下了恩情，以后就用成长来报答他吧。"

"……是！"

娜雅爽朗地大声回答。

见状，炽死王愉悦不已地咧了咧嘴角。

"……喀喀，喀喀喀，哇喀喀喀喀！喀喀喀喀！！"

他的笑声甚至传到了遥远的地底天空处。

"不愧是、不愧是暴虐魔王啊！没想到，你不仅放了我一马，甚至还推了本炽死王一把！啊啊，这才是、这才是，连神的力量也能轻易凌驾的，世界之王的话语啊！！"

他紧握着拳头，意气风发地喊道。

"决不退缩，决不畏惧，从正面压倒一切，然后取得胜利。正可谓是暴虐，正可谓是魔王啊，阿诺斯·福尔迪哥德！很好、很好、很好，就得是这样啊，你果然最棒了！"

耶鲁多梅朵让背后的光翼更加闪烁，并用神圣的口吻赞扬了我。

"那么，就让本炽死王用出全力，来回应你的这份期待吧！！"

耶鲁多梅朵拄着手杖，看向娜雅。

"来吧来吧来吧！娜雅，将这群蕃神收回。就算是你在召唤着这群家伙时跟我缔结盟约，也是没办法做到的吧。"

"你、你们，回、回去吧！"

虽然娜雅这么说了，但蕃神们却纹丝不动。

"……啊，哎？请、请你们回去吧……"

虽然有召唤神明的容器，但操控它们的魔法却还尚未熟练吗？

"赐予你神的话语吧，'留下来'。你能做到，你不可能做不到的。"

炽死王的话语里蕴含着魔力，给予了娜雅祝福。瞬间，盟珠便亮了起来，蕃神们执行着刚才的命令，被光芒吞没了进去。

"这样就行了。说出你的愿望，缔结盟约吧。"

"……哎，就、就算你说让我说出愿望……？"

娜雅困扰地低下头，脸上挂着些许微笑。

"喀喀喀，不用客气尽管讲就是，你的一切愿望我都能实现。"

"……那个，我想想……"

随后娜雅抬起头，对炽死王说道。

"……那、那么……老师您，能够一直都做我的老师吗……？"

耶鲁多梅朵笑了笑。

"我接受了,娜雅。从这世上一切的真理,到毫无用处的杂学,就让本炽死王全都灌输到你的脑髓和身体还有幼稚的心灵里去吧!"

炽死王手舞足蹈地说罢,身上便笼罩了一层光芒。

当光芒收束后,耶鲁多梅朵的身体便从神体恢复成了原来的样子。

炽死王和娜雅的盟约,缔结完成。

第 11 章　圣歌的祭典

"话说，我想问一件事。"

我朝着一脸呆滞地凝望着耶鲁多梅朵和娜雅的司教问道。

"要怎样才能见到吉奥达尔的教皇？"

然而，司教却充耳不闻地从我面前走过。

"哦哦……伟大的天父神啊……以及，与这位神缔结盟约、被选中的圣人啊……"

他跪在娜雅和耶鲁多梅朵面前，为二人献上祈祷。

"能遇见二位，我必须向天命献上我最深厚的感激。我能否斗胆，请您聆听一下我这个信仰神明的忠实信徒的一言？"

娜雅不安地看向耶鲁多梅朵，而他则是一如既往地说道：

"喂喂，别误会了啊。你搞错了应该膜拜的对象了吧？"

听到这句出乎意料的话，司教呆呆地看向了炽死王。

"统治我所在的国家的人，是那里的魔王才对，我也同样是效劳于他。抛下主君跑去膜拜他的下属，这就是你们的礼仪吗，嗯？"

司教一脸疑惑地回答道：

"……可、可是，神是立于王之上的至高存在。既然他是王，那么应该是大人您赐予他的王权才对。而且也是这位少女和您缔结的盟约，那么身为信徒的我，首先理应是向二位跪拜，才符合对待神的礼仪啊。"

"喀喀喀，那么你给我记好了。所谓魔王，乃是立于神之上的存在。说到底，天父神的秩序就是那位魔王——阿诺斯·福尔迪哥德从诺司加里亚手中篡夺走，并赐予我的。"

"居然……"

司教用畏惧的表情看向了我。

"立于神之上，夺走神的力量，并赐予他人。这样看来，岂不跟'全能煌辉'艾克艾斯一样了吗……"

司教走到我的面前，毕恭毕敬地跪下，并献上祈祷。

"恕我有眼无珠，看不清真相，所以我只需相信神所说的话便是。立于神之上的大人，魔王阿诺斯·福尔迪哥德大人。非常抱歉，我是吉奥达尔的司教米拉诺·艾姆·西撒拉德，请您原谅我方才的无礼。"

"无妨，你大可不必这么紧张。我并非艾克艾斯，只是个不值得你信仰的地上魔族罢了。"

米拉诺静静地点了点头。

"我理解了,可是,哪怕您并非'全能煌辉',也依旧是立于神之上的大人物。我可不能怀疑神的话语啊。"

"那就,随你喜欢吧。"

"魔王阿诺斯大人,吉奥达尔教皇那边由我去禀告。如果是没有盟珠便能统治神明的您要求相见的话,教皇也会欣然答应的吧。然而在此之前,可以请您聆听一下我这个可怜信徒的话语吗?"

"但说无妨。"

司教一边献上祈祷,一边说道:

"在这个信仰神明、敬畏神明、为神明献上歌曲的信仰之国吉奥达尔中,有一位堕入邪教的愚蠢之人。他就像是在亵渎神明一般,贬低教皇、嘲笑信徒、到处否定'全能煌辉'艾克艾斯的存在。虽然这个城里没有会把这种话当真的信仰薄弱之徒,但他妨碍了许多祭典,已经到了无法置之不理的地步。"

"唔,这个堕入邪教之人的名字是?"

"吉奥达尔原枢机主教,阿希黛·阿洛卜·阿迦采。由于他堕入了邪教,现已被教皇剥夺了教名,如今只叫他阿希黛。"

果然是他。既然教名都被剥夺了,说明他已经不算是圣职者了吧。

"他每逢祭典都会现身来亵渎神明。曾经他也被逮捕过一次，并作为罪人被打入大牢之中。然而，我现在光是回想起当时的场景就心惊胆战啊。"

米拉诺颤抖着说道。

"发生什么了？"

"他当时就像被坏东西附身了一样，跟说梦话似的不断重复着，'从梦里醒来！为什么醒不过来！'他的表情如同疯狂的恶魔。他那种异状、那种毛骨悚然的样子，令信徒们都感到忌讳，甚至不敢正眼看他。然后，他就趁此机会逃跑了。"

"就算盯他的人失职了，我也不觉得他能靠自己逃出去啊？"

司教点了点头。

"您真是明察秋毫，那个愚蠢的阿希黛似乎加入了贾迪席奥拉的教派。那群人都是信仰不从之神的邪教徒，根本想不到他们会干些多么邪恶的事情。"

原来如此，为了宣扬神已经不存在，就跟异教徒联手了吗？可是，我不觉得他在被我套上项圈之后，这么短时间内能做到这种程度，应该是很久以前就跟贾迪席奥拉在暗中勾结了吧。

"吉奥达尔教团正在追踪阿希黛的行踪。他别说逃离这里了，就算是在大庭广众之下露面都很困难。在没有食物的情况下，他终究只能喝着泥水，然后惨死路边吧，这才是对他的惩罚。然而，这座城明天会有一场大型祭典。"

虽然能将阿希黛逼上绝路再抓住他，但却不希望妨碍到祭典吗？

"所以你想要我来帮忙？"

"……我怎会如此胆大包天？我最多只是祈祷、许愿罢了，一切都看伟大神明的想法。我将祈愿传达过后，能否实现，全凭'全能煌辉'的心意。"

然而，对付阿希黛一个人，他们比我想象中的要费工夫啊。如果教皇是选定者的话，应该很快就能处理掉失去神明庇佑的家伙才对。

和他合作的贾迪席奥拉的龙人有这么棘手吗？还是说教皇有什么事，不方便行动？

"你说的大型祭典是指？"

"在这吉奥达尔，每隔一百天就会举行一场圣歌祭典。这个为神明献上神圣的歌曲，祈愿地底繁荣的祭典，是吉奥达尔里最为神圣的仪式之一。只有这个祭典是无论发生什么都必须顺利举办下去的……可那个对亵渎神明抱有异样执念的愚蠢之人，肯定会不顾一切危险，再次过来捣乱……"

"地点是？"

"虽然吉奥海泽各地都会举行，但歌唱圣歌的地方只在神龙灵地。离这里很近，需要我为您带路吗？"

去问问阿鲁卡娜应该就能知道位置了吧。

"不用，和教皇会谈的事情就交给你了。"

说完，我画了一个覆盖整个地下以及全毁教堂的魔法阵，用"创造建筑"重建了整个建筑，将其完全复原。

"哦……哦哦……这是何等的奇迹……这便是,神的伟业……"

司教又当场开始祷告。

"如'全能煌辉'所愿。"

虽然不太习惯他的言行,但他应该会帮我创造会谈的机会吧。

"那就,明天见。到时我会把阿希黛当作给教皇的礼物带来的。"

我刚想离开教会,突然想起件事,又停下脚步。

"话说,你知道这附近哪里有好点的住宿地点吗?"

司教诚惶诚恐地答道:

"……明天是圣歌祭典,所以有很多巡礼者到访了吉奥海泽,教会和住宿应该全都满员了。但如果您有需要的话,我会想办法去腾出几个房间。请问您那边有多少人?"

唔,既然是要专门腾出来,意思是要去赶走其他巡礼者或者教会的信徒吧。

"没这个必要,有什么空地能借用一下吗?就算在地下也不要紧。"

"这附近的龙码头是我管理的土地。您需要的话,可以尽管使用。"

"帮大忙了,那我也就不客气了。"

"如'全能煌辉'所愿。"

司教毕恭毕敬地低下头，献上了祈祷。

当我们离开教会后，发现外面有一位少女正乖乖地等着我们出来。

"阿鲁卡娜。"

听见我喊她后，她朝我转过身来。

"神龙灵地在哪里？"

"跟我来。"

跟在她身后走了一会儿，那轻微环绕在耳边的龙人之歌，渐渐地听得越来越清楚。

最终我们抵达了一处用土堆起来的广场。

广场中央有一片浅而巨大的坑，里面放着一个很大的篝火。那高达数十米的燃烧着的火焰，里面放着一根长长的立柱，应该是龙骨吧。

而有一群唱着听不太惯的圣歌的人，正围着这座巨大的篝火。

"哎？是爱莲她们哦！"

艾莲欧诺露用手指向前方道。

"真的哎，她们在干什么呢？"

莎夏露出疑惑的表情问道。

祭坛前面，粉丝社的少女们恐怕是混进了吉奥达尔的圣歌队，在一起唱着歌。她们明明今天是第一次听到吉奥达尔的圣歌，却唱得很是像模像样。

一曲唱罢，她们和圣歌队的成员互相握手表示感谢。

"非常出色的歌声，爱莲。听说你们也是圣歌队的，请问是从何而来？"

"我们来自迪尔海德，不过那是天盖上面的国度来着……"

爱莲指向头顶说道。

"天盖上面？"

听罢，圣歌队的女性们都露出了不可置信的表情。

"笨蛋爱莲，这也能说的吗？"

"啊，是、是啊，啊……啊哈哈……"

爱莲笑着蒙混过去，对此圣歌队的女性们则是露出了微笑。

"真是有趣的人呀。我是吉奥海泽圣歌队队长，伊莉娜·阿鲁斯·阿米娜。"

"我是魔王圣歌队的爱莲·米海斯。"

粉丝社的少女们依次报上名号，并与对方握手。

"如果你们能再早一点来吉奥海泽的话，我都想把明天圣歌祭典上的来圣奉歌拜托给你们唱了呢。"

"来圣奉歌……？"

"你不知道吗？在圣地吉奥海泽举行的圣歌祭典中，有一个邀请从外地到访此地的巡礼者为这片土地奉上全新歌曲的仪式，这就是来圣奉歌哦。"

看着连连点头的爱莲她们，伊莉娜继续解释道。

"过去，有一位到访这片土地的圣人的歌曲化作了神明、消去了灾害。从此以后，这个仪式便成了圣歌祭典中最为重要的仪式。从外部源源不断输入新鲜的曲目，也有请求神明庇佑的含义，这正如'全能煌辉'艾克艾斯大人所愿。"

"虽然有点难懂，不过歌曲能变成神明，真的好棒哦。"

伊莉娜似乎很满意爱莲的回答，她笑着说道：

"虽说圣歌可以传到城里的各个角落，但如果可以的话，请你们明天到现场来看一看吧。愿你们也能受到'全能煌辉'的庇佑。"

伊莉娜祈祷着。

听罢，粉丝社的少女们诚惶诚恐地低下头去，从祭坛的舞台上走了下来。

"你们做的事情还真是有趣嘛。"

听到我向她们搭话，她们立刻惶恐地缩起了身子。

"阿、阿诺斯大人……非、非常抱歉，我们擅自做出这种事情……"

"无妨，我不会干涉你们的行动。话说你们唱得真不错嘛，不是才第一次听到吗？"

"是的……不过，这首歌唱起来很轻松。刚才的伊莉娜小姐她们，好像是这座城市的圣歌队的成员。我们当时觉得她们唱歌好好听，就站着看了一会儿，然后她就来邀请我们一起唱歌了。"

所以才一起唱起歌了吗？

"吉奥海泽盛行歌唱文化。龙人们会通过歌曲，进行各种各样的交流。"

阿鲁卡娜补充说明道。

"请问，明天也有自由时间吗？"

"你们想来看圣歌祭典？"

听后，粉丝社的少女们纷纷点头。

"啊，不过，我们就这么一问。如果有其他事情的话，我们也完全没问题的。"

"这可是体验吉奥达尔文化的大好机会啊，明天把所有人都叫来观赏吧。"

爱莲顿时笑开了花。

"太好了！谢谢您！"

粉丝社的少女们兴高采烈地互相拍了拍手。

"不过，有一件事你们要注意。"

爱莲疑惑地注视着我。

"明天大概会有一个不速之客来现场捣乱啊。"

第12章 摇曳的记忆，与梦重叠，浮出水面

自由活动结束后，我和魔王学院的学生们一起逛了逛吉奥海泽的街区。

除了神龙灵地之外，还有好几个点燃篝火的地方，并且有圣歌队在那里为神明献上歌声。

因为这个时期外来的巡礼者特别多，明显是外来者的我们并没有被人怀疑，反而还受到了热情的欢迎。

我们随便找了家店铺吃饭，然后便回到了龙码头。

我在此地画出魔法阵，用"创造建筑"造了个魔王城。现在是圣歌祭典的时期，即使从司教那里获得了许可，我也并不太想引人注目。所以将绝大多数的楼层都设立在了地下，露出地表的就只有正门的一楼部分而已。

"最下层是教师的房间,除此之外的房间,你们就自行商量分配便是。"

我打开正门,学生们都走进魔王城中。

"吉奥海泽的治安很好,但晚上外面应该也很冷清。最好不要外出,遇见危险我不会去帮忙的。如果这样也无所谓的话,你们就随意吧。"

我稍微叮嘱了几句后,便穿过正门离开了。

我站到设置在一楼的魔法阵上,跟上来的有辛、耶鲁多梅朵和阿鲁卡娜。我往魔法阵里灌入魔力,瞬间转移到最下层。

"我用最里面的房间,其余的你们随意便是。"

"遵命。"

辛简短地回应后,毫不犹豫地迈开脚步,打开靠近最深处房间一旁的房门。

这个位置,万一要是敌人袭击到我的房间,他也可以迅速过来阻止。

"那我就借用一下那边的房间咯。"

耶鲁多梅朵则选择了离我最远的房间。

"你呢?"

我问阿鲁卡娜,她则是指向了最深处房间的房门,这是一个跟魔王城完全不搭调的木质结构。

"那间房有什么特殊意义吗?"

"只是我的一点余兴罢了。我感觉把这个按原样造出来的话，可能会想起些什么。先带你看看吧。"

我缓缓走到深处的房间，打开了房门。

里面也是由木头建成，并不太宽敞。器具与家具都不算高档，只是些很常见的物件。

这是再现了我在那场梦里梦到的，和妹妹一起在森林里生活的那个家。如果那是我的记忆，那个时候我应该也是用"创造建筑"造出的这间屋子吧。我只是突发奇想地随便再现了一下试试，结果里面并没有特别勾起我回忆的东西。

"这就是你在梦里看到的记忆？"

"这好像是我跟妹妹生活的家。"

阿鲁卡娜凝神环顾了四周一圈。

"怎会如此？我好像有点印象。"

她快步走向前去，用手轻轻抚在其他房间的房门上问道。

"这里是寝室？"

"是的。"

"里面有两张床。"

阿鲁卡娜打开门，她不可思议地盯着并排放在那里的两张床。

"说起来，我还没告诉你我妹妹的名字吧？"

我站到阿鲁卡娜的身后，她则是把头朝后仰，直接仰起脑袋看着我，白银色的头发轻柔地摆动。

"她叫阿鲁卡娜。"

她沉默了一瞬，然后问道：

"……为什么，会跟我的名字一样？"

"谁知道啊。如果我跟你在两千年前见过的话，你有可能就是我的妹妹。"

阿鲁卡娜瞬间露出了不可思议的表情，然后她又马上将头摆正，走进了寝室。

看了眼床之后，她又回头看向我。

"是在我变成无名神之前的事情？"

"从可能性上来说的话，就只有这样了。不过，你会产生疑问也很正常，毕竟连我自己都弄不清前因后果啊。"

我一边说着，一边走到床边，然后坐了上去。

"话虽如此，如果只是同名的其他人的话，也不是不可能。我梦中的妹妹，跟你的性格相差甚远。"

听罢，阿鲁卡娜陷入沉思，而我则是看向她问道：

"阿鲁卡娜，我确认一下，你真的想要取回记忆吗？"

"……如果，这能成为你的救赎的话。"

唔，这才是前提吗？

"你还真是个货真价实的神啊。"

我躺到床上，看着天花板。

"你应该已经舍弃了自己的神名，或者说舍弃了自己的记忆。如果回想起来，你说不定又会变回无名之神哦。"

"……舍弃神名应该是因为我的罪孽吧，我给予了他绝望。"

他，应该是指阿鲁卡娜变为无名神之后，没能救到的那个男人吧。

"无论过去发生了什么,我觉得我都不应该忘记。"

"如果不舍弃神名,你就不会获得心灵。"

"你说得对。然而,在取得了感情的现在,我在想,我想要取回神名与记忆,那是我不该忘记的东西。"

正因没有感情,所以才能舍弃神名与记忆。

而也是正因此得到了感情,才会想要再次追回失去的神名与记忆。

可谓人世难得长如愿啊。

"是你告诉了我,肯定有既能取回神名与记忆,又不失去感情的方法。并且我认为,不断地拯救苍生,才是属于我的赎罪。"

"既然你已经下定决心,那我也不多说了。"

阿鲁卡娜走到我的身旁,并坐到床上。

"摇曳的记忆,与梦重叠,浮出水面。"

"什么意思?"

"如果我曾经是你的妹妹,那么将我的梦与你的梦重叠,可能就可以更有效地唤醒你的记忆了。"

原来如此。

"但这会加重对你的负担。"

"无妨。如果这样能够取回记忆,那就来试试看吧。"

"谢谢你。"

阿鲁卡娜跨坐在我的身上，轻轻地将手扶在我的胸前。

然后，她将额头抵在我的额头上，身体浮现出魔法阵，身上的衣服也闪起光芒，然后渐渐消失。

正当此时，大门"啪"的一下被人一下子推开。

"给、给我等一等！"

阿鲁卡娜转过头，发现莎夏和米夏正站在门前。

"我突然有种不好的预感所以就过来看了看，好你个不检点神呀！只要有我在，就绝对不会让你得逞！"

"魔族姑娘，这是为了取回记忆所必要的行为。并非不检点，也并非荒唐，而是神圣、干净的。"

"我知道，可是阿诺斯他一定会问'难道取回记忆就一定得睡在一起吗'，他一定会有这种疑问的啦！"

莎夏满脸通红地喋喋不休着。

"确实，也并不是非得睡在一起。但使用非正式的魔法运用方式会导致精度下降，并且魔力的消耗也会变大。最主要的是，回避一起睡觉这种行为本身是没有意义的。"

听我这么一说，莎夏便立刻沉默了。

"别摆出这副表情嘛，我不是那种听不得部下忠告的人。如果有什么问题，你尽管说。"

"……问题是……"

莎夏低下头。

"我……"

她满脸通红地挤出微弱的声音说道：

"我……讨厌你们这样嘛……"

"为什么？"

听到我的询问，莎夏顿时束手无策说不上话来，而米夏则帮她继续说了下去。

"莎夏很担心阿诺斯。"

"你们觉得阿鲁卡娜会对我做什么吗？"

米夏摇了摇头。

"阿鲁卡娜是好女孩。但是，该担心的还是会担心。"

好吧，我也不是不能理解。作为部下，担心主君有个三长两短也是正常的。

"既然如此，那正好。也让梦之蕃神给你们看看过去的记忆吧。"

"……嗯？"

莎夏愣愣地看着我。

"担心的话，你们就直接来一旁好好看着，顺便让你们看看我的梦也行。直接接触梦之蕃神的秩序的话，如果对方有什么可疑的行动，你们也能立刻察觉。"

"……可、可是……这样的话……"

莎夏扭扭捏捏地，朝我投来了一个询问的眼神。

"要一起睡吗？"

米夏开口问道。

"这样就没问题了吧。"

"没、没问题是指……"

"你不想?"

"……我、我没有,但是……"

莎夏满脸通红地低下头。

"那就过来吧。你们在我的身边,也能让我安心些。"

"……是、是这样吗……?"

"嗯。"

"……是吗……是这样啊。好吧……"

莎夏想通了似的点了点头。

"……既然阿诺斯都这样说了……那、那我也没办法啦……"

莎夏全身僵硬地走到了床前,米夏跟在她的身后迈着小碎步走了过来。

"那个,我、我应该怎么做呢……?"

"你们先到阿诺斯的两侧。"

阿鲁卡娜说道。

按照她的话,米夏拘谨地在我左边坐下,迅速躺了下去。莎夏则是来到我的右边,动作僵硬地也躺了下来。

米夏面朝着我,露出了柔和的微笑。

"怎么了?"

"我们就像一家人呢。"

"这样吗？"

"嗯。"

阿鲁卡娜再次贴住我的额头，开口道：

"不分彼此，不夹畛域。"

阿鲁卡娜对所有人画上魔法阵，衣服被光芒包裹。

"等、等一下，喂，这是变裸体的那个魔法吧？"

"别用反魔法，这只是把衣服放进你们的收纳魔法里而已。"

"我、我不是指这个。被子呢，盖层被子总可以的吧？"

阿鲁卡娜点点头。

"温暖雪花，化为寝床。"

纷纷飘舞的雪月花，点亮我们身下的被子，将其变成了一张薄布，然后盖在我们身上。

然后阿鲁卡娜继续使用魔法，我们在光芒的包裹下，逐渐变得一丝不挂。

就在米夏连连眨眼的时候，照明"唰"地熄灭了。只剩一盏用魔法点亮的，挂在墙上的小油灯。

我看向米夏的脸，她却小声地喃喃道：

"别看我。"

她的声音很腼腆。看来一向稳如泰山的米夏，似乎难得感到害羞了。

"好吧。"

我转而看向坐在我身上的阿鲁卡娜，米夏则是横躺着，静静地凝视着我。而另一边，莎夏却将脸扭向一旁，全身僵硬。

"魔族女孩。"

阿鲁卡娜叫到莎夏。

"干、干嘛啦？"

"放轻松，你这样是无法入梦的。"

"……就、就算你这么说……像这样……？"

莎夏尝试放松身体，但越是想要放松身体就越用力，最终整个人都僵住了。

"你不用这么兴奋。"

我伸出手扶住莎夏的脑袋，并轻轻地让她看向我。

"呀……哎，我……那个……那个……？"

"看着我的眼睛。"

我凝视她的双眼。

"……是……"

"你是为了我而来的吧？"

莎夏点了点头。

"我很开心。但是，你没必要这么兴奋，跟平常一样就行。反正什么都不会发生的，只是看看过去的梦罢了。"

"……嗯。"

话音一落，莎夏就像是要保护我一样，把额头贴在了我的身上。虽然还是有点僵硬，但感觉基本上没之前那么兴奋了。

"这样行了吗？"

阿鲁卡娜点点头,再次用额头贴住我的额头。

"夜色到来,诱人入眠,摇曳的记忆,与梦重叠,浮出水面。"

我们所有人的身体都裹上了一层淡淡的透明光芒。当将身体交给那引人入梦的睡意后,意识便渐渐飘向了远方。

第13章 撒谎的朵拉

这里是，梦境的后续——

阿鲁卡娜双手抬着沉甸甸的柴火，摇摇晃晃地走向暖炉。

对于大人而言很简单的活儿，对于才六七岁的娇小身体而言就相当费劲了。

"嘿咻。"

她喊出声，将柴火添进燃烧着的火炉中。

外面下着暴风雪，家里面也十分寒冷。阿鲁卡娜一边裹着毛毯，一边把手伸到暖炉前。

这时，玄关的大门传来"咚咚咚"的敲门声。

阿鲁卡娜双眼顿时有了神采。

"哥哥！"

她兴高采烈地跑向玄关，解开锁，将门打开。

"哎……？"

看到外面敲门的男人后，阿鲁卡娜惊得往后一缩。

"……你是谁？"

外面是一个穿着蓝色法衣的中年男子，他用憔悴又充斥着疯狂的眼神盯着阿鲁卡娜。

"……找到了，当活祭品的孩子……"

男人念叨着，背后又出现了两名穿着同样蓝色法衣的男子。

宛如幽灵一般。

"……献上……"

"……神的活祭品……"

"……来吧，将你的身躯作为祭品献上吧……"

阿鲁卡娜吓得连连后退，男人们紧跟着闯进了家中。

"不、不要……别过来……！"

不管阿鲁卡娜再怎么叫喊，男人们都完全不予理会，朝她伸出手去。

就在这时——

"嘎……！！"

柴火飞到半空中，以撕裂空气的势头直击男人们的后脑勺，他们接连跪倒在地。

"唔，你们找我妹妹所为何事？"

玄关处出现了一位十岁左右的少年，黑发黑瞳。他便是阿鲁卡娜的哥哥，阿诺斯。

"哥哥……！"

阿鲁卡娜飞扑进阿诺斯怀中，紧紧抓住了他。

"你先退后，阿鲁卡娜。刚才这个力度等闲魔族绝对站不起来了，可看样子他们还挺结实的。"

男人们用手按着头，摇摇晃晃地站起身来。

"……你想要违背教义吗，小鬼？"

"这个姑娘是活祭品，若是不把她献给神明，龙群就无法平息。"

"你这一无所知的外来者！都怪你把这姑娘带来，导致龙在各地肆虐，整个国家都被搞乱套了！"

男人们的怒火，吓得阿鲁卡娜的身子颤抖不已。

"说什么莫名其妙的话呢。龙在暴动的话，去制服它不就好了。你们一群大人别自己当缩头乌龟，然后把莫须有的罪责强加在我跟我妹妹头上好吗？"

"胡说，你这蠢货！连道理都说不通的呆子，就别在这儿满口大话了！！"

男人们纷纷朝阿诺斯拔出剑，然后挥下。而他只是稍微伸手张开了魔法护罩，这些剑便全都"咔嚓"一声折断了。

作为反击，阿诺斯用"灼热炎黑"点燃了这群男人。然而，他们的皮肤上出现了类似鳞片的东西，将黑炎防了下来。

"唔，话说，你们的确是群我没见过的魔族啊。我从没听说过有人长这种鳞片，而且魔力波段也稍稍有些不一样。"

阿诺斯用魔眼凝视这群男人。

"你们真的是魔族？"

"我没理由告诉你这愚蠢之徒！受死吧，小鬼！"

男人们张开嘴，露出尖锐的獠牙。他们从喉咙深处喷出灼热火焰，将阿诺斯点燃。

"哥、哥哥……！"

"放心，今天天气很冷，这温度正好取取暖。"

阿诺斯用反魔法抵消这火焰吐息，然后画了三个魔法阵，从中略微露出了一颗小小的漆黑太阳。

"这是我刚学会的魔法，你们来尝尝看吧。"

"狱炎歼灭炮"从极近距离发射而出。男人们打算用长满鳞片的手背弹开这小太阳，却立马就被黑炎点燃了。

"唔哦哦哦，这、这不可能……！"

"我、我居然燃烧起来了……？！"

"这种小鬼，为什么，会有如此强大的力量啊啊啊……！！"

刚才防住"灼热炎黑"的鳞片毫无作用，他们被漆黑的太阳吞没，瞬间化为焦炭。

"唔。"

他温柔地抱住了阿鲁卡娜那颤抖不已的肩头。

"抱歉让你受到惊吓了，已经没事了哦。"

阿鲁卡娜把头埋进阿诺斯怀中，微微摇摇头。

"那个……我完全不害怕的哦……"

"哦?"

"……因为……因为我……相信哥哥肯定会来救我的。"

阿鲁卡娜虽然仍颤抖不止,但还是坚强地说道。

"你动不动就爱撒谎。"

"……才没有撒谎呢,我真的是这么想的嘛……"

阿诺斯温柔地抚摸着阿鲁卡娜的头,说道:

"是吗?"

"是……是的哟。"

"坚强的孩子。"

阿诺斯画出魔法阵,把焦炭打扫干净,顺便将受损的屋子也恢复原状。

然后,他又另画了一个魔法阵,从中取出面包。

"咱们吃饭吧。"

他在厨房把汤热好,装进杯子里,然后摆到暖炉前的小桌上。

"因为这次寒潮,今年的作物收成不好。所以我到附近的城里去了一趟,但只弄到了这么一点食物回来。"

"没事,我胃口很小的啦。"

说着,阿鲁卡娜双手拿起杯子,喝起汤来。

"我之后到稍微远点的地方去找找看吧。"

"……你又要出门了吗?"

阿鲁卡娜不安地说道。看来她不想让哥哥离开。

"我很快就会回来。"

"是吗。"

阿鲁卡娜放下心来,拿着面包和杯子凑到暖炉边上。然后,用手拍了拍自己身边的空位。

"真是个让人没办法的妹妹啊。"

"……因、因为很冷嘛……"

阿诺斯拿着面包和杯子,走到阿鲁卡娜身边坐下。随后她紧紧地贴住了阿诺斯。

"哥哥,你听我说,我希望你再给我念点书听呢。"

"你不是说过你已经读了吗?"

"不一样嘛,我想要哥哥你念给我听嘛。"

她一边认真地凝视着阿诺斯的脸,一边说着。

"不可以?"

"那就往常读的那本?"

"嗯,那本就好!"

阿诺斯用手指轻轻一勾,书架上的一本书便飞到了他的手上。这本书标题叫"说谎的朵拉"。因为已经反复翻阅过无数遍,这本书的装订早已全都剥落,变得破烂不堪了。

阿诺斯开始缓缓讲述起这本书的故事。这个故事并非发生在迪尔海德,而是发生在一个虚构的国度。

在一个村落里,有个名叫朵拉的少女。据说她是某位贵族的千金,因为她有着无论什么魔法都能掌握的才能。所以为了不被坏人盯上,她躲在了边境的村落里生活。

不过,有些时候,会有有名的魔法使到访村子并想将她收为弟子。她还会偷偷治疗一些不治之症,父母也会在没人发现的时候偷偷过来看她。父亲和母亲都很溺爱朵拉,他们一直盼望着能尽早跟她一起重新生活,每天都很努力地想对策。

——然而,这一切都是朵拉所编造的谎言。

朵拉总是爱撒些大大小小的谎,让村民们东奔西跑。直到有一次,一个同龄的少年揭穿了朵拉的谎言。谎言败露的朵拉,只得一个人寂寞地生活。

她无法承认自己撒谎,只能等待着根本不存在的双亲来接自己。一直在撒谎的她,终于开始欺骗自己,并在不知不觉中,甚至把谎言都当真了。

最终,她直到最后都没有得到任何人的信任,就这么结束了自己的一生。

"唔,看了这么多遍,我还是不知道这故事哪里有趣啊。你究竟是喜欢它哪点?"

"我想想,我喜欢朵拉那好像很享受撒谎的样子。还有,故事里小小的谎言却造成了很大的麻烦,导致大家全都慌慌张张的,那种'哇——该怎么办啊'的感觉!"

所以才喜欢撒谎吗?真是搞不懂小孩子的喜好啊,阿诺斯心想。

"你要是说这种话,小心落得跟朵拉一个下场哦?"

"不，才不要呢！虽然我很喜欢朵拉，但我可不想变成她那个样子！"

说的真直白啊，阿诺斯心想。

"那以后就别撒太多谎了吧。"

听罢，阿鲁卡娜不服气地嘟起小脸。

"我有哥哥在，所以不怕！"

"也是。"

听我这么一说，阿鲁卡娜便立刻"哎嘿嘿"地笑了起来。

"接着读，接着读。"

听见她的催促，阿诺斯继续读起这本书的后续。

"啊……"

阿鲁卡娜不小心将手里的面包掉在了地上。它在地板上弹了几下，随后弹进了暖炉的火焰之中。

阿鲁卡娜悲伤地看着暖炉。

"怎么了？"

阿诺斯回过头，她则是挥了挥手。

"啊，我，那个，一口吃掉了面包，所以有些难受呢！"

"你这也太狼吞虎咽了吧。"

"哎嘿嘿。好啦，接着读，接着读后边的故事吧。"

听她这么一说，阿诺斯便接着读了起来。

阿鲁卡娜松了口气，但肚子却咕咕咕地叫了起来。肚子很饿的她，只能盯着掉进暖炉当中的面包，可再怎么馋也已经没办法吃了。

无可奈何,她只好一口一口地喝起汤来。此情此景,都被阿诺斯一边读书,一边偷偷看在了眼里。

"阿鲁卡娜。"

阿诺斯把自己的面包递给了她。

"哎……?"

"下次别弄掉了。"

她怯生生地接下了这块面包。

"那哥哥呢?"

"没事,我其实在城里吃了好东西,所以肚子不是很饿。"

"哎——不公平不公平!"

阿鲁卡娜啪啪啪地用小手敲着阿诺斯。

"抱歉,我下次会记得给你带回来的。"

"我们约好了哟,下次哥哥可不能一个人吃独食了哦?"

看到阿诺斯点头答应,阿鲁卡娜便又开心地嚼起了面包。

"你的谎言跟朵拉的不一样。"

阿鲁卡娜一边鼓着脸嚼着面包,一边看向阿诺斯。

"你是觉得如果自己没吃的,我就又得去外面找食物,非常辛苦,所以才瞒着我的吧?"

"……因为外面那么冷,哥哥你好可怜的嘛……"

阿诺斯摸了摸阿鲁卡娜的头。

"这是不会伤害任何人的善意的谎言啊,你今后肯定不会变成朵拉那样的。"

阿鲁卡娜开心地笑了起来,并将头靠在阿诺斯肩头。两人一边读着故事的后续,一边讨论朵拉引起的大骚动,开心又漫无边际地聊着彼此的感想。

第14章　来圣奉歌

在我还意识蒙眬之时，感觉到一双小手轻柔地摇了摇我的身体。

"醒了吗？"

淡然的声音在我耳边响起。

睁开眼一看，一头蓬松竖卷的白金色头发映入我的眼帘。

米夏看着我露出了一丝微笑。

"到早上了？"

"嗯。"

我起身后，米夏便迅速从我身边离开了。应该是先被叫起床的莎夏，此时正坐在椅子上，睡眼蒙眬地望着虚空。两人都已经穿上了魔王学院的制服。

"我们一起看了你的梦。"

拘谨地坐在床上的阿鲁卡娜如是说。

"是一群看着像是龙人的家伙,盯上我妹妹的梦吗?"

"是的。"

这很不对劲吧。两千年前并没有地底世界,龙人应该是不存在的才对。还是说,他们的先祖那时已经在地上生活了?

"你想起什么了吗?"

"我不知道。可是我总觉得那个梦境我似曾相识,为什么呢?"

她自问自答地低语着。

"果然,我曾经是你的妹妹吗?"

既然这是我跟阿鲁卡娜的梦境重叠之后所看到的,确实可以这么去考虑。

"我还想继续看看梦境的后续。"

"明晚再看吧。"

我点点头。

今天有事情要做,没办法从白天就开始做梦了。

"米夏和莎夏,你们呢?"

阿鲁卡娜向二人问道。

"我和阿诺斯做了一样的梦。"

听了米夏的回答,阿鲁卡娜低头沉思了起来。

"后面呢?"

米夏摇了摇脑袋。

"另一个魔族女孩呢？"

阿鲁卡娜问到莎夏，可她却在发呆。见状，米夏碎步走到她身旁，温柔地问道：

"莎夏，你做梦了吗？"

"……嗯……那个，我梦见了娇小可爱的阿诺斯和他的妹妹……"

莎夏精神恍惚地说着。

"还有呢？"

"……还有？嗯……嗯……没了……"

莎夏睡眼惺忪地答道。

"她们俩监视着看完我们的梦境之后，我同时又试着看了一下她们转生前的梦境。"

"那怎么什么都没看到？"

我向阿鲁卡娜问道。

"……因为没有记忆，或者根本就没有转生，要么就是记忆忘却得比我们还要严重。"

各种可能性都有啊。至少目前来看，仅靠梦之蕃神的力量，是无法让米夏和莎夏回忆起来的吗？

"没办法，她们俩的话，就等用痕迹神或者别的办法去找记忆吧。"

我下了床，慢慢走向门口。

余光里，刚刚还眼神虚无的莎夏，突然睁大了双眼。

"喂，等一下阿诺斯……衣服！全、全看见啦……！"

突然清醒过来的莎夏指向我说道。

她虽然这么说，可我还裹着床单，倒也算不上全看见了。不过，她想说的是，半裸出现在学生面前会有损我的威严吧。

"不必担心，我可不打算就这么上去。"

我画出魔法阵，穿上白色制服。

"可是，你今天醒得倒挺快的嘛。"

听我这么一说，莎夏立马满脸通红地别开脸。

"……才、才不是这样的……只是，那个……对、对了，阿诺斯你为什么今天也穿着魔王学院的制服呢？"

莎夏突然改变了话题。

"我想要让大家深刻记得并反省，曾经将魔王当作不适任者的这件事。"

"原来如此。确实，这也是很重要的。"

"——这只是表面上的理由。"

"表面上？"

莎夏有点摸不着头脑。

"其实我只是嫌裁缝那边老是来劝说我做新衣服，很麻烦。所以只要用这个理由，就省得我老是费口舌去拒绝了。"

"但是，这样的话，你就一直都得穿着制服了吧？"

"也无妨，而且对于你们来说也差不多吧。"

"……说是这么说……"

莎夏一个人缩在椅子上,并小声地嘟囔着。

"马上要吃早饭了,去准备一下吧。"

说着,我便离开了房间。

我找到了魔王学院的学生们,并让他们陆续去街上买了早饭回来。

吃饱喝足并休息一阵后,圣歌祭典也差不多要开始了。我们离开魔王城,来到了神龙灵地。

周围有许多巡礼者也来到此处,所有人都向中央的大型篝火献上了祈祷。

我也用从阿鲁卡娜那里学来的礼法,用左手覆盖住右手,向那个大型篝火献上祷告。而身旁的莎夏却一脸意外地看着我。

"你这表情是什么意思?"

"……阿诺斯你又不信神,而且很讨厌它们的吧?"

"讨厌我不否认,但只要不危害他人,信仰与否因人而异就好。这是信仰神明的他们的祭典,既然要参与其中,那么为他们献上祈祷才算得上是礼仪吧。"

"明明是个魔王,却说些这么有常识的话。"

说着,莎夏也在我身旁献上了祈祷。

"阿诺斯很在意。"

米夏说道。

"在意什么?"

莎夏又反问道。

"阿希黛会不会来妨碍祭典。"

"嗯,可是这也不怪阿诺斯吧。虽说如果不给他戴上'羁束项圈梦现'的话,他应该也不会到处大肆宣扬神是虚假的吧。但那家伙曾经的行径更恶劣啊,他当时不是在打着神明的名号,到处招摇撞骗、操控信徒吗?"

为了强化"创造之月",他让许许多多的龙人自尽了。

"要是没遇上阿诺斯,如今,他可能会在神不知鬼不觉中干出更过分的事呢?"

我突然"哈哈哈"地笑了出来。

"为、为什么要笑啊!"

"没什么,我只是在想,我这部下的心肠可真好啊。这的确不是我的错,我也没有义务特地为了这个国家除掉阿希黛。我可是帮他们揭露了阿希黛秘密串通贾迪席奥拉这件事,他们更应该来感激我才是啊。"

"你知道就好……"

莎夏羞涩地低下头。

"孕育出愚昧之人的责任,理应由这个国家自己承担才符合常理。如果他们一直把那个男人当作虔诚的信徒的话,即使有选定审判一事,到那时,说不定他们还会反过来怪我呢。"

本以为我夺去阿鲁卡娜以后,他已经被削减了足够多的力量,可没想到他们居然会出现让犯人逃狱这种丑事。

"不过,为了更方便他们抓捕,当时应该再给他加一套镣铐的。"

"过意不去?"

米夏用毫无神采的目光注视着我的脸。

"我吗?"

"有那么一点?"

"我刚才已经说过了,这原本就是他们造的孽,我没有义务帮他们还。神的债由神偿还,而吉奥达尔的愚昧之人的债就应该由吉奥达尔自己还。"

米夏呼呼地笑了。

"因为莎夏说过。"

她像是看透了我的心思似的说道。

"这不是阿诺斯的错。"

"你总是喜欢高看我,我可没这么好心。"

听罢,米夏连连摇头。

"你很温柔。"

"喂,你们在偷偷摸摸说什么呢,不能跟我讲的吗?"

我和米夏同时回答道。

"闲聊而已。""闲聊。"

听后,莎夏看向我们的目光变得更加怀疑。

"啊,好像有什么要开始了哦!"

在前面的艾莲欧诺露回过头,指向那个摆放着祭坛的舞台说道。

身穿蓝色法衣的信徒们从祭坛背后现身，那是吉奥海泽的圣歌队。她们刚登上舞台，便朝着大型篝火献上祈祷。

以龙为素材制造的竖琴发出了悠扬的琴声。

"神啊，'全能煌辉'艾克艾斯啊，感谢您能让我们在一百天后再次迎来这个日子。"

伊莉娜开口道。

身为圣歌队队长的她，在圣职者内部应该有着不俗的地位，也只有她的法衣更加高级。

"自古以来吉奥海泽就按照神之所愿，吹起了全新的歌唱之风。它打破了一切灾厄，为我等吉奥达尔的民众带来恩惠，这也正是神一直守护着我们的证明啊。"

伊莉娜大大地张开双臂说道。

"来圣奉歌。今日的歌曲也必将让神明降临，让此歌成为神圣的曲调。请各位闭上双眼，献上祈祷，侧耳倾听神的话语吧。"

说完，伊莉娜她们便"嗖"地转身，朝祭坛深处走去。

来圣奉歌是由从吉奥海泽之外到访的巡礼者所唱，接下来那些人应该会跟伊莉娜她们的圣歌队交接，上台唱歌了吧。

周围的信徒们全都依照她的话，闭上双眼，侧耳倾听。

终于，声音响起。

"吉奥达尔的子民哟，你们听好了。"

这个男人的声音我十分耳熟。

"这个世界上并不存在我等所希望的神明。神只是单纯的秩序，并非救赎我等的存在。'全能煌辉'艾克艾斯不过是初代教皇虚构出来的罢了，而这件事，直到今天，都依然被现任教皇戈尔罗亚纳隐瞒着。"

听到这里，信徒们开始骚动起来。

"我是吉奥达尔枢机主教阿希黛·阿洛卜·阿迦采。我是作为神谕者，知道了这一事实，特地前来告诉各位真相的。神并不存在，'全能煌辉'艾克艾斯是彻头彻尾的谎言。证据便是，持续了两千年的来圣奉歌将就此中断。如果神明真的存在，那这歌应该不会中断的才是。就让我以此来给大家证明，这片土地的地底是不存在神明的吧！"

他并不在附近，是"意念通讯"。

神龙的歌声有和龙鸣相似的效果。由于吉奥海泽一带相当于笼罩在龙域之中，所以很难锁定到魔力的源头。

"……居然说来圣奉歌会中断？"

"说什么蠢话呢，堕入邪教的愚蠢之辈的话语不值得信任！"

"居然还敢大言不惭地自称枢机主教！"

信徒互相议论纷纷。

"……可是，舞台上的确没人出现……"

"平常的话，来圣歌者应该早就上场了才对吧……"

"神啊，'全能煌辉'艾克艾斯啊，请您指引我们……"

"为我们指出应当前进的道路吧……"

"给异端者阿希黛下达制裁吧!"

信徒们一齐献上祈祷。然而,本应该上台歌唱来圣奉歌的巡礼者——来圣歌者却依旧没有出现。

"……这是怎么了……?"

我身后的爱莲不安地嘀咕道。

这多半是阿希黛搞的鬼吧。

"唔,爱莲,你跟我一起来。咱们去找圣歌队的队长问一下情况。"

"哎,啊……好的。"

我握住爱莲的手,用魔眼凝视祭坛的里侧。看见那里有一个连通地下的楼梯。从上台表演以外的人的方向看去的话,那只是个死角。

我使用"转移"魔法,和爱莲一起移动到那里去。走下台阶没过一会儿,就听见了伊莉娜的声音。

"……异端者阿希黛,你把来圣歌者,埃尔诺拉司祭弄到哪里去了?!这种恶劣行径,神是绝对不会原谅你的!"

"神不会原谅我?哈哈哈哈,神只是个秩序,只是单纯的现象罢了,你还不明白吗?"

对此做出反驳的声音是阿希黛。感觉他完全变了个人,是因为一直都没有从噩梦中醒过来吗?还是说,这才是他的本性。

"胡说八道!你觉得我会被你这种话骗到吗?!"

"行吧,那你就试着找找看吧。但是,你绝对找不到的哦。"

阿希黛自信地笑了。

"要问为何,因为埃尔诺拉司祭就是我哟。他是我用魔法变身出来的,你一直都被我蒙在鼓里啊!"

"……居然冒充成来圣歌者……?这是何等的大罪……!"

"大罪?哈哈哈,那又如何呢?来圣奉歌将就此断绝,所有吉奥达尔人都会发现神是虚假的。好了,已经差不多了吧。都做到这个份上了,也该从这场梦中醒来了才对……"

阿希黛疯狂地大喊着。

"……来吧,醒来吧,醒来吧,从梦中醒来吧!神并不存在!!'全能煌辉'艾克艾斯并不存在于这个世界……!!快给我醒过来吧……!!"

"你这疯子……!知晓神明的怒火吧!"

话音刚落,便"咚"地响起了某人被揍飞的声音。

"嘎哈……!!"

当我们走下楼梯查看,发现阿希黛已经被伊莉娜她们圣歌队的人给押住了。

"……为什么?为什么做到这个份上都还醒不过来……!!这应该是梦才对,为什么醒不来啊……?!为什么,梦没法结束?!我都做到这个份上了啊?为什么醒不过来啊……"

伊莉娜她们拿起剑,将趴在地上的阿希黛刺穿。

"咕呜……"

即使被无数把剑刺穿,被血染红了身体,阿希黛依然以疯狂扭曲的表情、空虚的目光,死死地瞪着圣歌队。

"为——什——么,醒——不——过来……!!"

阿希黛全身燃起火焰,同时火焰也蹿到了圣歌队的身上。

"呀啊啊啊啊……!!"

阿希黛在四肢都被剑贯穿的情况下强行站了起来,从口中喷出火焰。

"为什么?!为什么啊啊啊……?!"

然而,我用"破灭魔眼"轻而易举地消灭了喷到伊莉娜她们眼前的吐息。

"……什……么……?"

"你也该意识到了,阿希黛。这就是现实。你自己暴露了你一路上堆积如山的谎言,自生自灭了。你也差不多该认清现实了吧。"

"……不适任者……"

阿希黛咬牙切齿地说道。

"……不……不对……!!这就是梦!这种、这种愚蠢至极的现实,怎么可能是真的……!!"

阿希黛张大嘴,打算吐出火焰。然而,我却远比他更快地靠了过去。

"咕……哈……"

我用右手捅进了阿希黛的肚子。

然而，手感很奇怪。

"……这是……梦，对吧？要不是梦的话……也太奇怪了吧？要不是梦的话，我的努力岂不是都白费了吗……好不容易获得的枢机主教的地位，得心应手的神力，随我使唤的信徒们……你以为我是花了多少努力才获得这些的啊……！"

"用谎言得到的东西不过都是虚妄，因此，你才被噩梦吞噬了。你从一开始就一无所有。"

我一把捏碎了他的脏器，随即，他的身体便化为了尘埃。

唔，果然如此，即使施展了"根源死杀"的手，也没法抓住他的根源。

"这是用魔法造出来的假货吗？他的本体应该在别的地方。"

"没事吧，伊莉娜小姐！"

爱莲朝受了烧伤倒地的伊莉娜伸出手。

伊莉娜握住爱莲的手，随后站了起来。

"这种小伤算不上什么，比起这个，来圣奉歌必须马上开始，否则的话……"

"可是，队长。现在再去找能够担任来圣歌者的巡礼者，实在是……"

"不，我有一个办法。这也一定是神的指引吧。"

伊莉娜注视着爱莲。

"哎……？"

"拜托你了，爱莲。如果是你的话，一定可以担负起来圣歌者一职。请帮帮我们……"

"哎……哎？可、可是现在我甚至都没有时间练习啊？"

伊莉娜静静地摇了摇头。

"你的国家是叫迪尔海德吧，就用你们国家的歌曲便是。来圣奉歌是为了将新潮的歌曲之风引领到吉奥海泽的仪式。如果你愿意将你的歌曲，将魔王圣歌队的歌曲与礼法带到这片土地的话，那就没有任何问题了。拜托你了，拜托你了爱莲，帮帮我们。"

伊莉娜向爱莲深深地低下头。

爱莲诚惶诚恐地看着我。

"信仰神明的地底居民，会对你们的歌曲作何反应，我也很想见识一下。"

我的一句话，让爱莲眼神中的迷茫一扫而空。

"伊莉娜小姐，我明白了。虽然我不知道我能做到什么程度……"

"你愿意帮忙吗？"

爱莲点了点头。

"这是昨天你给我们唱了圣歌的回礼。这次就请你们听听我们国家的歌曲，听听这首希望和平的魔王之歌吧！"

第15章　魔王第六赞歌"邻人"

神龙灵地内人声嘈杂。

无论怎么等,来圣奉歌都没有开始。献上祈祷的信徒们,现在肯定满脑子都是刚才阿希黛说过的话吧。

持续两千年的来圣奉歌将就此中断,这正是地底不存在神明的证明。虽然他们并不会盲信这种说法,但果然还是掩盖不住内心的不安与动摇。时间一分一秒地流逝,不安的情绪逐渐蔓延开来,就在嘈杂声眼看着即将到达顶峰的时候——

一位少女出现在了设有祭坛的舞台上。

她是爱莲。当她抬起手后,舞台下方的粉丝社的少女们立即回应。

我已经用"意念通讯"将情况告诉了她们。

"上吧!"

"嗯!"

粉丝社的少女们登上舞台,组成魔王赞歌的队列。她们在身体上画出魔法阵,套上祭典用长袍。

"很抱歉,让各位久等了。我是在圣歌祭典中担任来圣歌者的,迪尔海德魔王圣歌队的爱莲。"

她的话语令信徒们全都松了一口气,又重新开始了祈祷。

"我们的国家离这里十分遥远,远到吉奥达尔的各位肯定都无法想象。那里由一位名叫魔王的王者治理着国家,人们都安居乐业。"

爱莲对信徒们讲述着。

"我们之所以来到这里,是为了了解吉奥达尔。魔王说了,要我们亲眼来看看在这个国家的人民的生活状态。我认为,魔王一定是希望我们亲眼见证,这里的各位都在信仰着什么,都在期盼着怎样的未来。"

她冲大家露出了毫无忧虑的笑容。

"我刚刚来到这个国家,还有很多事情是我不了解的。但有一件事我很清楚,那就是这个国家的人们都很喜欢唱歌,我们也一样。而且,我们国家的魔王也很喜欢听歌。"

听了爱莲的话语,粉丝社的少女们全都露出了灿烂的笑容。她们画出魔法阵,从中传出管弦乐器的声音。这是"音乐演奏"的魔法。

"这是，为了让各位了解我们的国家、了解我们的魔王的歌曲。他是一位博爱的伟大主君，我们则是传递他的大爱的桥梁，这便是迪尔海德魔王圣歌队。请各位倾听——"

她们齐声说道。

"魔王第六赞歌'邻人'。"

格调高雅的管弦乐声悠扬地响起。能令人联想到天空的乐曲，有着与这不见天日的地底音乐不同的韵味，并爽快地将吉奥海泽的街道包裹了起来。

龙人们一边献上祈祷，一边享受着这从未听闻的音乐，他们如同被这千锤百炼的音乐夺去心魂一般，魔力都颤动了起来。

接下来要开始表演的，会是怎样庄严的圣歌呢？

♪啊——神明大人，真没想到，居然还有这样的世界♪

♪库咿库，库咿库，库咿库呜呜♪

前倾着身子认真倾听的信徒们，却被突如其来的变调和穿插进来的副歌打了个措手不及。

然而，这份意想不到反而牢牢地抓住了信徒们的心。为了进一步吸引住他们，魔王圣歌队用跃动的节奏与旋律高声唱了出来。

♪不要打开♪

♪呜呜——♪

♪不要打开♪

♪呜呜——♪

♪不要打开，那是禁忌的大门♪

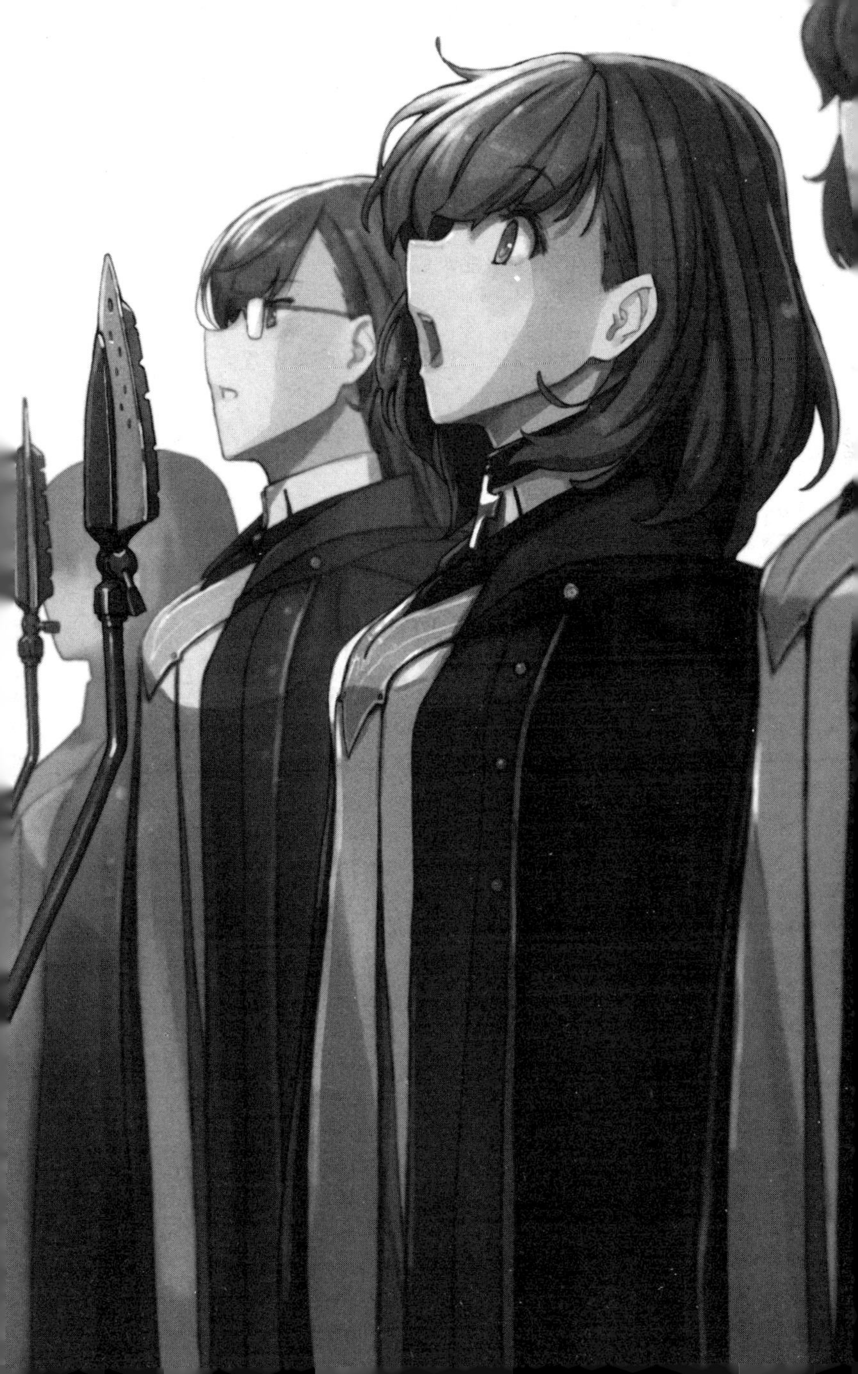

伴随着轻快的伴奏，圣歌队愉快地唱着歌儿。如此愉快的圣歌，地底的民众自然不可能听过。

他们全都大吃一惊。

♪神明大人，请告诉我。这是什么，这是什么♪

♪首先从敲门开始♪

♪温柔地敲击，不行不行♪

♪库咻库，库咻库，库咻库呜呜♪

♪我是邻人，只是个邻人♪

♪曾孤身一人，平静地生活——本应如此♪

♪不知何时，伸进来的，这是什么什么♪

♪这是魔之手♪

♪你是什么什么♪

♪他是魔王♪

♪啊——神明大人说过♪

♪去爱汝之邻人吧，去爱吧♪

♪打开心门，打开禁忌之门♪

♪啊——那里面是不净之物♪

♪谁都不知道♪

♪那里面是不净之物♪

♪不要进来啊♪

♪是进不去的，这样说，不行不行♪

♪让我告诉你吧，教典里没有记载的全部，全部♪

♪库咿库，库咿库，库咿库呜呜♪

♪啊——神明大人，真没想到，居然还有这样的世界♪

♪库咿库，库咿库，库咿库呜呜♪

轻快的节拍、跃动的音色，令一群认真祷告的信徒们的身体不由得随之舞动。

或者说，因为吉奥达尔只存在严肃的圣歌，所以他们一直在渴求着这种音乐。

在氛围欢快的间奏中，爱莲走到了舞台的最前方。

"在我们国家，圣歌队和圣歌队之外的人都会愉快地一齐唱歌。请各位，也跟着我们一起唱迪尔海德的歌吧！"

为了让所有信徒都听到，她抬高嗓门大声说道。

"库咿库是古代魔法语，意思是'没道理的开心'。我觉得这是'虽然搞不懂为什么，不过开心就好'的意思。"

信仰深厚的信徒们全都认真倾听着爱莲的话语。

"国家与国家之间的复杂关系，我们并不明白，但我们是能够共享快乐的才对。这首愉快到不明所以的歌曲，就让我们一起愉快到不明所以地唱出来吧！人与人之间的关系一定就是从这里开始的，复杂的事情就等我们唱完之后再考虑吧！"

爱莲用通向四面八方的声音高声说道。

"……我觉得……这首歌很棒，但是……"

"是很棒，可这是不是有点不敬……？"

"但这是来圣奉歌，一切歌曲都应该是神的意思。"

"而且如此打动人心的曲子可不多见啊。"

"可这首歌的解释呢,我们该如何去理解?"

"作为来圣奉歌让我们听暂且不论,但要我们开口唱的话,有点……?"

信徒们由于价值观上的差异,看起来有点迷惑。

"冷静一点。正是为了应对这种状况,来圣奉歌之时才会请来圣歌的专家,吉奥海泽的八歌贤人啊!"

"哦哦,对啊。八歌贤人会有什么反应……?"

信徒们看向坐在最前列的特殊席位上的八歌贤人们。

身着藏青色法衣的他们,全都一脸神妙的表情。

"他们的反应似乎有些迟钝?"

"不,快看他们的手指!"

"……在打着节拍……手指的跃动速度稍微有点快……"

"八歌贤人居然在打节拍,这可不常见啊……"

终于,八歌贤人中的一人率先发话。

"相传,古代魔法语是神明所带来的语言。"

然后,其他八歌贤人也纷纷接着说道:

"库咿库,虽说是异国的文化,但也是相当出色、相当深邃的话语啊。"

"有些时候,我们会只凭道理去思考。然而在神面前,所谓的道理都毫无意义,这只不过是人类自己定下来的罢了。"

"这首歌能够让我们回想起这份最原始的感情。"

"而且除了库咿库之外,其他部分也蕴含着深意。邻人,这一词除了表示人与人的关系之外,还能表示国与国的关系吧。"

"我也这么认为。我们两国都不大了解,在此之前也从未有过交集。对于开启这扇禁忌之门,我们也一直犹豫不决。"

"歌曲中以为是魔手的事物真的就是魔手吗?不,不是的。是我们被蒙蔽的双眼、恐惧的内心,将这只手看成了魔手。"

"然而,不畏惧不净之物,勇敢打开禁断之门并走进去,走进本不应踏入,本该无法进入的那扇门,从而才开始了国与国之间的交流。这也即是,爱汝之邻人的意思。"

"新世界的大门敞开了,但这份勇气,这份敢于打开禁忌之门的勇气,是我们教典里所没有的。魔王是想要告诉我们这一点吗?"

"光是听了这首曲子我就能明白,他所追求的国家是什么样子的,以及他是个多么出色的人。"

"啊啊,真是太感激了。而且,听着这首歌,感觉快乐从心底涌了出来。这首歌里寄宿了神明,神明一定是想要我们的内心快乐起来吧!"

他们对此歌赞不绝口。

"……不愧是八歌贤人……何等深刻的见识啊……"

"能够让他们绝赞到如此地步的歌曲,果然跟我们感受到的一样啊!"

得到八歌贤人的权威认证后,信徒们全都开始配合着音乐手舞足蹈起来。

"要来了哦!"

♪库咿库,库咿库,库咿库呜呜♪

粉丝社的女孩们唱出声后,作为圣歌专家的八歌贤人们也立即做出了回应。

♪库咿库,库咿库,库咿库呜呜♪

八歌贤人的音准丝毫不差,用粗犷强力的声音重复唱道。

"再来一遍!"

这次,信徒们模仿着八歌贤人,全都高声唱了出来。

♪库咿库,库咿库,库咿库呜呜♪

魔王圣歌队的少女们,转眼间就将在场的信徒们卷进了这股狂热的旋涡之中。

虽然她们缺乏魔力,也用不了什么厉害的魔法,但她们的歌声确实打动了在场的所有人。

当会场气氛达到最高潮时,歌曲的第二段开始了。

最前排的八歌贤人们迅速转身,转向信徒们。

♪不要放进去♪

"嘿!"

八歌贤人们一齐击出右正拳。

♪不要放进去♪

"嘿!"

他们换了换手,又整齐划一地击出左正拳。

♪不要放进去，这是禁忌的钥匙♪

"嘿，嘿，嘿！！！"

不愧是八歌贤人——当之无愧的音乐国度里站在最高峰的圣歌专家，在如此短暂的时间内便看透了魔王赞歌的要点，并配上了完美无缺的动作。

这是何等出类拔萃的适应力。

信徒们也模仿着八歌贤人，全都站了起来。

♪告诉我，魔王大人♪

"嘿！"

两万名信徒全都朝着祭坛，整齐划一地击出正拳。

♪这是什么，这是什么♪

"嘿！""嘿！"

如同燃烧起来般的热血拳击，左右交替，再次出拳。他们配合着歌曲的节奏，高喊出声并现场开始了武术表演。

乐曲、伴奏、演武和气势，这奇迹般的和谐，让现场的氛围变得异常火热。

♪——谁都不知道♪

"嘿！"

此等气势就像是要将禁忌的大门直接冲破开来。

♪那里面是不净之物♪

"嘿！"

灌注着虔诚信徒们全部心意的那两万只拳头——一拳又一

拳,打在了空气中。

之前从未有过交流的异国土地。

然而,歌曲却能轻易地超越国境。

库咿库——虽然搞不懂是什么意思,但只要开心就好了。

宛如印证了这句话一般,无论是魔王圣歌队的少女们,还是吉奥达尔的信徒们,都在这来圣奉歌的舞台当中抛开了一切条条框框,只是单纯将身心融入赞歌所创造出来的,最棒的欢愉之中——

第16章　预言者

响彻到远方的魔王赞歌已经临近曲终。我背对着那欢快的旋律，凝视着吉奥海泽的巷子。

"阿诺斯。"

一片雪月花缓缓飘落，化为阿鲁卡娜。

"阿希黛出现了吗？"

"嗯，他假扮成了来圣歌者，但那也是他用魔法做出来的假货，所以我顺着他的魔力找过来了。"

我对着面前的小巷绘制魔法阵，用"魔震"吹飞了泥土，然后用食指一勾，埋在那边的盟珠便飞了过来。

"看来是拿这玩意当诱饵逃走了。"

盟珠里蕴含着阿希黛的魔力。他应该是用这颗盟珠发动的魔法，给假身供给的魔力吧。

"这是'凭依召唤'了'隐龙'之后的'复制土人'的魔法，能够用泥土复制人体并操纵。虽然通过盟珠进行了魔力供给，但'复制土人'无法进行独立思考，操控它的应该是施术者。"

"也就是说，中间连上了根魔法线是吗？"

"是的，他为了逃跑，刚刚切断了此线。"

阿鲁卡娜用双手包裹住盟珠，她的身体散发出耀眼的魔力光芒。

"深厚盟约，藕断丝连。缘分缔结，追溯原初。"

我集中魔眼，发现一根魔法线从盟珠里延伸了出去，这应该是再生蕃神努特拉·笃·席亚娜的力量吧，她将被切断的魔法线再生了。

"唔，看来他已经做好了对策啊。"

盟珠里又伸出四根魔法线，然后越来越多，最后一共伸出了三十三根。

其中每一根连接的方向都能感受到阿希黛的魔力。

"在这三十三根魔法线当中，至少有三十二根是连着盟珠的。他应该是把自己的魔力注入其他盟珠里，做了一个障眼法。"

"只有一根是连着阿希黛的吗？"

阿鲁卡娜凝视着众多魔法线的延伸方向。

"也有可能全都不是。他本人可能没有使用魔力,而是徒步逃跑的。响彻吉奥海泽的神龙歌声有着类似龙鸣的效果,就算是我的魔眼也无法看到整座城的所有地方。"

将三十三根魔法线彻头彻尾找一遍是很容易的,考虑到这一点,所以他把魔法线当作诱饵,然后自己逃跑的可能性更大。

好了,该怎么抓住他呢?

神龙灵地的方向,爱莲她们的歌声越发高昂,那应该是魔王赞歌的高潮部分。最终,"库咿库,库咿库"的大合唱响彻了整片吉奥海泽的天空。

这充满热情的歌声,便是她们的歌曲被地底居民们接纳的证明。

真是可喜可贺啊。

♪库咿库,库咿库,库咿库……♪

突然,小巷子的岔路当中传来一阵阵浑厚的歌声。

♪库咿库,库咿库,库咿库呜呜……♪

我转身一看,发现一位穿着真红骑士服与骑士铠的大块头男性,正轻快地哼唱着魔王赞歌。

此人头发略长,胡须打理得很漂亮,外貌年龄大约四十岁。然而,他却给人一种度过长久岁月之人所特有的厚重感。

"哈——这歌让人哼得停不下来啊。"

这名男子豪放一笑,朝我看过来。

"呀……地上的歌真不错啊,下次能到我们这儿来献唱一首吗？"

唔，冒出来一个奇怪的男人。

"小心点。"

阿鲁卡娜毫不掩饰自己的警惕，死死瞪住这位壮年男性。

"这位龙人是八神选定者之一，统治阿加哈的剑帝，预言者迪德里希·克雷增·阿加哈。"

"没错。既然你认得我，那事情就好说了。"

迪德里希径直走到我的面前，伸出手。

"咱们同为八神选定者，在圣战里头肯定免不了要打一场，但咱们现在都别记恨彼此好吗，地上的魔王先生？"

真是个豪迈勇敢的男人啊。

"我叫阿诺斯·福尔迪哥德。"

我和迪德里希互相握手，他咧嘴对我一笑。

"如果你是为选定审判而来，那就有点不凑巧了。我现在正在追一个男人，你要来挑战我，我当然奉陪，但现在我没时间陪你玩啊。"

"没事，我今天不是来和你动手的。我要找的是吉奥达尔的教皇，以及你现在正在追的那个叫阿希黛的男人。"

"嚯，说起来，阿希黛在侵略亚杰希翁的时候，似乎带了个叫王龙的东西，我听说那是属于阿加哈国的？"

"没错，王龙是阿加哈的护国神龙。对于偷了此龙的阿希黛和吉奥达尔教皇，我必须将这笔账好好跟他们算算才行。"

"那还真是抱歉。你们这所谓的护国神龙,被我的部下给不小心灭了。"

听到我这么一说,迪德里希瞬间豪放地笑了起来。

"啊哈哈,你可真是好心啊,魔王。这根本不是你的责任,这是吉奥达尔的枢机主教和对此事坐视不管的教皇的责任啊!"

确实如此。

"所以,为了让教皇负起对阿希黛的管教不严之责,你这国王才御驾亲征咯?"

"因为我派了很多使者都毫无音讯啊。再这么下去的话,可就没法跟民众交代了。而且如果处理不当,还有可能变成跟吉奥达尔交战的导火索。这可不是开玩笑的啊。"

这会被当作是,吉奥达尔蔑视阿加哈的教义吧。作为王,自然不想挑起这种没必要的纷争。

"既然是这样,你还哪里有工夫跟我打招呼。不用在意,赶紧去见教皇吧。"

"我也想这么做,但吉奥达尔的教皇似乎沉迷于祈祷之中,完全没有见我的意思。所以,我来跟你打个招呼才是最好的选择。"

"唔,有点不知所云啊。"

此时,迪德里希身后响起了一个清净的声音。

"预言者迪德里希,是知晓众多未来之人。他能看穿常人无法看到的、通往遥远未来的因子,并走向正确的未来。"

迪德里希背后的空间一阵扭曲,一位身穿青绿长袍的女性从中出现。她的蓝色长发及肩,双目紧闭,双手捧着一颗通透的水晶球。

从她身上的魔力来看,显然不是龙人。应该跟阿鲁卡娜一样,属于神族吧。

"这家伙是未来神娜芙塔,选择了我的选定神。我之所以被叫作预言者,也是多亏了她。"

迪德里希如此说道。未来神吗?如果娜芙塔真的掌控着未来的秩序,那么就跟阿希黛那时不一样,他那预言者的头衔应该是值得相信的。

"也就是说,你只要在这里跟我打过招呼,那么兜兜转转后,你最终就能去到教皇的身边。你已经看到这样的未来了?"

"是的。同时我可以再预言一件事,那就是阿希黛·阿洛卜·阿迦采会出现在神龙灵地。"

他是以为我会认为,对方出现过一次的地方不会再去第二次吗?那个地方龙人众多,就算他想混在人群中逃跑也没什么稀奇的。

"什么时候出现?"

"差不多就快了吧。"

"那我去确认一下。"

我用魔眼看向龙域的空隙,应该能行。

我使用"转移"前往,在眼前短暂闪过一阵白光后,便看见了一座大型篝火，这里是神龙灵地。祭坛前方，吉奥达尔圣歌队正在高声歌唱圣歌。我环顾四周，大致用目光扫了一圈，便从众多献上祈祷的信徒当中，找到了一个可疑的人影。

是阿希黛。

他正穿梭于人群中，是打算就这么逃出去吧。他匆匆忙忙地从神龙灵地朝着吉奥海泽外的方向走去。

就在他走到人流稍微稀少一点的地方时，他的肩膀被人拽住了。

是迪德里希。他跟我一样是转移过来的吧。

"哟，吉奥达尔的原枢机主教先生，你趁我不在的时候肆意妄为了一番嘛？"

他的话音一落，阿希黛顿时脸色煞白。

"……迪、迪德里希……？！"

"王龙的那笔账我必须得找你好好算算。"

"可恶……！！"

阿希黛手中的盟珠堆叠起魔法阵，发动了"凭依召唤"·"力龙"。

获得龙之力的阿希黛，抓住迪德里希的手腕，打算将其拧开，然而，迪德里希的手却纹丝不动。

阿希黛随后张开嘴，试图喷出火焰。然而，迪德里希就跟事先预料到这点似的，一把就塞住了阿希黛的嘴，并张开了反魔法。

"咕哦哦哦哦……！！"

打算喷出去的火逆流而回，灼烧了这个蠢货的内脏。

♪库唧库，库唧库，库唧库……♪

他一边游刃有余地哼着小曲，一边趁着阿希黛露出胆怯神色的一瞬间，将其按倒在地。

"呜呜～♪，完事儿了。你给我老实点。"

阿希黛满脸屈辱，放声大喊：

"神、神明是不存在的！！大家赶快清醒过来。'全能煌辉'艾克艾斯是教皇编造出来的彻头彻尾的谎言！这很奇怪的吧，明明有神龙的歌声，却没有任何人见过神龙。因为这东西根本就不存在！神根本就不存在——咕噗……"

我走到阿希黛身边并一脚踏在他的脸上，堵住了他的嘴。

"别在这里闹，打扰到虔诚的信徒们了。"

哪怕他的脸已经被死死地踩在地上，却仍然呻吟似的说着：

"……为、为什么？为什么醒不过来？！为什么都做到了这个地步，还是……？！"

"你去找教皇要答案吧。"

我轻轻用脚踹起阿希黛的脸，然后拎住他的后脑勺。看到这一幕的信徒们十分吃惊，并在一边议论纷纷地盯着我们。

"打扰了啊，你们继续祭典吧。"

说着，我就这么拽着阿希黛的后脑勺走向教会，迪德里希则是走在我旁边。

"这个男人我就先交给教团了。之前我已经托人帮我安排了和教皇谈话的机会,就算是还你刚刚帮我的人情,一起来吧?"

"这可太好了,那我就承蒙魔王厚意咯。"

迪德里希豪爽地笑了。

"话说,能够看到未来还真挺奇妙的啊。如果,我要是故意违背你的预言,你不就没法被我带着去见教皇了吗?"

"不会,这个预言是已经包含了你知道未来神娜芙塔的情况下进行的。也就是说,我们知道你是一个比起故意恶作剧更会优先选择还人情的男人。"

也就是说,不管是阿希黛的所在,还是我会想要带他见教皇,甚至是我绝对不会故意起坏心眼这些事,他都已经预料到了吗?

看来他说能预测未来,并非虚假。

"既然你能预知未来,为什么王龙还是被偷了?"

"未来看得太远,也是件很头疼的事情啊。如果我当时保护了王龙,就会有别的东西保护不了。正常来说,我是必须率先去排除那种肉眼看不见的危机才行。"

舍弃自己国家的护国神龙,才是最佳的未来吗?

"唔,你这个预言能够看到多远?"

"这个嘛……"

迪德里希凝视着远方,缓缓说道。

"直到地底的终焉来临那天为止,我都能看到。"

第17章　教皇

在地底的天色暗下之时。

我的眼前出现了一座用龙作为材料建造的庄严建筑物。

那便是吉奥达尔大圣堂。这是教皇戈尔罗亚纳的居住区域，同时也是他祈祷的场所。

来到大圣堂入口前的人，有我、阿鲁卡娜、阿加哈剑帝迪德里希和未来神娜芙塔，以及为我们带路的司教米拉诺。

"请跟我来。"

我们在米拉诺的带领下走进了大圣堂。内部天花板很高，并有无数个篝火与立柱林立其中。我们径直走向深处，不久后便看见一扇巨大的门。门旁，能看见成排的身穿苍蓝法衣与铠甲的人正在献上祷告。

司教在门前止步,并缓缓转过身来。

"这扇大圣门对面,就是教皇为了我们国家而进行祈祷的场所——圣歌祭殿。"

米拉诺再次转身朝向大门,并伸手触碰。

"教皇戈尔罗亚纳大人,我将迪尔海德的魔王阿诺斯大人、阿加哈的剑帝迪德里希大人带过来了,扰乱吉奥达尔戒律的愚者阿希黛也在这里。"

刚才同时见到了迪德里希、阿鲁卡娜和娜芙塔的时候,米拉诺十分震惊。但经历昨天的事情后,他已经习惯了这种冲击。所以,他很快便向教皇转达了我们的来意。

他之前跟我约定好要为我找一个见面谈话的机会,所以在圣歌祭典结束之后,将我们一行人带到了这里。

"辛苦你了,司教米拉诺。"

从大圣门里传来一个声音。这声音分辨不出是男是女,偏向中性。

"如'全能煌辉'所愿。"

说着,司教便从大圣门前退让开来,混入一旁列队的圣骑士当中,静静地双手合十献上祷告。

"迪尔海德魔王阿诺斯,阿加哈剑帝迪德里希,我是教皇戈尔罗亚纳·德罗·吉奥达尔,是从选定神处获赐救济者称号的,八神选定者之一。"

大门依旧紧闭,只有戈尔罗亚纳的声音传了出来。

"你们说希望跟我谈话,请问二位所为何事?"

迪德里希看向我。

"你先说吧。"

我说罢,迪德里希便向前一步,大声说道:

"我是阿加哈剑帝,迪德里希·克雷增·阿加哈。教皇戈尔罗亚纳,你应该已经知道吉奥达尔原枢机主教阿希黛偷盗阿加哈的王龙一事了吧?"

"确已知晓。"

"那我就必须找你来算算这笔账了。关于这件事,你必须表明吉奥达尔并未涉足其中的立场,盗窃王龙是阿希黛的个人行为,无论阿加哈怎样审判制裁这个男人,你们都不会干涉。"

迪德里希爽朗地笑着说道。

"不然的话,就得打仗了哦。"

"我已经剥夺了这个男人,阿希黛的教名,他已经不是教团应当保护的圣职者了。我可以当场对神明发誓,即使你们根据你们国家的戒律对其进行制裁,也不会违反吉奥达尔的教义。"

"那可太好了。"

迪德里希能看见未来。

他应该已经预言到阿希黛早就被剥夺教名了,但即便如此依然要当场提出来,就说明如果不这么做的话,未来阿希黛一事就会被对方钻空子吧。

如此考虑下来,看样子教皇也不是一个单纯的求神拜佛的信徒啊。

"哈……"

随着一声轻笑，被我拽住的阿希黛的脑袋晃动了起来。

"呀哈，呀哈哈哈哈哈！！"

阿希黛不自觉地发出了癫狂的笑声。

"教皇戈尔罗亚纳！终于，终于走到这一步了啊！我终于能够跟你说上话了！听着，你给我听好了！神并不存在！'全能煌辉'艾克艾斯只不过是龙人们的先祖捏造出来的妄想罢了！"

听罢，周围顿时变得鸦雀无声，仅仅留有阿黛希的声音在空虚地回荡着。

立于大圣门两侧的圣职者们，全都对他投以鄙夷的目光。

然而，阿希黛本人却完全没有在意，反而流露出了绝望的神情。

"……为何……噩梦……没有结束……"

他已经四处向吉奥达尔的民众宣称了神的虚假，甚至还直接把这件事说给了身为教团领袖的教皇听。他已经没有什么能继续做的事情了。

"阿希黛，我不知道你被施加了什么魔法，但你应该已经明白了吧。这并非梦境，而是现实。"

"……现……实……"

阿希黛就跟彻底失去了未来似的，念叨的声音越来越轻。

他应该已经依稀察觉到了。即便如此，他依旧在拼命逃避这一点。然而，现在已经无法继续逃避了。

"……这就是，我的现实吗……？我所积累下来的，我的信仰，我的地位……"

"神通晓一切。为什么会变成这样，你好好扪心自问吧。这都是因果报应啊。"

"……怎、怎么会……"

即使被我抓住了后脑勺，阿希黛依旧挥舞着四肢挣扎着。见状我一把将他扔了出去，把他摔在地上，而他却一脸恳求地扒住了大圣门。

"教皇戈尔罗亚纳大人，请您、请您宽宏大量！被抓进大牢的时候，我说我不需要教名这话，可能已经传到了您的耳边了，可那是假的，是假话啊！我以为这只是个梦境，才导致我如此胡作非为！其实我是信仰神明的！我只是个被这暴虐魔王欺骗的可怜羔羊，请您，一定要赐予我救赎啊……我已经悔改了……！！"

阿希黛泪流满面地向教皇不停地忏悔道。

"阿希黛，真正悔改之人并不会把悔改一词挂在嘴边。"

戈尔罗亚纳冷酷地断言道。

"……可、可是，我真的，在忏悔了……"

"哪怕在梦境当中，身为信徒也应该一心信仰神明，并不断祈祷，不是吗？"

"……但、但是……我都是被这个暴虐魔王，被这个恶魔怂蠢才……！"

"你的心灵一直都是自由的。听好了，信仰神明不是光靠说说而已。就连我们都能看透你那愚蠢的本性，为什么你会觉得神明不知道你的谎言呢？"

毫不留情的话语，让阿希黛脸上充满了绝望的神情。

"……请、请等一等——"

"你已经被逐出教会了。我不准你再次踏足这片吉奥达尔的土地！"

迪德里希一把抓住愣神的阿希黛的脑袋，将他提了起来。

"听到了吧。作为你偷走王龙的惩罚，就来给我当个活祭品吧。"

"……怎么可能……！！神、神怎么可能允许这种惨无人道的行——咕哦……！！"

迪德里希将拳头打向阿希黛的腹部。强烈的魔力撼动着他的根源，他就像是失去抵抗意识了一般，脑袋耷拉了下来。

"这可不是不信仰神明之辈，该说出的台词啊。"

迪德里希将碍事的阿希黛扔在一旁，并再次面朝大圣门。

"戈尔罗亚纳啊，我还有一件事找你。想跟你说上话可不容易，就让我在这儿说了吧。"

迪德里希堂堂正正地大声喊话。

"你们有本吉奥达尔教皇代代相传的教典吧？你能把其中内容说与我听吗？"

教皇陷入沉默，周围的空气顿时变得紧张起来。吉奥达尔的圣骑士们纷纷露出严肃的表情。

"……你是知道这意味着什么才说的吗，阿加哈的剑帝？"

"那当然，不过我肯定不会让你白白付出。我这边也会为你准备阿加哈剑帝代代相传的教典，里面记载了关于阿加哈的预言。你看这个条件如何？"

在吉奥达尔、阿加哈、贾迪席奥拉三大国当中，确实都有一个只通过口头代代相传的教典。

然而，我不太理解。互相了解对方异教的教典，到底有什么用意？

"简直是无稽之谈。代代都只有教皇才能够继承的教典，是为了救济吉奥达尔信徒们而存在的东西。如果泄露到外界，还如何救赎他们？"

"你真这么觉得？"

迪德里希用沉重的语气问道。

"你真觉得遵从吉奥达尔的教典就能拯救你的信徒了？"

"这正是'全能煌辉'艾克艾斯的教诲。"

迪德里希深深地吐了口气，然后用手托着下巴问道：

"真的是这样吗？当然，吉奥达尔也有吉奥达尔自己的教义，我也不是想让你直接给我看教典。作为交换，就让我们直接敞开天窗说亮话吧。关于地底的未来，咱们可以互相来掏掏心窝子聊聊。"

片刻的沉默过后，戈尔罗亚纳开口道：

"阿加哈剑帝迪德里希，你的目的我已经知晓。在我答复之前，先来问问另一位吧。魔王阿诺斯，还是说用不适任者来称呼你比较好？"

"两种称呼都行。"

"那我就用神赐予的称号来称呼了。不适任者，你来吉奥达尔到底有何贵干？"

"说白了，就是来增长见闻的。我是为了解地底的人的思想以及过着怎样的生活而来。"

我说完，教皇便接着问道：

"那么你找我又是所为何事？"

"我有事想要问你，是关于选定审判，以及痕迹神利巴尔舒内德的位置。"

"我明白了。"

随后，戈尔罗亚纳以对信徒们传授教义一般的口吻，庄严地说道：

"神明说过，众多的凡人会向救世者寻求救赎的援手。然而，一旦握住所有人的手，便会疏忽对神明的祷告，救济也就无法完成。你们二人，就用你们二人的方式决出其一，让我伸出援手吧。"

"唔，也就是说，你只会听我和迪德里希其中一个人的要求。至于听哪边的，就由我们自己决定是吗？"

"正是如此。"

真够麻烦的。

不过，他也没有对我表现出敌意。虽然最快捷的方式是直接打破这扇门，强行让他听我的要求，但我现在并不能这么做。不过，既然他已经松口愿意听一个人的要求了，也算是好的了吧。

"真遗憾啊，迪德里希。明明你都特地跑吉奥达尔一趟了。"

我看向阿加哈的剑帝，继续说道。

"而且，阿希黛这一系列事情你已经顺利解决了。今天就见好就收，先回去吧。"

听罢，迪德里希对我露出了豪放的笑容。

"你这男人可真强硬啊，阿诺斯。到底是谁要打道回府，还不一定哦。"

"你不是预言者吗？"

我对着泰然自若地站在我面前的迪德里希说道。

"无论用什么方式决出胜负，要是你连最终教皇会选择听取我的要求都不知道的话，那就算不上是预言咯。"

听了这话，迪德里希豪迈地一笑置之。

"到底……结局会是如何呢？"

囉，哪怕看到了未来，也仍不打算退让吗？

"那么，胜负的方式就由你来定吧。"

"咱们在这种地方也不可能正儿八经地进行圣战啊。就彼此和对方的选定神对战，撑得更久的一方获胜如何？"

也就是说，我对战娜芙塔，迪德里希对战阿鲁卡娜吗？

神和选定者之间，本来应该有着十分悬殊的实力差距。他看来是有在跟阿鲁卡娜对战中长时间支撑下去的自信嘛。

然而，他对我的力量又预测到了什么地步呢？

"无妨。"

我刚一答应，回过头来，发现未来神娜芙塔已经站在了我的身后。

她应该已经看到了会如此发展的未来。

"阿鲁卡娜。"

听到我叫她后，她便如光一般消失，瞬间移动到了迪德里希面前。

我和他互相背对着，和彼此面前的选定神对峙。

"不出意外的话，这个男人很强，你全力应战便是。"

"我知道了。"

她迅速抬起双手，缓缓地将掌心翻转朝天。虽说在室内没法直接看到，但"创造之月"已经浮现在地底天盖的上空。

"魔族之王啊，让我来预言一下吧。"

紧闭双眼的神明，双手捧着水晶对准我的方向说道：

"当这双眼睛睁开，娜芙塔将看到所有的未来。所有会发生的未来、会发生的一切奇迹，都掌握在未来神娜芙塔手中。名为胜利的未来将从你的手缝间滑落，连抵抗的可能性都将一并消失得无影无踪。"

她用一种理所应当的口吻说着。

"有人会因感冒加重而去世,有人会因摔倒而殒命。神会对所有人掷出骰子,其结果将会在这个世界体现出来。若是挑战娜芙塔,你必将迎来最糟糕的一天。"

"噢,掌控未来的神明啊,既然你这么说的话,那我也来做个预言吧。"

我朝伫立在我面前的娜芙塔斩钉截铁地说道:

"当你睁开双眼的瞬间,你的败北便会成为定局。"

第18章　胜利的未来由谁掌握

娜芙塔闭着双眼，双手向水晶球注入魔力。

"胆敢阻挡在未来神娜芙塔面前的罪人啊。'未来世水晶'康达克伊佐忒将在此下达制裁。"

说着，水晶球离开了未来神的双手，轮廓变得扭曲，变化为枪的形状。

"未来的判决已经下达，你将被处以穿刺之刑。"

娜芙塔如此宣告，如同宣读判决结果的法官。

"有趣，你来试试看吧。"

未来神伸出双手。神的魔力从周围满溢而出，整个大圣堂为之晃动。

水晶枪以迅雷不及掩耳之势径直朝我刺来。我扭扭头打算躲过，然而与此同时，水晶枪枪尖所指的方向也调整到了我躲避的地方，直逼我的脸面而来。

"唔，看到了未来吗？"

枪尖在即将刺到我鼻尖的位置停了下来。我用手握住了水晶枪的枪柄，按住了它。

"娜芙塔能将未来局限于某个范围，你并没能握住枪柄。"

未来神开口的瞬间，我本来已经抓住的水晶枪突然脱手。我立刻动身打算躲开，然而"未来世水晶"康达克伊佐忒的速度略胜我一筹，枪尖刺入了我的腹部。

"局限未来是吗？原来如此，确实几亿次当中我可能会有一次握不住的可能性，而你就靠'未来世水晶'的力量，将这个未来给局限下来了吗？"

"康达克伊佐忒就是未来本身，而你没有触及未来的手段。"

"嚯。"

我画出多重魔法阵，套在右手上。我试图用被染成苍白色的"森罗万掌"之手抓住水晶枪，但是枪柄却从我手中穿了过去。

"这枪还真够滑溜的，抓不住啊。"

是康达克伊佐忒那无法触碰的秩序，以及局限未来的力量，让我的手无法抓住枪的吗？

"你已经无法拔出腹部里的这杆枪了。现在你只有两个选择，要么认输，要么被康达克伊佐忒之枪贯穿根源。"

娜芙塔闭着双眼，却径直朝着我的方向，冲我说道。

"需要做选择的人是你。"

"再更认真地看看未来吧,未来神。不然你这'未来世水晶'可是要浪费了哦?"

对此,娜芙塔面不改色地对水晶枪释放魔力。

"吾将对汝处以,根源贯穿之刑。"

"咕嗞"一声,康达克伊佐忒刺入了我腹部的更深处。然而,我依旧泰然自若地凝视着面前的神明。

"我应该给过你忠告了。"

刺穿我的根源、贯穿我身体的这杆枪的枪尖,突然起了黑锈。

"……怎、怎么了,那是怎么一回事……?"

大圣门前的圣骑士们全都一脸的不解。

"那个男人被神之枪贯穿,为什么还活着……?"

"根据传承,被未来神娜芙塔的康达克伊佐忒之枪刺穿的对象,甚至连未来的可能性都会被夺去并摧毁啊……"

"……这种无法抵抗的奇迹,他仅靠凡人之身就抵抗下来了……?!"

跟那些惊讶不已的圣骑士不同,有一个男人对此情此景毫不诧异并连连点头。

这个男人便是司教米拉诺。

"今天也是充满奇迹的一天呢。"

我向前迈出数步,开口道:

"即使我没有碰触未来的办法,但你在攻击我的时候也必定需要来触碰我。"

既然这杆枪贯穿了我，那么就算是与我有所接触了。

"你最好是趁我根源里喷出的魔王之血还没把康达克伊佐忒腐蚀殆尽前，赶紧把枪拔出来比较好啊。"

"'未来世水晶'康达克伊佐忒，里面包含着这个世界各种各样的未来，就等同于世界的缩影。你现在的所作所为，就相当于在和世界比哪个先毁灭一样。而结论是显而易见的。"

"确实如此。"

"咔嚓"一声，水晶枪的枪尖崩落。

"我的血连世界都能腐蚀。"

康达克伊佐忒彻底化为漆黑的黑锈，一块一块地碎裂开来，随风消散。

若非相当强力的攻击，我是不会使用魔王之血的。毕竟，如果没有能够抵消这种毁灭之力的威力，就有可能对世界造成致命伤害。

"不愧是掌控未来的神，你还挺强的。然而，你该使出全力了。如果不认真使用预知之力，你可能会在此地彻底毁灭。"

我没有停下脚步，径直走向娜芙塔。这时，本已变成黑锈化为尘埃的康达克伊佐忒变成了无数晶莹剔透的水晶碎片，飘浮起来。

"娜芙塔在此宣誓。此时此刻，无论你打算毁灭未来多少次它都会重新复苏。要想消灭'未来世水晶'，你只能将所有未来的可能性都彻底摧毁。"

说完,水晶碎片的数量便越来越多,如同闪闪发光的沙尘暴般笼罩着全场。

"此乃可能存在的另一世界的缩影。罪人啊,吾将对汝处以局限世界之刑。"

水晶沙尘暴刚一散去,周围的风景便都被改变了。

周围变成了一片未知的城市。

这里的所有建筑、所有植物、所有居民,全都由水晶制成。就连远方的山峦、天边的天盖、流淌的河川都是水晶。

而周围那一块块水晶中,都能感受到无比庞大的魔力。

"这就是用康达克伊佐忒创造的世界吗?真可谓未来神的神域啊。"

"娜芙塔在此宣誓。所有对于你最坏的未来都被局限于这个世界之中,你的胜利将永远不会被这个世界选择。"

"有趣。"

我泰然自若地凝视着她,说道:

"来吧,未来,来挑战我试试吧。"

就在我说话的同时,这个世界中的一切地面都碎裂开来。

当我用"飞行"飞到空中时,从大地碎裂开来的巨大空洞中,冒出无数杆水晶枪向我飞来。我试着用"四界墙壁"堵住洞口,但水晶枪却轻而易举地穿透过去,将我贯穿。

下个瞬间,四周的建筑物中突然冒出无数杆水晶枪。头顶的天盖也同样如此，水晶枪铺天盖地地朝我射来。

这些水晶枪接连贯穿我的身躯。同时眼前的时钟塔也像是被割开似的浮到空中，尖锐的房顶整个朝我刺来。无数的水晶枪控制住了我的身体，随后时钟塔之枪以把我直接压碎的势头刺入了我的体内。

我的全身流出大量的鲜血。

"好久没流过这么多血了啊。"

漆黑的魔王之血，令时钟塔之枪、水晶枪，以及周围的水晶全都生锈了，然后四分五裂。

最终周围只有黑锈留了下来。

"你刚刚说这里发生的一切对我而言都是最坏的结果，最糟糕的一天将向我袭来，是吗？"

我伸出手来，画出多重魔法阵。它们像炮塔似的层层堆叠，对准了娜芙塔。

"你的这份权能，真是够厉害的嘛。然而，就算你再强，我也有能应对的魔法。"

漆黑的粒子从魔法阵炮塔中溢出。

"世间一切奇迹都会向你袭来。吾将对汝处以绝望之刑。"

无数水晶枪再次向我逼近，然而就在它们刚碰到飘浮在我周围的黑色粒子之时，便全都碎裂开来了。

火、水、雷、大地、树木、天盖，这世界上的一切都朝我袭来。

此情此景宛如奇迹一般。然而，朝我露出獠牙的世间一切，却都无法近我的身。

"我通过起源魔法，借助了两千年前的暴虐魔王阿诺斯·福尔迪哥德、创造神米里狄亚、破坏神阿贝尔尼优的魔力。"

在此之上，我又叠加了自己现在的魔力。

"这是无法在一般的场所使用的禁咒。就算是我，也只用过两次。"

漆黑粒子宛如活物般形成旋涡，缠绕在魔法阵炮塔之上。光是其余波，便将周围的一切水晶全都震碎，化为粉末。

娜芙塔的神域出现裂痕，渐渐开始崩溃。

"因此，你最好睁开你的神眼，将未来好好局限下来。毕竟这个魔法一旦释放，最坏的结果也能将康达克伊佐忒的世界毁灭。"

我对着哑口无言、目瞪口呆地朝着我的未来神，如此说道。

"稍有不慎，现实世界也会一并灰飞烟灭的哦。"

黑色粒子以炮塔为中心，描绘出七重螺旋。

水晶地面出现了一条深不见底的裂缝。这条裂缝无边无际，如字面意思一般将局限世界一分为二。

"'极狱界灭灰烬魔炮'。"

魔法阵炮塔当中，释放出终末之火。七重螺旋的暗黑火焰发出惊天动地的巨响，笔直地行进。在康达克伊佐忒的加护下，终末之火仿佛要毁灭娜芙塔的身躯一般，直接贯穿了过去。这股黑炎径直冲到了地平线的彼方，随即——整个世界都燃烧起来。

天盖燃起，地平线燃起，地面、山峦，世间一切都熊熊燃烧，渐渐被烧成了漆黑的焦炭。

这个超越"狱炎歼灭炮"的魔法，之所以没有被定位成炎属性最高级魔法，是因为这个魔法只是外表呈现为火焰模样，实则完全不同。

能够点燃不可燃之物，毁灭不可毁灭之物，将天地万物尽数化为灰烬。这是如假包换的毁灭魔法，也是我最为擅长的魔法体系。

在终末之火面前，局限世界中的一切全部变成了漆黑的灰烬。

当灰烬随风消散，藏在内侧的现实世界渐渐显露了出来，我和娜芙塔再次回到大圣门门前。

"唔，看来你用出了全力嘛。"

双手捧着"未来世水晶"的娜芙塔，双眼已然睁开。作为支配未来秩序的神，她自然不可能封闭世界的可能性。

为了局限"极狱界灭灰烬魔炮"不会毁灭世界的可能性，她应该看遍了所有未来吧。

"也就是说，胜负已定。"

娜芙塔静静地点了点头，身体也出现了裂痕。

"……娜芙塔在此宣告败北。无论怎样局限未来，零都无法变为一。你会败北的未来，连一个都不存在。"

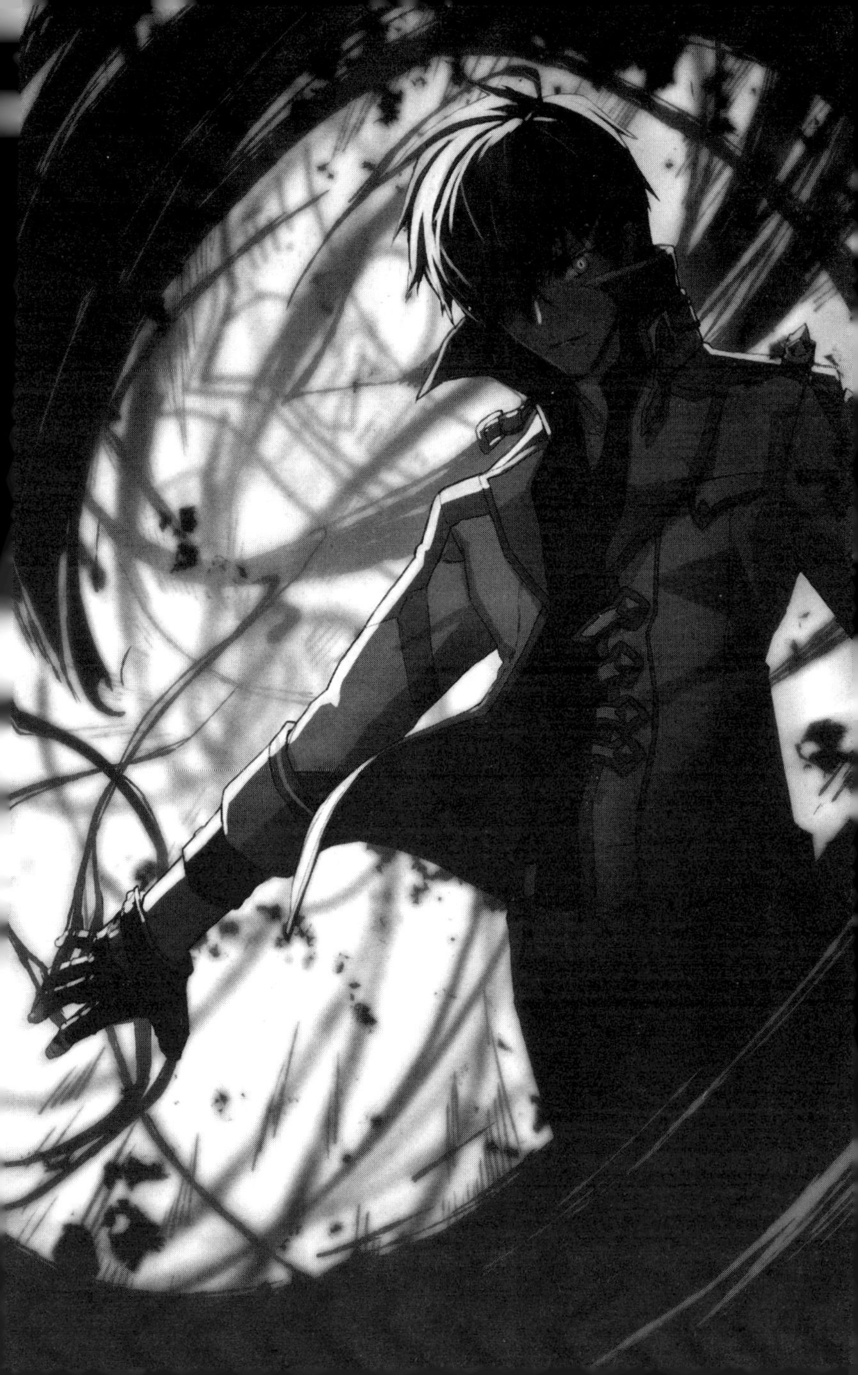

说着,未来神的身体突然浮现出无数裂缝,渐渐开始崩坏。

　　无论如何去局限,当她与我对峙的那一刻起,她的未来就注定只有毁灭。而这已成定数的未来,正一步一步朝娜芙塔靠近。

　　神无法违抗秩序。因为不想知晓这个结果,所以,娜芙塔才特地一直紧闭双眼吧。

　　"所以,我一开始就跟你预言过了啊。"

　　我用染成暗紫色的魔眼看向她,并快步走到她的跟前。

　　为了封锁未来,我用手遮住了她的双眼。瞬间,她身体的崩坏便停了下来。

　　"就算堆叠几亿次的奇迹,我最糟糕的结局也绝非你所能触及的。"

第19章　阿加哈的剑帝

"什么……"

见证了这一切的圣骑士中，有一人不由自主地发出了愕然的声音。他们全都张着嘴巴，用一副难以置信的表情看着这场胜负决出的瞬间。

"……怎……怎会如此……凡人之身居然凌驾于未来神之上……"

"……八神选定者都是如此超乎常理之人吗……？"

"不，这不可能……阿希黛和嘉泽尔也同样是八神选定者，但我完全不认为他们能做到这种地步……虽然被神明附体后的教皇的力量同样也无法测量……但他可是平常状态就有如此的力量啊……"

"……那么，这个男人，到底是何许人也……？"

这时，司教米拉诺以心平气和的语调，对这群动摇不已的圣骑士说道：

"各位圣骑士们，何必如此惊讶？毕竟，他可是连那位天父神，都能不依靠盟珠征服的男人啊。"

"你说什么……？！他征服了那位天父神，那位离产生秩序的秩序'全能煌辉'艾克艾斯的光辉最为接近的神吗？！"

"是的，你们都不知道吗？"

"司教米拉诺，此话当真？！你没有在胡说八道吧？"

"我可以向'全能煌辉'艾克艾斯发誓，这都是我亲眼所见。啊啊，不过若是在这地底第一个认识他的人是我的话，那你们确实不可能知道就是了。"

"你这是见证到了何等的奇迹啊……"

"如、如果真如你所说，那可就不只是超乎常理这么简单了！他超越了万物？！那个男人真的是人类吗？！难道不是以凡人姿态示人的神明？！不、不，何止是神明……"

"……难，道，说……他是……那位大人是……？"

"嗨呀，到底是不是呢？不适任者，他还真是被起了个讽刺的称号啊，还是说这是他自称的？他说不定就是我们无法丈量的尊贵存在啊。"

司教感慨万千地叹着气。

比赛比的是面对彼此的选定神能支撑多久，所以，只要能战胜对方的选定神，自然就已经立于不败之地了。

"哈——这可真是太厉害了。居然能打败娜芙塔，你选中的选定者已经不能用杰出来形容了啊。"

和阿鲁卡娜对峙中的迪德里希说道。

"一开始选择他的并不是我。然而，他比任何代行者都适合。因此，他不会选择走代行者的道路。"

说着，阿鲁卡娜单膝跪地，眼神笔直地盯着阿加哈的剑帝。

"嚯。"

看样子她落于下风了嘛。

作为一般依赖召唤神和召唤龙战斗的龙人而言，他本身的力量就已经非同凡响了。而且被称作剑帝的他，甚至还没有拔剑。我果然没有看错，他的实力不一般。

"在寒冷的冰柱内永眠吧。"

雪月花在迪德里希四周呼啸。它们散发出耀眼的寒光，化作尖锐的冰柱，一齐向他射去。

"哼！"

迪德里希双拳紧握，全身的肌肉隆起。随着运气，他体内溢出了庞大的魔力，缠上一层深灰色的磷光。

射出去的所有冰柱，甚至都没碰到迪德里希的身体，便被磷光弹开了。

"有意思，这是什么招式？"

"这招叫作'龙之逆鳞'。直白来说，就是触碰到异龙逆鳞时发出的魔力磷光。"

迪德里希握紧右拳,深灰色的磷光朝着拳头聚集。

"用这拳头揍上去的话——"

迪德里希双腿朝地面一蹬,径直冲向阿鲁卡娜。而她将雪月花汇聚在了右手,构筑出神雪剑洛克罗诺德。

刹那间,光速从迪德里希眼前消失的阿鲁卡娜,劈开了他的铠甲,将他冻了起来。

即便是"龙之逆鳞",也依然防不住洛克罗诺德吗?

不对——

"嚯嚯,被我给逮到咯,选定神的小姑娘。"

阿鲁卡娜咬紧牙关。就在她挥剑劈碎迪德里希铠甲的当口,洛克罗诺德的剑身却被其左手死死地抓住,同时手上还散发着磷光的光芒。

虽然稍微流出了几滴血,手掌心还全被冰冻着,但迪德里希却丝毫不在意这些,抡起了拳头。

"唔哦哦哦哦!!"

他用将"龙之逆鳞"凝缩起来的拳头,用力砸向神雪剑。这一击,直接砸碎了剑身。

"一旦碰到龙之逆鳞,那可就吃不了兜着走咯。"

面对再次从手中洒出雪月花,构造出神雪剑的阿鲁卡娜,迪德里希再次正面冲了上去。

"雪花呼啸,化作神剑——"

神雪剑洛克罗诺德闪起雪色。迪德里希动作比阿鲁卡娜慢了一步,在他的拳头击中她之前,洛克罗诺德的剑刃便已经刺穿深灰色的磷光,贯穿了他的腹部。

"——洞穿汝身,冻结汝体。"

寒气转眼间便从伤口扩散开来,将迪德里希化为冰雕。

然而,如果这样就能结束了的话,那阿鲁卡娜之前也不会落于下风了。我的预想是正确的,那结冻的冰块内侧,传出了些细微的响动。

"……这东西归我了……!"

深灰色的磷光从冰雕中溢出,迪德里希展开了行动。

狂暴的"龙之逆鳞"瞬间化作龙颚,并一口咬住了他身上的冰雕以及神雪剑。

用魔眼凝视便能发现,"龙之逆鳞"化作的牙正在将迪德里希身上的冰块和神雪剑分解为魔力,并吞食它们。

"……你会吞噬魔力?"

阿鲁卡娜低语着,并打算往后拉开距离。

"没错!"

然而,刚才吞噬的魔力变为迪德里希的力量,那裹着"龙之逆鳞"的右拳比她退后的动作要快了那么几分,直接击中了她那娇小的神体。

随着轰隆隆的一阵巨响,阿鲁卡娜被击飞,撞在了大圣门上。

"再生之光,治愈伤痕。"

虽然使用了再生蕃神的力量，但她身上的伤势却恢复得十分缓慢。

"准确来说，'龙之逆鳞'是在吞噬根源。即使是神，一旦魔力的源头被咬破的话，伤势也很难轻易治愈咯。"

吞噬根源吗？这简直就跟龙的胎内一样啊。

然而，他依然没有使用"凭依召唤"的迹象。

"我听说，阿加哈的剑帝是子龙。"

"没错。不知是何原因，我是从龙的体内诞生的。也拜此所赐，我才落到了拥有与我自身身份并不相称的力量的窘境啊。"

迪德里希漫不经心地走近因为被击飞而跪倒在大圣门门前的阿鲁卡娜。

然后，他停在她的面前，解除了"龙之逆鳞"，咧嘴一笑。

"好吧，是我输了。"

阿鲁卡娜握住了迪德里希伸出的手。

她站起身后，对他说道：

"你不必宣称自己输了。在我受了难以治愈的伤势之时，我就已经输给了你。"

"很遗憾，这是一场跟那家伙的对决啊。如果刚才那一击能直接杀掉你，那我说不定还要求个平局，但现在就是我输了啊。"

说着，迪德里希看向了我。

"根据规则，撑得更久的人获胜。既然你已经让阿鲁卡娜主动认输,那么就还没决出胜负,我们算是平局。"

听罢,他豪爽一笑。

"无论换谁来看,都知道是你先赢了娜芙塔。如果因为规则原因拿了个平局的话,那我身为阿加哈之王,可就无法为国民做表率了啊。"

"更何况……"迪德里希继续补充着,并用大拇指指了指大圣门。

"就算拿个平局,那家伙也不会跟咱俩一起谈话的吧。"

我不禁笑了出来。

"你这人说话还挺痛快嘛,迪德里希。我对你的国家产生兴趣了。"

对此,他笑了笑,说道:

"你若是来造访阿加哈,我定会好好招待。不过作为交换嘛,来的时候能不能把你的圣歌队也带上啊?"

刚才他也说过类似的话吧。

"你很喜欢?"

"啊哈哈,那歌真的让我欲罢不能了。"

真是个让人感觉神清气爽的男人啊。

"我可以向你保证。"

听罢,迪德里希便把倒在一边的阿希黛一把扛在了肩上,而未来神娜芙塔则是跟随在他的身旁。

"我问你一件事,迪德里希。"

他朝我转过头来。

"既然你能看到未来,那你应该知道这场胜负你赢不了我。之后还有选定审判,你为什么要像这样故意将底牌漏给我看?"

通过阿鲁卡娜和迪德里希的交手,在场的所有人全都看到了他的"龙之逆鳞"。

还有娜芙塔的秩序。

然而,他即使不进行这样的对决,也能靠未来神的力量知道我的底牌。

"如果你不方便说的话,那不说也罢。"

"哪有,因为这就是未来神娜芙塔的审判啊。"

迪德里希用手一边托着下巴,一边说道。

"假设有一场你必须胜利的战斗,而你知晓未来,并知道这场战斗自己绝对赢不了。那么,此时你会怎么做?"

迪德里希落落大方地问我道。

"不战而逃可不是预言者的工作啊,无法颠覆的预言可毫无意义。"

原来如此。

对他而言,我正是那无法颠覆的预言的象征吗?所以他才对我发起了挑战。即使这样做会让他今后变得不利,他也想试图颠覆这个未来。

"非常棒的觉悟,地底之王啊。"

听罢,迪德里希豪迈一笑。

"我来为你预言一件你很在意的事情吧。"

"哦?"

我摆正姿势,直面迪德里希说道:

"阿加哈剑帝的预言,请务必让我洗耳恭听。"

随即,他脸上的笑容消失,并用无比认真的口气向我说道:

"将地上的魔王,不适任者阿诺斯·福尔迪哥德选为选定者的,正是创造神米里狄亚。"

听罢,果然如此和怎会如此的这两种感情,在我的内心升起。

他不像是会在这种时候说谎的男人。

"再顺便告诉你一件事,这件事跟我也有些瓜葛啊。如果你要和戈尔罗亚纳一战,并且不想让迪尔海德陷入险境的话,那最好就是将他彻底消灭。"

"唔,感谢你的忠告。然而,你已经知道我的答案了吧。"

迪德里希咧嘴一笑,然后转身离开。

"等到阿加哈再会吧,魔王。"

说罢,他背对着我挥手告别,嘴巴上还"库咿库,库咿库"地愉快哼着地上的歌曲,和娜芙塔一起逐渐消失在我的视野里。

第20章　与教皇的谈判

"啪嗒"一声,从背后忽然传来声响。

我转身一看,发现大圣门正在缓缓打开。

目瞪口呆的圣骑士们立即紧闭双眼,双手合十献上祷告。

"请进吧,不适任者阿诺斯·福尔迪哥德,愿汝能获得救赎。"

大圣门深处,传来教皇戈尔罗亚纳真实的嗓音,这声音伴随着奇妙的回响直接钻入耳朵。

我缓缓地迈出脚步,和阿鲁卡娜一起走向大圣门中的——圣歌祭殿。

室内竖立着几根形似音叉的柱子,这是魔法道具。每一根柱子里蕴含的魔力,都不逊色于神话时代里的绝品。

又一阵响动过后，大圣门再次缓缓关上。

在室内每踏出一步，都会发出巨大的回响。

房间深处，在许多音叉之柱团团包围的中心，有一位身着苍蓝法衣的龙人。那应该就是教皇了吧。此人的头发不长也不短，面容也无法分辨是男是女，长相十分中性。其端正的五官，如果是男性的话就是美男子，如果是女性的话，就是绝世美女了吧。

这位龙人正双膝跪地，左手覆盖在右手戴着的选定盟珠上，进行祷告。

不一会儿，教皇轻轻地开口道：

"初次见面，阿诺斯，以及选定神阿鲁卡娜。我是吉奥达尔的教皇，戈尔罗亚纳。"

声音在圣歌祭殿中大声地回荡着。

教皇一边打着招呼，一边继续保持着祷告的姿势。

我径直走向戈尔罗亚纳。

"我是阿诺斯·福尔迪哥德。"

随后我伸出手。然而教皇并未给出回应，依旧保持着双手重叠。

"请见谅，我是吉奥达尔的教皇。为了这个国家，我必须一直保持着祷告。"

"那算是我不知礼数了。"

我配合着戈尔罗亚纳的视线高度跪下，跟他一样双手重叠。

阿鲁卡娜则是站在我的身后。

"你之前说你想了解选定审判,以及痕迹神利巴尔舒内德的位置对吧?"

"是的,主要目的是后者。"

沉默半晌后,教皇答道:

"掌控记录与记忆的痕迹神的确在我国沉睡着。它是能为地底带来救济的伟大秩序,在那个时刻来临之前,它是不会醒来的吧。"

"唔,可是偶尔起来放松一下才能睡得更舒服嘛,而且,对救济也有好处不是吗?"

听罢,戈尔罗亚纳面不改色地说道:

"你不了解若是唤醒沉睡之神,会引发何等的灾难。"

"只会回顾过去的神之秩序根本不足为惧。哪怕它有点起床气,到时候哄一哄不就行了。"

"利巴尔舒内德能够再现世界的痕迹。哪怕是这个世界曾受到的最深的伤痕,这位神明依然能将此等灾祸再现出来。"

"说白了,就是用更强大的灾祸去打倒它不就没事了?"

听了我的话,教皇瞬间陷入沉默。

"我知道你。在你第一次到访艾蓓拉斯特安泽塔时,我也在圣座之间。"

毕竟吉奥达尔的圣骑士嘉泽尔也在。其他和阿希黛关系不浅的选定者会在那里,也算不上是值得大惊小怪的事情。

"我很清楚,能够跨越全能者之剑利维吉尔玛之审判的你,拥有与神对等或更强的力量。"

戈尔罗亚纳的语气突然变得强硬起来。

"然而,即便如此,你有足够唤醒痕迹神的正当理由吗?既然你说利巴尔舒内德不值一提,那你也完全没必要去依靠它解决问题了吧。如若你是有事拜托那位神明,更应该以相应的礼仪待之才对吧?"

"你说得很对。也就是说,只要能得到沉睡的利巴尔舒内德的认同,让它苏醒,你也就无话可说了?"

戈尔罗亚纳的表情依然一成不变。然而,他明显被我的这番话惊得哑口无言了。

"你打算如何让沉睡的神明认可你并为你而苏醒?"

"这事我接下来再慢慢考虑。但我可以向你保证,我不会用蛮力强行把它弄醒,这样就没有问题了吧。"

我露出笑容,凝视着教皇那端正的脸庞。

"所以,痕迹神在哪里?"

听罢,教皇稍微变了变姿势,并朝我看来。

"都说到这个份儿上了,你肯定知道具体位置的吧?"

"我的确知晓。然而,痕迹神的所在,是只有教皇间代代相传的教典中才有所记载。我不能告诉不相信吉奥达尔教义之人。"

如此断言过后,戈尔罗亚纳又接着说道:

"不过，不适任者阿诺斯·福尔迪哥德，如果拿你的神作为交换的话，我便可以告诉你。"

在我身后的阿鲁卡娜的魔力，略微产生了动摇。

"你是想拿只有教皇才知道的教典的内容，来交换一个无名之神吗？"

"如果痕迹神是能为地底带来救济的神，那么阿鲁卡娜便是为地底带来新生所必需的神。因为她是创造了这个世界的，创造神米里狄亚的转世。"

听罢，我的眼神变得严肃起来。

意思是说，在我造出墙壁之后，创造神米里狄亚便为了舍弃神名转生了，然后重新作为阿鲁卡娜继续活下去了吗？

可这样的话，我梦里见到的妹妹又是怎么一回事？

我想不明白，但如果戈尔罗亚纳是在故意说谎，那么应该会有将阿鲁卡娜谎称为米里狄亚的理由才对。

"你从哪里知道这些事情的？"

"是'全能煌辉'艾克艾斯告知于我的。"

就当是他从神那里打听过来的吧，总之他应该不会告诉我更详细的情报了。

"你打算做何选择？"

"很遗憾，我跟阿鲁卡娜有约定啊，我可不能违约。"

"我就知道你会这么说。"

戈尔罗亚纳用歌唱般美妙的嗓音说道。

"然而,阿鲁卡娜原本就是吉奥达尔的神。要是继续被你这样霸占着,'全能煌辉'艾克艾斯恐怕也不愿意继续给予我等救赎了吧。"

"龙之子,此言差矣。我并非被他霸占,而是以自己的意志选择留在他的身边。他才是适合与我在选定审判中并肩作战的人。"

阿鲁卡娜如此说道。

"让他成为代行者,这是神的意志所选择的吗?"

"并非如此,我和他都是为了终结这场选定审判而战。这种只是为了维持秩序而进行的神之仪式是错误的。我们一直都在重蹈覆辙,所以必须将其纠正过来。"

戈尔罗亚纳的表情变得严肃起来,然后,又静静地摇了摇头。

"选定之神阿鲁卡娜啊,请恕我无礼。您是因为舍弃了神名,才忘记了身为神明的职责啊。请再好好考虑一下,在您取回神名与记忆之前,万万不该做出此等决断。"

"为何违背秩序便是罪孽?放任邪恶的秩序不管不顾,又如何称得上是神明?"

对此,戈尔罗亚纳立即回答道:

"违背秩序,便是成为不从之神。这会导致您堕入悖理神格努杜努布之手。"

然而,阿鲁卡娜却平静地反问道:

"即便如此,又会伤害到谁呢?"

"会伤害到我，会让所有吉奥达尔的信徒都陷入悲伤之中。"

听了这话，阿鲁卡娜顿时面露悲伤，但却没再继续反驳了。

"教皇戈尔罗亚纳，你已经不是小孩子了，这点小事就忍忍吧。而且都说了不会造成什么实际的危害，没必要老是对神的所作所为说三道四的吧。"

教皇稍微将脸转向我的方向。

"你信仰着神明，对吧？"

"是的，所以我才会像这样终日祷告、祈祷着。你认为这世上有不为神明落入凡尘而叹息的信徒吗？"

"无聊透顶。我从未听闻有这种撒泼打滚也要赖着神明不放的信仰，别逗我笑了。你不要总顾着祈祷，偶尔也给我换位思考一下啊。"

我坚决否定了戈尔罗亚纳的想法。

"不信仰神的你会有此想法我非常理解。然而，请千万不要忘记了。我们可是直到今天，都一直在为你口中这无聊透顶之事奉献身心、赌上性命的啊。"

教皇以清廉的口吻说道。

"你刚刚说直到阿鲁卡娜取回神名和记忆之前不要妄下决断是吗？那正好，这样一来，唤醒痕迹神的理由不就有了？"

听到我的反问，戈尔罗亚纳顿时陷入沉思。

"说的也是。我明白了，如果你愿意将阿鲁卡娜还给吉奥达尔的话，我便用痕迹神的秩序恢复她的神名与记忆。"

"你这听不懂人话的家伙,我刚才已经拒绝过你了吧。"

"不适任者,我已经做出让步了。"

戈尔罗亚纳用柔和的口吻告诫着我。

"想从我手中夺走阿鲁卡娜,你管这叫作让步?"

"我依你的要求,让你违背戒律、接触教典、唤醒痕迹神。这些本来都是连提都不该提的禁忌之事,而你只要让阿鲁卡娜回归她本该存在的场所,那么我不只能原谅你犯下的罪孽,甚至还能实现你的愿望。这不叫让步,那还有什么叫让步呢?"

戈尔罗亚纳堂堂正正地开口说道。

"如果你这话是认真的,我都要怀疑你脑子是否清醒了?要想玩交涉,你还得稍微再练练。阿鲁卡娜真想要回去的话,早就自己跑回去了吧。为了自己方便去随心所欲地操纵神明,难道这就是你们吉奥达尔的教义?"

"我应该说过我已经让步了。若是其他事情,我自当遵从神之所愿,不去说三道四。然而,刚刚不是说过,你要和阿鲁卡娜一起终结选定审判吗?"

"原来如此,这让你不爽了?"

戈尔罗亚纳睁开双眼,双手依然保持祈祷的姿势,紧紧地瞪着我。

"选定审判是吉奥达尔最为神圣的仪式。龙人将成为神明,守护信徒们。这是为了这地底代代相传的伟大救济而进行的审判。"

"救济……?嘴上说得倒是好听,但好像也有不少人因此而痛苦着哦。就算终结了它，也没什么不好的吧？"

"人活着必定都会受苦。而若是没有选定审判，只会让更多人陷入痛苦之中。"

"那你来好好解释一下吧。我想即便没有选定审判，这个地底也依旧还有神明存在，应该不会影响到龙人们正常生活的才对。"

听罢，戈尔罗亚纳静静地吐了口气，并用平静的口吻说道：

"因为传承下来的教典是如此记载的。"

"具体是怎么说的？"

"此乃'全能煌辉'艾克艾斯的意志。"

就是不愿意透露教典内容的意思吗？或者说，就连教典里都没有具体的根据。

"要想说服我，你得好好斟酌言辞。"

听罢，教皇狠狠地瞪了我一眼。他的眼神中蕴含着愤怒。

"无法理解神之语言的不适任者，你这样说的话，那我就用你的风格来告诉你吧。"

戈尔罗亚纳语气强硬地说道。

"你一定要给我听好了。能否请你这在地上和平度日的魔族，别大言不惭地跑到地底来，在我的领地指手画脚好吗？我们有我们自己的教义和做法。"

"人一旦获得了与自己不相称的力量，就会陷入疯狂。你们国家的阿希黛也好，嘉泽尔也罢，都在那里兴高采烈地叫嚣着要杀我。因此，他们才会来袭击亚杰希翁和迪尔海德。你一天到晚只顾着祈祷，对自己的部下不管不顾，放任他们侵略我的国家，你打算怎么负责？你可别告诉我因为你不知道就打算蒙混过去啊？"

不知是因为不知道怎么回答，还是根本就不想搭理我，教皇并未立即开口。

"如果你们只是乖乖待在地底，那我当然管不着。但是威胁到迪尔海德的行为，我可不打算坐视不理。"

"阿希黛侵略地上一事，我深表遗憾，那并非传播教义所需要的行为。我作为治理吉奥达尔的教皇，在此向您谢罪。"

戈尔罗亚纳一边祈祷，一边低下头去。

"你给我当场向神宣誓，表示绝不再犯。这事可能让你们吉奥达尔很窝火，但我也是一样的。如果你愿意让步的话，那么我也可以不着急对选定审判下结论。"

戈尔罗亚纳静静地呼了口气，注视着我。

"不适任者啊，谢罪已经是我最大限度的让步了。当然，对于我来说，也不愿意让事情闹大，我发誓会为了不触犯你那边的法律而做出最大的努力。然而，只有这一点请你体谅。对我们而言，没有任何一件事是比神的教诲更重要的。"

对此，我不禁哈哈地笑出声来。

"也就是说，你的意思是你们多少会顾虑一下。但迪尔海德的法律对于你们来说，终究是个不配跟吉奥达尔教义比较的不值一提的东西吗?"

"我并无此意。"

"你能发誓,不会为了选定审判而危及迪尔海德吗?"

"渺小如我,怎能看穿伟大的神的心思。"

"那我可以理解为,只要符合神的意志,你就会毫不犹豫地给迪尔海德点燃战火,对吗?这种玩意根本算不上让步。"

"那么,我有一个不错的解决方案。"

戈尔罗亚纳露出清廉的表情。

"噢。虽然我不抱希望,但你还是说说看吧。"

"要不,你们先试着让迪尔海德加入吉奥达尔教怎么样?"

这种听起来就荒诞至极的建议,提议的教皇的语调和表情却都非常认真。

"只要能够信仰神明,一切问题应该都能靠'全能煌辉'艾克艾斯来解决。"

"我想到了个比这更好的解决方案,你觉得这样如何?"

听了我的话,戈尔罗亚纳诧异地竖起了耳朵。

"让吉奥达尔合并到迪尔海德。只要纳入我的统治范围,追随魔王的话,这个国家的忧患、这片地底的一切问题我都能帮忙解决。"

戈尔罗亚纳以虔诚的表情说道:

"我认为这个提议十分愚蠢。我们可是信仰神明之人,怎么可能去追随除了神以外的人?"

"你明白了吧,你刚刚的建议,对我们而言也是一个道理。"

戈尔罗亚纳闭上双眼,用祈祷的语气说道:

"有些时候,国与国、人与人之间无法相互理解,也是无可奈何的事情。我们只能相信神明,沿着这条路前行。"

虽然他十分夸张地说了一大堆,但其实意思就是,只要符合神的教义,区区迪尔海德随时都能侵略。这可不能置之不理了啊。

"所以,我才说要毁掉它。只要没有这场无聊的审判,也就不用担心你们会危及地上了。"

当然,这样肯定也无法完全排除危险,但只要他们借不了选定神的力量,那就算不上太大的威胁了。

"恕我直言,我面对异教之国的人,这样已经算是很大程度上的让步了。"

教皇的话语里充满了怒气。

"如果还想得寸进尺的话,那就必须得请你接受相应的惩罚了。"

看来,此事已经得出结论了。

我随即站起身子,俯视着戈尔罗亚纳。

"站起来,我会亲手消灭掉你的神明。既然选定审判是如此神圣的东西,那么要是输给了我,你应该就愿意稍微听一听我的意见了吧。"

第21章　福音，招来

教皇戈尔罗亚纳双膝跪地，一边祈祷，一边对我说道：

"你我皆为选定者，如若你希望圣战，那我也愿意奉陪。但是有一点你需要知道，我并没有被你的花言巧语所欺骗。就算你想要用蛮力让我低头，我这颗向神明奉献的心，也绝不会屈服。"

从他清廉的表情中，可以感受到一股无可撼动的意志。

"你绝不可能拿到教典，也绝不可能找到痕迹神利巴尔舒内德的所在。"

"很抱歉，你越是这么说，我反而越是想要把你嘴巴撬开了啊。"

我俯视着他，回应道。

"你还打算祈祷到什么时候,不会想要坐着跟我打吧?"

"这又有什么不妥吗?"

戈尔罗亚纳坚持不解除祈祷的姿势,并用他那歌唱般的口吻说道。

"嚯。"

"我乃吉奥达尔的教皇,戈尔罗亚纳·德罗·吉奥达尔,被选定神赐予救济者称号之人。直到这个地底迎来救济的那一天为止,我都绝不会有一刻停止向神明的祈祷。"

他保持着跪地的姿势,双眼紧紧地盯着我。

"请不要客气。我的身体被神之奇迹所庇佑,定能助我击溃一切苦难。"

"有趣,那我就恭敬不如从命了。"

说话的同时,我在地板上绘制出了一个巨大的魔法阵。

漆黑的火焰从中冒出,化作锁链,缠住了双膝跪地的戈尔罗亚纳的身体。

"'狱炎锁缚魔法阵'。"

狱炎锁燃起黑炎,并摇身一变成了激发大魔法所需要的魔法阵。

"汝,应当心怀畏惧。想要束缚神明,不过是白费功夫罢了。"

说着,戈尔罗亚纳的选定盟珠当中,神圣的光芒开始聚集。

盟珠中心燃起火焰,瞬间绘制成立体魔法阵,并层层叠加。

越发膨胀的魔力,转眼间便达到了神明的领域。

突然一阵不可思议的音色响起,并由音叉之柱产生回响。回响的声音越来越大,咚咚地开始演奏我从未听过的旋律。

神明笼罩在教皇的身后,显现出来。

"福音,召来。'神座天门选定召唤'。"

"咚"的一声过后,出现了一位身着苍蓝大衣的长发神明。

"'凭依召唤'·'选定神'。"

显现出来的神明,像是被吸入一般缓缓落到戈尔罗亚纳的身体上。教皇的魔力瞬间暴涨,被"狱炎锁缚魔法阵"束缚的身躯也如同海市蜃楼一般飘散,然后消失得无影无踪。

随着一阵咚咚的响声,戈尔罗亚纳出现在了我身后十米左右的位置。

"福音神多尔狄雷德。"

阿鲁卡娜一边说着,一边站到了我的身旁。

"它是教皇戈尔罗亚纳的选定神,掌控音律的多尔狄雷德,其身躯便是声音本身。"

"唔,难怪用锁链或者火焰都无法捆住他。话说……"

我朝阿鲁卡娜看去。

"在迪德里希那里受的伤如何了?"

"恢复了。"

"那我们俩就赶紧一起把他搞定吧。"

我画出魔法阵,释放了"真空地带"魔法。此魔法让室内顿时变成真空，无声的寂静笼罩在周围。

然而，"咚咚"的福音声却打破了这一寂静。这一旋律在音叉柱中反复回响、产生共鸣，并让室内充满了魔力。

福音神多尔狄雷德乃音律之神。因此，每当声音在那些音叉柱中回响并产生共鸣之时，他的魔力都会随之倍增。

"被毁灭的信徒们会在复活之日，随着福音获得一次临时的生命。啊啊，伟大的神明啊，感谢您所赐予的奇迹。"

戈尔罗亚纳祈祷般地放声高歌。

"福音之书，第一乐章'信徒再诞'。"

每当有一次咚咚声响起，我的眼前便会出现一个握着形似音叉的剑，身穿和戈尔罗亚纳相同苍蓝法衣的人。最终合计出现了三十三人。

"哪怕处于真空，福音也会响起。只要此音尚存，多尔狄雷德便永恒不灭。"

阿鲁卡娜说道。

"不过，这还挺少见的嘛。是音韵魔法阵吗？"

这是通过福音的变化而绘制出声音的魔法阵发动的魔法吧。

根据声音高低、发音方式、音调等因素发动的这个魔法阵，跟一般的魔法阵相比，操作要困难得多。也就是说，原本在咏唱结束之前，魔法是不会发动的。

然而，在福音神的秩序之下，咏唱过程在一瞬间便完成了。

"好好见识一下吧，不适任者。他们正是在这吉奥达尔中不断向神献上祈祷的信徒，也是历代的教皇。面对神的奇迹，你也只能匍匐在地、顶礼膜拜了吧。"

这群靠"信徒再诞"复苏的死者双脚踏向地面，并挥舞着音叉之剑朝我冲来。

"吹雪之夜，冻结一切。"

阿鲁卡娜的周围刮起雪月花，散发的冷气将袭击过来的死者们的下半身冰冻了起来。

"既然历代教皇们都从黄泉之国回到现世了的话，那我便尽我的礼数来问问诸位。"

我对着被封住行动的死者们抛出这样一个问题。

"这个国家是否打算与迪尔海德和睦共处，请诸位各抒己见吧。"

作为答复，"信徒再诞"的死者们全都奏响音叉之剑，唱起圣歌。

在音韵魔法阵中响起了强力的反魔法，将冻结的冰块尽数粉碎。

在依然狂啸不止的暴雪中，死者们再次挥起音叉之剑，朝我冲来。

"此等不言自明的问题无须再问。能够束缚住身为死者的他们的东西，只有生前弥留之际留下的誓愿而已。为我国鞠躬尽瘁的教皇们，除了为神明祈祷、奉上圣歌以外，怎么可能会许下别的愿望呢？"

"只是群为了达成誓愿的亡灵吗？"

我在右手缠上漆黑的闪电。闪电迸发而出，布满整个室内，四处飞窜。

三十三位死者被起源魔法"魔黑雷帝"所贯穿，瞬间灰飞烟灭。

"已死之人，便是永恒不灭之人。无人能再度消灭他们。"

随着"咚咚"的福音响起，"信徒再诞"的死者们再次复苏。

"当第二次再诞之际，被毁灭的信徒们的身上，会有神明附体。诸多神明将在此显现，驱散黑暗，令世界充满光明。"

历代教皇们绘制出魔法阵，并使出"凭依召唤"。

魔力瞬间暴增。

"音律蕃神米拉希·伊德·吉兹姆。"

三十三位教皇一齐将音叉之剑对准我，伴随着魔力的声音块体，一齐朝我射来。

"雪花飘落，点亮地表。"

飘落的雪月花化作守护我们的结界，阻挡了音块的攻击。

"在三十三位教皇、三十三位神明面前，一切事物都将屈膝、都将低头。信仰吧，异端之民，信仰神的伟业吧。只要你选择信仰并且祈祷，你也能获得救赎。"

戈尔罗亚纳放声高歌，与教皇们的音叉之剑产生共鸣，发出更为剧烈的响动。他用福音神多尔狄雷德的力量，强化了这个音韵魔法阵。

"福音之书，第二乐章'圣音龙吐'。"

音块宛如龙之咆哮般呼啸而来，强烈的冲击让雪月花的结界摇摇欲坠。

"这群教皇看来还挺虔诚的嘛……但是，他们真的把一切都奉献给神明了吗？"

"同样的问题无须再问第二遍。为国着想的教皇，并不会有私利私欲。"

教皇戈尔罗亚纳回答道。

"那要不要来赌一把？我接下来就会揭露这群教皇的私利私欲。如果我赢了，你就告诉我痕迹神的位置。如果我输了，我就把阿鲁卡娜让给你。"

"我说过，我不会被你的花言巧语所欺骗。"

"那我再加一个，如果你能伤及我分毫，就算你赢。顺便连迪尔海德我也给你了。"

我画出"契约"魔法阵。见状，教皇微微叹了口气，并看着我。

还差临门一脚吗？

"你似乎对唱歌很有自信，那么我方也只用赞歌与你一战如何，这个结界我也可以马上消除。"

我话音一落，教皇便开口了。

"赌上'全能煌辉'之名，我在此宣誓。"

这句话，令"契约"的条约瞬间成立。同时，阿鲁卡娜也消除了雪月花的结界。

"圣音龙吐"气势凶猛地朝我方袭来，但我的右手此时已经握住了用"创造建筑"造出来的魔笛。

"'魔笛相杀'。"

我往笛子里灌注魔力，赞歌的曲调响了起来。魔笛演奏出的旋律与"圣音龙吐"彼此碰撞，互相抵消。

"唔，虽说是临时赶制的，不过效果还不错嘛。果然声音还是得用声音去对抗啊。"

说着，我把魔笛递给了阿鲁卡娜。

"用吧。"

阿鲁卡娜接下魔笛，并举到嘴边，开始演奏起赞歌的曲调。

阻挡"圣音龙吐"的结界进一步得到强化。

阿提耶托诺亚的光辉洒在她的身上，将她照亮。这束白银的光芒穿透天花板，架起了从天盖通往地上的光桥。

"创造之月"缓缓降落下来，半月的光芒眼看着越来越靠近，渐渐包裹住整个魔笛。

"月光吞噬，待春暖花开，便可脱胎换骨。"

阿提耶托诺亚与魔笛合为一体，拥有"创造之月"力量的神之魔笛由此诞生。

阿鲁卡娜略微吹气，从中孕育而出的音乐，转眼间便将三十三把音叉剑所释放的"圣音龙吐"尽数抹去。而这阵旋律仍势不可当，教皇们纷纷被神之魔笛释放的旋律音块吞没，灰飞烟灭。

"下一个就轮到多尔狄雷德了,做好觉悟吧。"

阿鲁卡娜再次吹响魔笛。

神圣而怖人的曲调响起,朝福音袭去。这魔笛吹奏的旋律干涉了咚咚作响的福音,令其势头比方才略微减弱了一些。

"……唔……"

被福音神附身的戈尔罗亚纳,表情略微变得扭曲。

"唔,看来这招很管用嘛。你可别告诉我,刚刚你为了明哲保身而停止了祈祷,不算是私心私欲哟?"

戈尔罗亚纳咬紧牙关,以继续祷告的姿态,用作回答我的问题。

"……我应该已经说过,已死之人是永恒不灭的……"

"咚咚"的福音声响起,"信徒再诞"的死者们,随着音律蕃神一起再次复苏。

"当第三次再诞之际,已死的信徒们,将会向神明奉上圣歌。代代相传的神圣旋律,定能化为烧尽灾厄的神之业火。"

神明附体的三十三位教皇发出清亮的声音,高声唱起圣歌。歌声与歌声相互共鸣,构筑起无数层层堆叠的音韵魔法阵。

神圣的火焰之柱在四周升起,将我们包围了起来。这些炎柱压迫着阿鲁卡娜的魔笛之音,一点点缩小着包围的范围。

"汝问,为何到这种地步还能继续祈祷。救济者答,因为我并非一个人在祈祷。从古至今信仰神明的人们,那些奋不顾身奔赴神明身边的人们,他们的祈祷就在此处。啊啊,救济者正在歌唱，与过去的死者们一起。这神圣的曲调便是救济本身，它将化作烧尽一切忤逆神明之辈的唱炎。"

戈尔罗亚纳朗朗高歌。这样一来，唱炎的势头顿时猛增，打算将魔笛的曲调碾碎，并将我们一起燃烧殆尽。

"唔，果然，音乐这种东西就该大家一起歌唱，一起演奏才有趣。我对此深有同感啊，戈尔罗亚纳。"

我顺着连接着的魔法线，将"意念通讯"传递了出去。

"听到了吗，魔王圣歌队？刚好有个机会来了。你们就在这里试试看，爱能对神明有多大效果吧。"

立刻，八种声音同时回答我道：

"遵命！！阿诺斯大人！！"

回答我的是在魔王城内待机的爱莲一行人。

"唱吧，将你们的爱传递给我。"

"是！！阿诺斯大人！！"

"'狂爱域'。"

潜入爱莲她们的爱之深渊，将她们内心的情感尽数变幻为魔力的魔法——这便是"狂爱域"。

魔王圣歌队那近乎疯狂的爱变幻了姿态，从中渗透出漆黑的光芒。这东西就像是有黏性一般，紧紧地缠绕着我，并卷起涡旋。

"福音之书，第三乐章'圣歌唱炎'。"

"那么，我们就用……"

我对献上祈祷的教皇戈尔罗亚纳说道。

"魔王第六赞歌'邻人'。"

阿鲁卡娜立即用魔笛演奏起"邻人"的伴奏。拥有"创造之月"力量的这个魔笛,完美地创造出了这首曲子的旋律。

"在祷告面前,万物皆虚妄;在神明面前,万物皆跪拜。这唱炎将会灼烧你,并拭去你的罪孽。"

熊熊燃烧的唱炎吞没了我和阿鲁卡娜。凶猛的火焰直冲天际,直接冲破了天花板,到达了天盖的高度。这真可谓神之炎,这是能够拭去世间万物、让一切烟消云散的净化之火。

"啊啊,罪人啊。你的罪孽会随着唱炎一并消失——什么……?!"

戈尔罗亚纳突然瞪大了双眼。

他应该是听见了火焰之中,通过"意念通讯"传递过来的歌声了吧。一刹那,宛如黑泥一般的"狂爱域"之光剧烈膨胀,将火焰腐蚀。

我身上甚至连半点烧伤都没有。

♪啊——神明大人,真没想到,居然还有这样的世界♪

"咕啊啊啊啊啊啊啊啊啊啊啊啊啊啊啊啊啊啊啊啊啊啊啊啊啊啊啊啊啊!!!"

刚才还专心致志歌唱圣歌的教皇们,只是单纯想要实现死前誓愿的亡灵们——纷纷发出悲鸣,然后身子被击飞。他们正一点一点地被粘到身上的漆黑光芒腐蚀。

此情此景,令戈尔罗亚纳只得瞪大双眼,怀疑起自己的耳朵。就连火焰和死者都能腐蚀，"狂爱域"的强度简直恐怖如斯。

再加上爱的因素，导致它只会腐蚀目标。如果单论腐蚀的强度，它说不定直逼魔王之血。

"……甚至能让先祖们……让死者们……忘记祈祷和圣歌的，歌曲……？！"

"你服气了吗？"

"……还不能，确定……它们可能只是条件反射地发出了悲鸣而已……并非私利私欲……"

"那就，再让你好好体会一下吧。"

♪库哟库，库哟库，库哟库呜呜♪

"咕哦哦哦哦哦哦哦哦哦哦，神啊啊啊啊啊啊啊啊啊！！！"

只能说，不愧是现任教皇吗？

戈尔罗亚纳继续保持着祈祷的姿势，强行承受住了暴虐袭来的"狂爱域"之光。然后，他为了用唱炎进行对抗，唱起了圣歌。

历代教皇们也陆续献上祈祷与圣歌共鸣，再次用"圣歌唱炎"向我和阿鲁卡娜袭来。

"你们的圣歌并不差，然而，光靠祈祷可不够。因为——"

配合着阿鲁卡娜演奏的魔笛，如今，魔王赞歌响彻四方。

"我们这边可是还有伴舞的哦！"

我随着音乐的节拍脚踏地面。

♪不要打开♪

"嘿！！！"

我用包裹着"狂爱域"的拳头挥出正拳，直接击飞了神之唱炎。

♪不要打开♪

"嘿！！！"

我左右出击，无数次重复的正拳突刺收束了漆黑的"狂爱域"，并一拳击飞了"信徒再诞"的死者们。

"咕啊啊啊啊啊啊啊啊啊啊啊啊啊啊啊啊啊啊啊啊啊啊啊啊啊啊啊啊！！！"

"呀啊啊啊啊啊啊啊啊啊啊啊啊啊啊啊啊啊啊啊啊啊啊啊啊啊啊啊啊！！！"

♪不要打开，那是禁忌的大门♪

"嘿！！嘿！！嘿呀！！！"

继续挥出三拳。

面对着魔王赞歌，他们的圣歌尽数被弹开。

"……不，不可能啊啊！！神之圣歌居然会……"

"被这种、被这种禁断之歌给……！？！"

看着发出悲鸣的死者们，戈尔罗亚纳一脸的惊愕。

"不……不要恐慌……先祖们，你们有什么好恐惧的呢？曾毁灭过一次的人是不会再次毁灭的。被神招至左右的各位先祖，已经是不灭——"

看到其中一位死者彻底腐朽消失，戈尔罗亚纳顿时变得哑口无言。

"……没有……复苏……为什么……?"

"还不明白吗?"

我和阿鲁卡娜站到硬着头皮继续祈祷的戈尔罗亚纳面前。

魔王圣歌队的歌声依旧响起。

"因为是'库咿库,库咿库,库咿库呜呜'啊。"

"……我不明白……"

"也就是说,虽然不明所以但只要开心就好。这首歌的寓意唤醒了他们临终之际真正的想法,让他们成佛了。"

"……成……佛……"

戈尔罗亚纳用一副难以置信的表情看着我。

"人不可能只为了国家而活的,每个人都会有自己的心灵。变成一个忘却快乐,只是不断祈祷的人,这还算什么人生啊?"

"不,怎么会——"

"你还是无法相信吗?他们心底那扇禁断的大门,是被姑娘们强行撬开了的。"

我使劲挥起右拳。

"做好觉悟吧,下一拳就往你的内心插入禁忌的钥匙。"

♪不要放进去♪

"嘿呀!"

魔笛响起,"狂爱域"缠绕在我的拳头上。

我击出的正拳,直接打飞了福音神多尔狄雷德。

"嘎啊……"

本应是声音本身的戈尔罗亚纳,被我右拳的一记突刺直击心窝,我顺势强行将他的身体拎了起来。

声音靠声音对付,神靠爱意对付。

"狂爱域"和魔笛,以及"邻人"的舞蹈动作,将那免疫攻击的福音神给腐蚀掉了。

"……住……手……别在福音里,混进这种声音——啊,啊啊,神竟然被腐蚀了……?!"

♪不要放进去♪

"嘿呀!"

我用左拳再次猛击教皇的腹部,将他的身体折成了直角。

"……嘎……啊啊啊……福、福音,消失了……"

♪不要放进去,这是禁忌的钥匙♪

"嘿呀!嘿呀!!嘿呀啊啊啊啊啊啊啊啊啊!!!"

我用裹着"狂爱域"的双拳对着教皇的心窝、喉咙,以及颜面就是一顿狂揍。教皇被我直接打飞,撞断了身后好几根柱子,最终撞到了墙上才停下来。

"我搞不清楚什么福音之类的东西。"

福音神多尔狄雷德被腐蚀殆尽,就此毁灭。

我对着失去神力的教皇说道:

"你以为没有搭配舞蹈的歌曲,也配打动我的心吗?"

第22章　痕迹神的所在

我迈步缓缓走到趴在地上的教皇身边。

"唔。"

即使失去意识，遍体鳞伤，戈尔罗亚纳的双手依然还保持着祈祷的手势。

明明连历代教皇们面对魔王赞歌都一度忘记了祈祷啊。

我对戈尔罗亚纳使用"总魔完全治愈"魔法，将其伤势瞬间恢复后，教皇突然清醒过来并睁开了双眼。

"为了国家，不论何时都要继续祈祷下去吗？看来你这句话并非只是说说而已啊。"

即使正面吃下了带有"狂爱域"与魔笛魔力的"邻人"的舞蹈攻击，戈尔罗亚纳依旧没有停止祈祷。

当时他不用双手护住自身，甚至可能和自己的神明一起被毁灭掉，没想到，他居然在临死之际依然能够舍弃私利私欲啊。

"看在你信仰的份上，我保证，除非痕迹神它愿意，不然我绝不会强行唤醒它。"

戈尔罗亚纳站起身子，再次摆出祈祷的姿势。

"能告诉我它的位置吗？"

签订过的"契约"魔法阵正闪闪发光。

"我绝不会违背对神明的誓约。看来正如你所说，历代教皇们并没有全心全意地为国着想、持续不断地祈祷啊。"

或许正是因为戈尔罗亚纳自己能够做到这点，反而才导致他没有注意到这个事实吧。

"吉奥海泽西方两百公里。那里的地底深处，有一个隐藏于时间之中的地下遗迹里加隆多洛尔，据说痕迹神就沉睡在那里面。白夜之时，神龙歌声轮唱之所，便是里加隆多洛尔的入口。"

"白夜在地底很少见吗？"

我转头看向阿鲁卡娜，她解释道：

"地底没有太阳，因此也没有与地上相同的白昼。这里早晨称作黎明，白昼称作白夜，夜晚则称作极夜。"

也就是说，要在白天去寻找吗？找到痕迹神需要的情报应该已经差不多了。

"好了，戈尔罗亚纳。"

我看向面前的教皇。

"你知道我的目的吧？"

"……这枚选定盟珠是神所赐予我的。若是你要夺走它，请先夺走我的性命。"

"我不需要这种玩意。"

听到我这么说，教皇顿时一脸诧异。

"你有什么好吃惊的？"

"你赢得了圣战，因此，你应该不只是消灭掉我的选定神就作罢的才对。"

"唔，我听不懂你的意思？"

"……为什么不把福音神作为供品献出？"

在选定审判中，选定神可以吞食其他的神明。

阿鲁卡娜曾经吞并了圣骑士嘉泽尔的神明，并将其秩序据为己有。而同样的事情我却没有对福音神做，所以才导致他觉得如此不可思议吗？

"我说过了，我的目的是毁灭选定审判。"

"那你不应该更需要神的奇迹吗？"

"在选定审判中，神明之间可以互相吞食。虽然胜负也可以通过圣战之外的方式决出，但我怎么看，都觉得这场仪式的真正目的并非想要让选定者之间进行争斗。"

听了我的话，戈尔罗亚纳表现出了不解。

"你想说什么呢？"

"为了在选定审判中胜出,击败敌方神明并将其吞食,应该是最常用的手段。也就是说,创造这场审判的存在,根据地底的教义来看就是指'全能煌辉'艾克艾斯了吧,而这个艾克艾斯想让神明之间互相吞食。"

如果只是为了维持秩序,有必要安排这么一个仪式吗?

"有可能是想通过催生出拥有复数秩序的强大神明,使得秩序更为巩固,也有可能还有其他目的。总而言之,不论怎样,都让我感觉十分刻意。如果谋划这些事情的人确实存在,那我可不能就这么让它称心如意了。"

最主要的是,我根本没必要特意吞食别的神明,靠我一人之力足矣。

"……那你的目的就是杀死我吗?"

"我对你的性命没兴趣。"

"那你的目的究竟是什么呢?"

"那当然是关于刚才跟你说的那些话题的后续咯。"

说到这里,教皇那端正的表情又扭曲了。

"我无法理解。既然你已经赢了,那只要杀了我,事情不就都了结了吗?在这吉奥达尔不会有人质疑选定审判的结果。"

"毕竟我还有迪尔海德魔王的这一身份啊。如果你是个施行暴政的暴君,或者是个无能鼠辈的话,那事情就又不一样了……但至少就目前而言,你一直为了吉奥达尔祈祷,将这个国家治理得非常太平。如果你死了,国家必然陷入混乱,甚至还有可能会被阿加哈或者贾迪席奥拉入侵。"

"这跟地上的国家没有关系吧？"

"生活在这个国家的人民的幸福感，让我无法说出没有关系这种话。我不忍心让民众的脸上写满悲伤。"

我和魔王学院的学生们一同游览了吉奥海泽。虽然还有很多不知道的事情，但唯有一点很清楚，那就是生活在这里的地底居民，全都过着安居乐业的日子。

他们开心地唱着来圣奉歌，一心祈祷着作为仪式的圣歌祭典能够成功。哪怕文化上有差异，但他们内心的想法与迪尔海德的民众是一样的。

"如果你们抱有敌意，那我自然不会手软。但如果并非如此，那我们完全可以牵起手来，友好相处。"

戈尔罗亚纳如同在探究我的真实想法一般，死死地盯着我。

随即，他抛出了一个尖锐的提问。

"这是消灭掉我选定神的人该说的台词吗？"

"啊哈哈！理想只是挂在嘴边可毫无意义。只有你心里清楚无论如何也战胜不了我的时候，我的所思所想才能传达给你。只有你深切地体会到如果想要阻止我，用言语比蛮力更有效的时候，你我的对话才能够成立。"

"……你说的话可太傲慢了吧。"

我对他轻轻一笑，并开口道：

"看来你终于理解了一点嘛。是的，我就是很傲慢。光是灭掉敌国我还不满足，我想要和平，想要真正的和平。"

戈尔罗亚纳顿时陷入沉默，不知道该怎么回答我。

"好好摸着胸膛问问自己吧，现在的你应当比刚才更能理解我的话语才对。"

教皇短短地叹了口气。

看样子，他也许是认同了吧。

"两千年前，地上也发生过一场大战。跟地底三大国的争斗一样，神族、魔族、人类、精灵之间彼此厮杀。许许多多的士兵和民众都死在了那场战争中。我赌上最后的希望，以自身实力为资本找到了敌国谈话。"

我对默默聆听的教皇继续说道。

"随后世界便和平了，至少比起两千年前和平多了。然而，直到现在我都在想，要是能早点与他们进行谈话，就能拯救更多死去的人了。"

我将自己的真情实感全都融入话语当中。

"所以我决定了，再也不能重蹈覆辙。哪怕在打斗之中，我也要继续与对方谈话。我用我的拳头述说情感，用我的话语进行殴打，直到对方彻底屈服为止。"

"……所以你想让我怎么办？"

"给我让步。我尊重你们的信仰，但你们绝不能危害到迪尔海德。让我们两国签订一个盟约吧。"

听罢，戈尔罗亚纳连连摇头并否定道：

"刚才我已经说过，不能再做出让步了。吉奥达尔是神的国度，绝不能违抗教义。"

"那么，你就去考虑一个不违背教义也不会危及迪尔海德的办法吧。"

戈尔罗亚纳标致的脸上浮现出困惑的表情。

"我不认为这是一个聪明的做法，这跟刚才完全没有区别。没有吉奥达尔教义的指引，我们本就无心危害地面上的国家。"

"我也不打算一次就解决所有问题。如果你们再做一次蠢事，到时我就再教育你们一次，然后继续谈就是了。"

闭上双眼向神献上数秒的祈祷后，戈尔罗亚纳再次看向我。

"要想在残酷的地底世界生存，神，以及作为神使的龙之力是不可或缺的。我们无法抛弃信仰生存，所以，我们是绝对无法跟能够靠自己的力量生活的地上居民相互理解的啊。"

"正因彼此陌生，所以我们才会彼此恐惧。正因彼此陌生，所以我们才会一心想要毁灭对方，才会把对方当作恶鬼罗刹看待。"

然后，在不知不觉中，仇恨的连锁日积月累，最终将所有人都拖入了无计可施、宛如泥沼般的战争当中。

"我们是不是应该首先从了解彼此开始呢？当然，要是无论如何都无法达成共识的话，那到时候也就没办法了。"

"既然你要消灭神圣的选定审判，那我就不可能袖手旁观了。同时，吉奥达尔的民众也绝不会容忍此事发生。"

"如果你还搞不明白我的力量，那就随你的便了。我会一次又一次地让你们亲身体会到，这个世上有一个比神更不好惹的存在。无论你们愿不愿意，都必须改写自己的教典。"

我毫不退让，态度强硬地对吉奥达尔的教皇说道。

"你一定不懂吧。"

说出这句话后，戈尔罗亚纳露出了我从未见过的忧伤表情。

"我们的这双手，是为了向神奉献祈祷而存在的，根本无法像地上的民众那样互相牵手啊。"

教皇再次强调道。

"你来到这里的时候，我并没有握住你伸出来的手。这就是我要表达的全部了，我们和你们携手共进的那一天绝不会到来。"

"饥肠辘辘之人向神祈祷，是因为没有食物。而如果果树就在眼前，人怎么可能不伸手，而是继续祈祷呢？"

戈尔罗亚纳的表情没有丝毫变化，只是默默地听我说着。

"有些东西，光靠祈祷是无法拯救的。迟早有一天，你也会迎来为了获得某些事物而不得不伸手的时候。历代教皇皆是如此，所以他们才会对那首赞歌产生反应。"

说罢，我转过身去。

"不用着急下结论。直到你们走投无路的那一天来临之前，我随时都能奉陪到底。"

我对教皇撂下这句话，便和阿鲁卡娜一起离开了圣歌祭殿。

第23章　无名之神的私心

吉奥海泽龙码头，魔王城内。

我们现在已经回到了最下层深处的木质房间的寝室当中。

外面天色已暗，现在正是极夜。要去地下遗迹里加隆多洛尔，需要等到白夜之时才行，也就是明天上午才能出发。

"——痕迹神已经近在眼前了，不过，现在来看看梦的后续也没什么影响。即便教皇没有说谎，痕迹神也可能早就离开里加隆多洛尔了。"

"确实有可能。"

我仰面躺在寝室内的床上。

阿鲁卡娜则是骑在我的身上。她的额头正要贴到我的额头上，却在中途突然停了下来。

阿鲁卡娜保持着这个距离凝视着我的脸。

"我能问你一个问题吗？"

"问吧。"

"你放过了救济者戈尔罗亚纳，但根据迪德里希的预言，他会让迪尔海德陷入险境。为什么你不消灭他呢？"

我毫不犹豫地答道：

"即便预言是准确的，那也不过是个还未到来的未来罢了。他总不可能因为将来要犯罪，就心甘情愿地接受制裁吧。"

阿鲁卡娜静静地点头，开口道：

"确实如此。"

"就像我跟教皇说得那样。他一死，吉奥达尔肯定会乱成一团，这个国家人民的笑颜也会蒙上阴霾。但如果戈尔罗亚纳是个施行暴政、让人民苦不堪言的暴君，那情况就不一样了。"

我脑中回想起来圣奉歌的时候，信徒们的欢声笑语。

"看来事情并不单纯。那人可能对于迪尔海德来说是敌人，但对这个国家的民众而言，他依旧是一国之王啊。"

"你说过，你想要真正的和平。"

"如果只是追求迪尔海德一国的和平，那当然易如反掌。因为我只需要毁灭掉我国以外的世间一切就行了。"

阿鲁卡娜认真地倾听我的话语。

"然而，这个世界没这么温柔。"

"你是在追求一个温柔的世界吗？"

"我很久之前做过一个约定,我必须向那个人证明才行。"

阿鲁卡娜紧紧地凝视着我的双眼。

"证明什么呢?"

"证明这个世界十分温暖,充满爱与希望。"

阿鲁卡娜那不含一丝杂质的脸上,稍微露出了一丝表情。

"你给予了我赎罪的机会。你赐予了神明宽恕,连对你拔刀相向的人都试图救赎。"

"倒也没这么夸张,我内心只有一个想法。"

"你的想法是什么,我现在大概是想要知道的吧。"

可能因为是神明吧,阿鲁卡娜试探着自己的感情,说出了这句话。

"我看不惯不顺我心意发展的世界。"

阿鲁卡娜目瞪口呆。

"我应该说过,我很傲慢的。"

"我曾经在想。"

她轻声低语道。

"自从我变成无名之神后,一直是孤身一人。神一般不会与神联手,而人一般会向神伸出依赖之手,但不会向神伸出救赎之手。因为他们是凡人,而我是神明。"

除了极少一部分例外,神这种东西都是超乎常理的存在,一般只能作为信仰和崇拜的对象。

"哪怕曾经同为选定者的阿希黛也是如此。"

不过他的性质比其他人要恶劣得多。

"我还是第一次想要和另一个人,看相同的事物、做相同的事情、抱相同的目的,一起并肩作战。"

清净的声音中,饱含着阿鲁卡娜的温情。她继续试探着说道:

"如果要给这份感情起个名字,应该叫什么好呢?"

"你觉得应该叫什么?"

"我……"

她陷入了沉默,思考片刻后说道:

"我觉得这叫开心,我现在应该很开心的吧。与你的相遇,大概成为了我的救赎吧。"

"别这么急着下结论。"

"我说得不对吗?"

阿鲁卡娜对我抛出疑问。

"如此不值一提的小事,可不能称为救赎。"

"这是小事吗……"

她不可思议地嘀咕道。

"当然,这事小到不能再小了。你尽管多渴求、多要求一些事情便是。只要能成为你的救赎。"

"由于此身为神明,所以我并无私欲,神的私心会化作罪孽。光是被你拯救,我就已经心满意足了。"

听了阿鲁卡娜这单纯的话语,我笑着对她说:

"只要有心,便会有欲。你尽管把私心展现给我,这并不会影响到任何人。"

"对你而言，我的私心是必要的吗？"

"是的。如果不懂人心，便无法拯救人类。正因为不懂，众多神明才会在地上亵渎人类与魔族。而这片依靠盟约从神那里借来力量的地底，我想也没有什么两样。"

阿鲁卡娜或许是想起了过去的罪孽，露出了忧郁的表情。她陷入了漫长的思考，沉默不语，并合上了双眼。

过了一会儿，阿鲁卡娜再次睁开双眼看向了我。

"……我可能想要看一看那场梦境的后续了……"

"是追溯我与你的记忆的那场梦境吗？"

"是的，那场梦让我特别舒心。梦中的阿鲁卡娜并不是孤身一人，她的哥哥总是守护着她。"

阿鲁卡娜追忆起梦中的记忆片段，脸上浮现出安稳的表情。

"你……保护了……我……"

她仔细回忆着梦境，逐字逐句地说道。

"如果梦是真的……如果真跟梦境一样，我是妹妹阿鲁卡娜，而你是我的兄长。那对我而言，这一定会是无上的救赎吧。"

阿鲁卡娜雪白的指尖抚摸着我的胸口。

"这就是我的私心。"

"你想要个哥哥吗？"

阿鲁卡娜点了点头。

"我不想自己孤身一人。我想要有一个能在意我、照顾我、担心我的人,哪怕一个也好。光是这样,就能让我更坚定地走上这条救赎之路。"

"这样吗?"

随即,阿鲁卡娜不安地询问我:

"这样的我,是不是太贪心了?"

"你在说什么呢。你这愿望依然太过渺小,渺小到我都想哭了。"

阿鲁卡娜瞬间哑口无言,随后又说道:

"如果我就是那场梦里的阿鲁卡娜,那么我们为什么会分开呢?"

"谁知道呢,两千年前的我遇见了很多次不舍的离别啊。"

这说不定关系到阿鲁卡娜为什么如今会变成无名之神。

"我想要知道。"

阿鲁卡娜毫不掩饰地说道。

"关于我的事情。"

她非常直接地对我说出了真挚的话语。

"以及你的事情。"

她将身为神明而被压抑下来的这份私心,完完全全展露在我的面前。

"如果我是你的妹妹,我有话想要对你说。"

"说什么?"

"……我想叫你，哥哥……"

这位少女模样的神明，怀着些微羞耻，轻声絮叨道。

"我想对你说，我们又见面了呢。"

"那就来吧，今晚也来继续看一看梦的后续。"

阿鲁卡娜和我贴着额头，画出魔法阵将二人的身躯包裹起来。

正当这时。

"喂，喂！"

从椅子那边传来了一阵急急忙忙的叫声。

"从刚才起，你们是不是就忘了我们也在这里啊？"

莎夏说道，她身旁的米夏也连连点头。

"你们在说什么呢？赶紧过来，今晚咱们也要一起做梦的吧。"

"话是没错……但我想说的不是这个……"

莎夏一边嘟囔着，一边钻到我的身旁。

"不过，毕竟是妹妹……是妹妹……"

莎夏像是在说服自己似的，不停地自言自语。

"莎夏，你认同我是他的妹妹吗？"

"哎？啊，嗯……是、是的吧，因为在梦里你挺像他妹妹的吧？我觉得你当妹妹也挺好……"

莎夏用困惑的表情回答道。

"我还以为你在提防着我。"

"……这个嘛,那还是有一点的……"

"谢谢你。"

被阿鲁卡娜感谢以后,莎夏有些尴尬地错开视线。

"……不、不用谢……"

说着,莎夏紧紧地朝我贴了过来,而另一边米夏也在。

阿鲁卡娜为了脱掉我们的衣服,展开了魔法阵。我们身上的衣服发出光芒,渐渐被收进收纳魔法中。

"等等,所、所以说,被单……还没有……"

就在莎夏开口的瞬间,寝室的大门突然被打开了。

两个人影走了进来。

"阿诺斯,莎夏,我们来帮忙了哦!"

"……洁西雅,也要在梦里战斗……!"

满脸挂着笑容进来的二人是艾莲欧诺露和洁西雅。正巧,她们看到了我们一丝不挂的样子。

"……哇哦……!"

"……全……裸……"

迟了几瞬,用雪月花制成的单薄被单才搭在了我们身上。

看来就连艾莲欧诺露都被吓到了,当场石化。

"唔,帮忙是怎么一回事,艾莲欧诺露?"

"嗯……那啥,就是昨天见莎夏和米夏来阿诺斯你这里玩了嘛,然后我问她们都在这里做什么,她们告诉我在梦里战斗什么的……"

"……我们……也想……一起战斗……"

原来是这么回事。

"我是打算借助梦之蕃神的力量，寻找我的记忆。"

"啊——我明白了，裸体最能发挥魔法效果的嘛，这跟'根源母胎'魔法一样呀！"

不愧是用过相同条件魔法的人，理解得就是快嘛。

"其实，这梦境里也没什么危险，不过你要是担心的话，要不也一起来看看？"

"嗯嗯！我可不想被你们排斥在外哦！"

艾莲欧诺露在自己和洁西雅的身上绘制魔法阵。见状，米夏连忙消去照明，房间里只留下了昏暗的油灯。

两人变成最能发挥梦之蕃神力量的姿态，钻进了被窝里。

"嗯，好挤哦。"

"话说，这张床本来就不大，要是所有人都钻进来，这还怎么睡得着啊。"

莎夏困扰地说道。

"呼呼，为了应对这种情况，我可是学会了个好魔法哦！"

艾莲欧诺露画出魔法阵，出现了一个将我们所有人都包裹进去的水球。

以浮在水中的我为中心，左边是莎夏、右边是米夏、背后是艾莲欧诺露和洁西雅，而正面则是阿鲁卡娜。

"……这是个什么魔法……？"

"是'水球床'哦！利用水的浮力消去身体的负担，可以睡得超香呢！"

"人类的魔法里还真是有些奇怪的东西啊……"

莎夏一脸稀奇地观察着"水球床"魔法。

"不过，挺舒服的吧？"

"……嗯，这么一说，确实感觉身体挺轻松的……"

"对吧！"

艾莲欧诺露双臂环抱着我的脖子，从背后紧紧地贴了上来。

我的背后强烈地感受到了一些存在。

"怎么样，阿诺斯你觉得舒不舒服呀？"

"喂，给我等一下，你在做什么呢！艾莲欧诺露？！"

莎夏慌张地说道。

"怎么啦？我做什么了吗？"

"……你……怎么、怎么……"

"呼呼，没关系的哦。莎夏你也想贴上来的话，那就直接来嘛。对吧，阿诺斯？"

艾莲欧诺露从我的背后将脸凑了过来。

"如果不直接接触，就进不了相同的梦境。你无须顾忌便是。"

"是、是吗……"

莎夏羞涩得满脸通红，将身体贴得比刚才稍微近了一些。

"让你久等了，我们都准备好了。"

这时，阿鲁卡娜提议道：

"我想要集中在场所有人的魔力。"

"这样更方便看到梦的后续吗？"

"是的，这样能提升梦之蕃神的力量。睡得越沉，就能在梦里陷得越深。这样才能潜入记忆的深渊。"

确实值得试一试啊。

"该怎么做？"

"连通魔力，重叠根源。"

阿鲁卡娜的魔法阵覆盖了"水球床"，将我们的魔力彼此连接，根源彼此重叠。

等我用眼神示意之后，阿鲁卡娜开口道：

"夜色到来，诱人入眠，摇曳的记忆，与梦重叠，浮出水面。"

和之前一样，所有人的身体都被一层淡淡的透明光芒包裹。一阵睡意袭来，将我们的意识逐渐拉到了远方。

第 24 章　陌生的来访者

这里是，梦境的后续——

在一个冰雪开始渐渐融化、风和日丽的午后。

阿鲁卡娜正坐在椅子上读书。

一只猫头鹰突然飞来，叫唤了一声之后，往窗口塞了一封信。阿鲁卡娜很是惊讶，打开了窗户。外面的气温虽然比之前要暖和了一些，但依旧冰冷刺骨。

她迅速取回信件，关上了窗户。

低头一看，看见信封上写着"来自密德海斯城的邀请函"的字样。即使是不谙世事的阿鲁卡娜也知道，密德海斯是迪尔海德的第一大都市。

收件人处写的是阿诺斯的名字。

"哥哥！"

她对睡在暖炉边上的哥哥喊道。听到喊声，阿诺斯突然起身，并看向阿鲁卡娜问道：

"怎么了吗？"

"城里的邀请函送到了哦！是猫头鹰先生送来的。"

"唔，又来了吗？"

阿鲁卡娜将邀请函递到阿诺斯手上，而他转手便将其扔进了暖炉的火中。

阿鲁卡娜震惊地瞪大双眼。

"真是的！为什么要烧掉呀？"

"因为上面每次写的都是同样的内容。"

"上面写了什么呀？"

阿鲁卡娜兴致勃勃地盯着哥哥看。

"叫我去城里。我不久之前在密德海斯闹了点儿事，好像从那次以后就被人给盯上了。"

"没、没问题吗……？"

"没啥，我不可能被城里的士兵抓到。而且我只要一过去，龙必定也会跟着一起来找我。所以，对他们而言，我也是个大麻烦。"

"……这样啊。"

阿鲁卡娜放下心来，松了口气。

"我再睡一会儿，有什么事就叫我。"

"嗯，抱歉啦！"

"还有，不要去我的魔眼看不到的地方。"

阿诺斯叮嘱道。

阿鲁卡娜连忙摇头。

"我、我才不会乱跑的啦！"

"那就好。"

说罢，阿诺斯再次合上双眼，很快便传来了熟睡的呼吸声。阿鲁卡娜小心翼翼地用食指戳了戳他的睡脸，他完全没有起来的迹象。

"已经睡着了。"

她重新坐到椅子上，并把读过的书放回了书柜。然后，她又走向玄关，蹑手蹑脚地打开了大门。

她一边呼吸着外面的空气，一边舒展了下身子，便开始走到森林中散步。当然，她也有遵守哥哥的叮嘱，仅在魔眼所及的范围内活动。

正当她悠闲地一边观察着植物发出的新芽，一边散步的时候，上空又落下来一只猫头鹰。

这应该就是刚才送邀请函的猫头鹰。就在它近乎要降落到地面的时候，突然一阵光芒亮起，猫头鹰变成了黑猫的形态。

"哇！"

阿鲁卡娜惊讶地叫了出来，随即又目不转睛地看着这只黑猫。这只黑猫就像要她跟过来似的回头看了阿鲁卡娜一眼，便慢悠悠地在森林中走了起来。

"等一等!"

那一瞬,阿鲁卡娜回头看了眼自己的家,想着在哥哥的魔眼范围内应该没问题,就追了上去。就这么走了一会儿,一幅陌生的光景出现在她的眼前。那里有一个人正倚靠着树根席地而坐。

那是一个有着紫色头发和蓝色眼眸,还穿着外套的男人。黑猫跑到那个男人跟前,跳到了他的膝盖上。

男子一边抚摸着黑猫的头,一边朝阿鲁卡娜看去。

"你好呀,阿鲁卡娜。"

被男人突然叫到名字,阿鲁卡娜不禁吓得身子一抖。

"不用那么害怕,我并不打算伤害你的哦。"

他的表情看上去十分和善,声音听起来也非常温柔。

"虽说他现在睡着了,但我要是再往前踏入一步,就会被他发现呢。"

在阿鲁卡娜和这个男人的正中间,就是阿诺斯之前叮嘱过不要跑出去的魔眼范围。而这点被男人轻而易举地点了出来。

"你为什么……知道我的名字?你是谁?"

"在你更小的时候我见过你,不过你估计已经不记得了。我叫赛里斯,阿鲁卡娜,我有事想要拜托你。"

阿鲁卡娜保持警惕地问道:

"……什么事?"

"希望你把这个交给阿诺斯。"

赛里斯取出一封信,然后用手指弹飞。信封在半空中飘浮,随即落在阿鲁卡娜的手中。这跟先前阿诺斯烧掉的邀请函一模一样。

"你、你是来抓哥哥的吗?"

"抓他?为什么?"

阿鲁卡娜吞吞吐吐地说道:

"……因为……哥哥说,他在密德海斯闹过事……"

"啊啊,他的确闹过。他的那份魔力,在他现在这么小的年龄是极其不寻常的。如此庞大的力量,他现在肯定还无法掌控。万一没控制好,可能一整个国家都会被烧尽。也正因为他拥有的力量太过强大,所以才无法自由地使用魔法。"

赛里斯露出无邪的笑容说道。

"我是来接他的,他有足以成为这迪尔海德之王的能力。我想让他在合适的地方,充分发挥出自己的力量。"

阿鲁卡娜不可思议地看着赛里斯。虽然眼前的男人看起来不像是在说谎,但她也不认为哥哥会对自己说谎。

"我觉得阿诺斯也是如此希望的哦。你知道他每天都忙到深夜,是在干什么吗?"

"……学习魔法?"

"是的,真亏他能在这个边境之地,把魔法钻研到这个地步啊。然而,看他现在好像遇到了瓶颈。"

赛里斯凝视着阿鲁卡娜。然而，他那双蓝色的眼眸似乎并没有在看任何东西。

"这也在所难免。他只是一个小孩子，况且还拥有无可比拟的强大魔力，根本无法套用前人的智慧。靠自学去靠近魔法的深渊，是一件极其困难的事情。然而，只需要给予他一个契机，他就能一瞬间潜入到谁也无法触及的领域了吧。"

赛里斯没有夸耀，也没有恐惧，只是用平淡的陈述事实般的口吻述说着。

"而我，可以为他提供这么一个契机。"

"……哥哥被龙盯上了。他说他会给城里的人带来麻烦。"

听到阿鲁卡娜这么说，赛里斯像是懂了什么似的点了点头。

"啊啊，原来如此。是这么回事啊。"

阿鲁卡娜露出不解的表情。

"什么意思？"

"你知道说谎的朵拉的故事吗？"

阿鲁卡娜点了点头。

"你觉得朵拉为什么要一直坚持撒谎？明明再怎么撒谎，她都已经得不到任何东西了。"

"……因为很快乐？"

"或许是这样吧。然而，她也有可能只是想给过着无聊的乡村生活的村民们一点乐子而已。"

"朵拉撒的是善意的谎言……"

阿鲁卡娜回想起哥哥的话语,如此问道:

"我是这么认为的哦,你呢?"

"可是,如果撒的是善意的谎言,那就必须得变得幸福才行呀。朵拉最后也没有得到任何人的信任,一个人孤独地死去了呀。"

听了阿鲁卡娜的话,赛里斯点了点头。

"也就是这么一回事。即使撒的是善意的谎言,也不一定能得到救赎。我想为他祈祷,希望他不要变成那样啊。"

赛里斯看向家的方向,意味深长地说道。

"阿鲁卡娜,怎么样?如果你能说服他,我就帮你实现一个愿望吧?"

"我的愿望……?"

"没错,你的愿望。无论什么愿望我都能帮你实现。你一直在这边境的土地上生活,难道不想到城里去看看吗?"

阿鲁卡娜考虑了一瞬,立刻摇了摇头。

"……哥哥会寂寞的,我不去。他之前叮嘱过我了……"

"那你就没有什么想做的事吗?"

"想做的事……"

阿鲁卡娜低下头思考了起来。片刻过后,她抬起头说道:

"……我也能像哥哥那样使用魔法吗?"

阿鲁卡娜战战兢兢地说道:

"那个……哥哥总是跟龙战斗,好可怜的。所以如果我也会用魔法的话，就能代替哥哥打倒龙了。我还可以为他造一个房子，帮他生火……"

"你真善良，阿鲁卡娜。"

赛里斯露出微笑，阿鲁卡娜也开心地笑了出来。

"你之所以无法使用魔法，是因为有一个不让魔力泄露的封印导致的。"

"封印……？"

"如果你能到我身边来，我就帮你解除这道封印。"

阿鲁卡娜陷入沉思。

"三秒就能解开了哦，不用担心被他知道的。"

"……嗯……"

阿鲁卡娜下定决心，静悄悄地朝赛里斯走去。

等她走到跟前，赛里斯在她的身体上画了一个魔法阵。这是用于妨碍阿鲁卡娜身上的封印魔法的术式。光芒"嗖"地一下钻进了阿鲁卡娜的身体，下一个瞬间，魔力粒子便开始从她的根源当中溢出。

"哇……"

"你有学过魔法术式吗？"

阿鲁卡娜点了点头。

"但是，我从来没有用出来过哦。"

"现在能用了，你试试看吧。"

阿鲁卡娜使用溢出的魔力画了一个魔法阵。术式如她所设想的那样被构筑出来，并从中冒出了火焰。

这是"火炎"魔法。然而，就这种魔法而言，它太过庞大了。见状，赛里斯用反魔法消去了这股能将大树都燃烧殆尽的火焰。

"你看，用出来了吧。"

阿鲁卡娜高兴地点了点头。

"如果你希望的话，我还可以教你逃离龙的追杀的魔法哦。"

"……有这种魔法吗？"

"当然有了。不过作为交换，你能不能帮我说服你的哥哥阿诺斯呢？"

"嗯！如果龙不再袭击过来的话，哥哥一定会愿意去城里的。因为哥哥最喜欢魔法了嘛！"

"那就好，你帮了我个大忙。"

赛里斯安心地笑了笑。他的表情中流露出了他善良的本性。

"准备好了的话，明天也在这个时间过来吧。不过在那之前我先把你的封印恢复了哦。"

赛里斯解除了画在阿鲁卡娜身上的魔法阵。她的封印再次生效，将魔力压制下来。

"啊啊，对了。这份邀请函中写有对阿诺斯而言非常重要的内容哦，你绝对不可以偷看。"

"哎……？"

"能向我保证吗？"

"……嗯!"

"那就,明天见。"

说罢,赛里斯使出"飞行"魔法让身体飘浮而起,并飞向了远处。

第25章　地下遗迹的入口

第二天——

代表地底来到白天的白夜之时,我们一行人抵达了吉奥海泽以西的一片荒野。

在这片寸草不生,没有半点生物气息的土地上,唯有神龙歌声还在回响。

跟我一起来的人有,阿鲁卡娜、雷伊和米莎、米夏、莎夏、艾莲欧诺露和洁西雅。至于辛和耶鲁多梅朵,我拜托他们去照看学生了。

"不知不觉间,你又大闹了一场?"

雷伊一边聆听神龙的歌声,一边对我说。

"哪里,也就跟阿加哈剑帝比试了一场,跟吉奥达尔教皇吵了一架罢了。我可没杀任何人。"

"啊哈哈……但爱莲她们在隔壁房间跟疯了似的唱'邻人'又是什么情况……?"

米莎用好似已经察觉到了的口吻问道。

"那是为了开发将她们的爱意变幻成魔力的爱魔法——'狂爱域'。我靠这招消灭了教皇的选定神。如我所料,果然爱对神族很有效果。"

"这还不叫大闹了一场吗……"

莎夏抱怨道。一旁的米夏连连点头。

"说起来雷伊和米莎,我在自由行动的时候都没看到你们呢,偷偷摸摸干什么去啦?"

艾莲欧诺露露出意味深长的笑容,凝视着米莎的脸。米莎的脸颊瞬间红了一片。

"任、任君想象……"

"嗯?你要这么说的话,我可是会想些很厉害的事情哦!"

"……洁西雅……也要想象……"

洁西雅握紧双拳。

"……吃了,特别美味的……饭菜……我很……羡慕……"

这就是她想象力的极限了。

"我们稍微训练了下爱魔法。毕竟今后面对神族对手的情况也会增多嘛。"

雷伊爽朗地说道。

"虽然你一脸若无其事的表情，但不就是那啥吗？你们多半又是在大庭广众之下乱秀恩爱了吧？"

莎夏冷眼死死地盯着雷伊。

"话说回来，这两天你们一直往阿诺斯房间里跑，又是去干什么了？"

"什……"

被雷伊的反击打了个措手不及，莎夏的脸顿时跟猴屁股一样，涨得通红。

"什、什、什么……没什么的啦。对吧，米夏？"

米夏歪了歪脑袋，思索了一番。

"任君想象？"

"笨蛋！"

米夏呼呼地笑了笑。

"我只是想说说看而已。"

"真是的……"

走在前方的阿鲁卡娜突然停下脚步，转过头来说道：

"歌曲轮唱之地。"

我们走到她的身边，竖起耳朵。

"确实听上去是在轮唱。这是什么原理？"

"有两条神龙吗？"

莎夏和米夏说道。

"但这是不是还有听着像三重唱的地方，比如这附近？"

米莎走了几步,竖起耳朵。确实在她的位置听着就像是三重轮唱了。

"痕迹神的沉睡之地,会响起多重神龙歌声吗?看来这里不仅仅是里加隆多洛尔入口那么简单啊。"

我朝阿鲁卡娜看去,她点了点头。

"你说得对。或者这就是利巴尔舒内德不回归神界,而是留在这地底的原因。"

"嗯,什么意思?"

艾莲欧诺露的头脑里冒出疑问。

"神龙已经毁灭,但痕迹神是记录与记忆的秩序。这位神明在神龙逝去之后,仍在这片吉奥达尔土地上坚持留下歌声的痕迹,令其响彻四方。"

"啊——原来如此。因为必须不断播放歌声,所以才得一直待在吉奥达尔吗?!"

艾莲欧诺露心领神会地说道。

"神龙的歌声与龙域相同,它会化作抵御外敌的国铠。"

只要神龙歌声还在响起,就很难使用"转移"或"意念通讯"等魔法,也很难用魔眼观察到整个国家。所以即使想要侵略,也很难获取情报。

"痕迹神被称作地底的守护神。"

"但目前它好像只保护了吉奥达尔一国吧。"

我用魔眼环顾四周,找到了歌声轮唱层数最多的地点。

"唔，似乎神龙的歌声在这下面最为响亮啊。"

阿鲁卡娜化作雪月花瞬间消失，转眼间又出现在我的面前。

"但是，我并没有发现类似地下遗迹的东西。就算被神龙的歌声干扰，这点小事我应该还是能看得出来的吧？"

"恐怕地下遗迹并不存在于现在。痕迹神通过秩序，将过去的神殿连接到了现在。"

"也就是说，里加隆多洛尔存在于过去？"

"没错。"

阿鲁卡娜伸出双手，天盖处浮现出"创造之月"。

"大地冻结，冰霜融解。"

白银之光以阿鲁卡娜为中心，倾泻到大地上。这束光将她周围的圆形区域全部冻结起来。

薄冰噼里啪啦地四分五裂，地面形成了一片巨大的圆形洞穴。正如我的魔眼所看到的那样，这下方只是一个空洞而已。

"只要有连通过去的桥梁，就能抵达地下遗迹。"

"唔，你是说这个意思吗？"

我对这片空洞画出魔法阵。

此魔法为"时间操作"。当将那片空间的时间回溯到过去之后，空洞变回泥土，泥土又变化为石头。我们眼前渐渐出现了一座巨大的建筑物。

"哇哦！好大的遗迹啊！"

"……很有……神殿的感觉……"

艾莲欧诺露和洁西雅惊讶地说道。

"看来只有在这附近能进行回溯。"

洞穴中,出现了一个大到无法让人窥其全貌的巨大石制遗迹。

"那里是入口吗?"

我们飞到塔状的遗迹顶端降落。仔细一看,发现圆形的地面就是一扇巨大的门。

"该怎么打开呢?"

莎夏凝视着这扇门。

"不用想,这种东西当然是直接蛮力破解了,我一脚踹开便是。"

"……别拿魔王的常识对我们说啊……"

"都飞起来,打开的瞬间咱们就下去!"

我略微抬脚,正准备往下踹,眼睛的余光却突然瞟到了某样东西。

"怎么了?"

莎夏问我道。

"你看。"

就在我正准备踹的地门附近,有一个脚印形状的痕迹。

"这个遗迹本身就存在于过去,所以有些难以判别,不过——"

"这道脚印还很新?"

米夏从我身后观察这道脚印。

"似乎是这样。"

"等一等,这也就是说……?"

"有谁已经先进去过了,或者说没能进去就放弃了。不论如何,肯定有其他人也来过这里。"

我话音刚落,头顶上方便传来了若干魔力反应。

抬头一看,发现阿鲁卡娜制造的空洞边缘处出现了人影。是士兵,而且有十多个。他们穿着酷似龙的深绿色全身甲胄,还携带着隐蔽用的魔法具,因此很难判别他们的魔力。

他们毫不掩饰地表现出敌意,凶神恶煞地瞪着身处遗迹中的我们。

"报上名来,你们有何贵干?"

我询问道,但却没有得到答复。

他们从魔法阵中取出弓,搭上箭。

"……我曾经见过他们一次。"

阿鲁卡娜说道。

"这是贾迪席奥拉的无名骑士团。不知何时,外界开始称他们为幻名骑士团。他们的存在虽从未对外公开,但据说是霸王直属的部队。他们从黑暗中现身,又到黑暗中去,葬送一切与贾迪席奥拉为敌之人。"

贾迪席奥拉吗?既然他们跟阿希黛联手过,那会出现在吉奥达尔也不足为奇。

"你们也是来找痕迹神的?"

就在我发问的同时，骑士们纷纷放箭。箭矢上裹着大量魔力粒子，朝我们倾泻而下。

"看来是的。"

我按照骑士的人数画出魔法阵，从炮门中射出漆黑的太阳。"狱炎歼灭炮"将倾泻下来的魔力箭矢全都吞没，并直接将身穿深绿色全身甲胄的那群士兵点燃。

然而——

"嚯。"

他们用反魔法弹开了漆黑的太阳。一番攻势下，幻名骑士团毫发无伤。

"这跟阿希黛的部队简直有天壤之别。既然有如此力量，那应该不会进不去遗迹。"

恐怕有另一支部队已经进去了吧。而这群人负责在遗迹外头看守着吗？

"阿诺斯。"

雷伊对我说道。

"这里暂且就交给我们吧。要是痕迹神被他们先消灭了，咱们可就白跑一趟了啊。"

米莎站到他的身旁，静静地抬起手。暗黑涌出，包裹住了她的身体，大精灵之真身显现。

"走吧。"

"那就拜托你们了。"

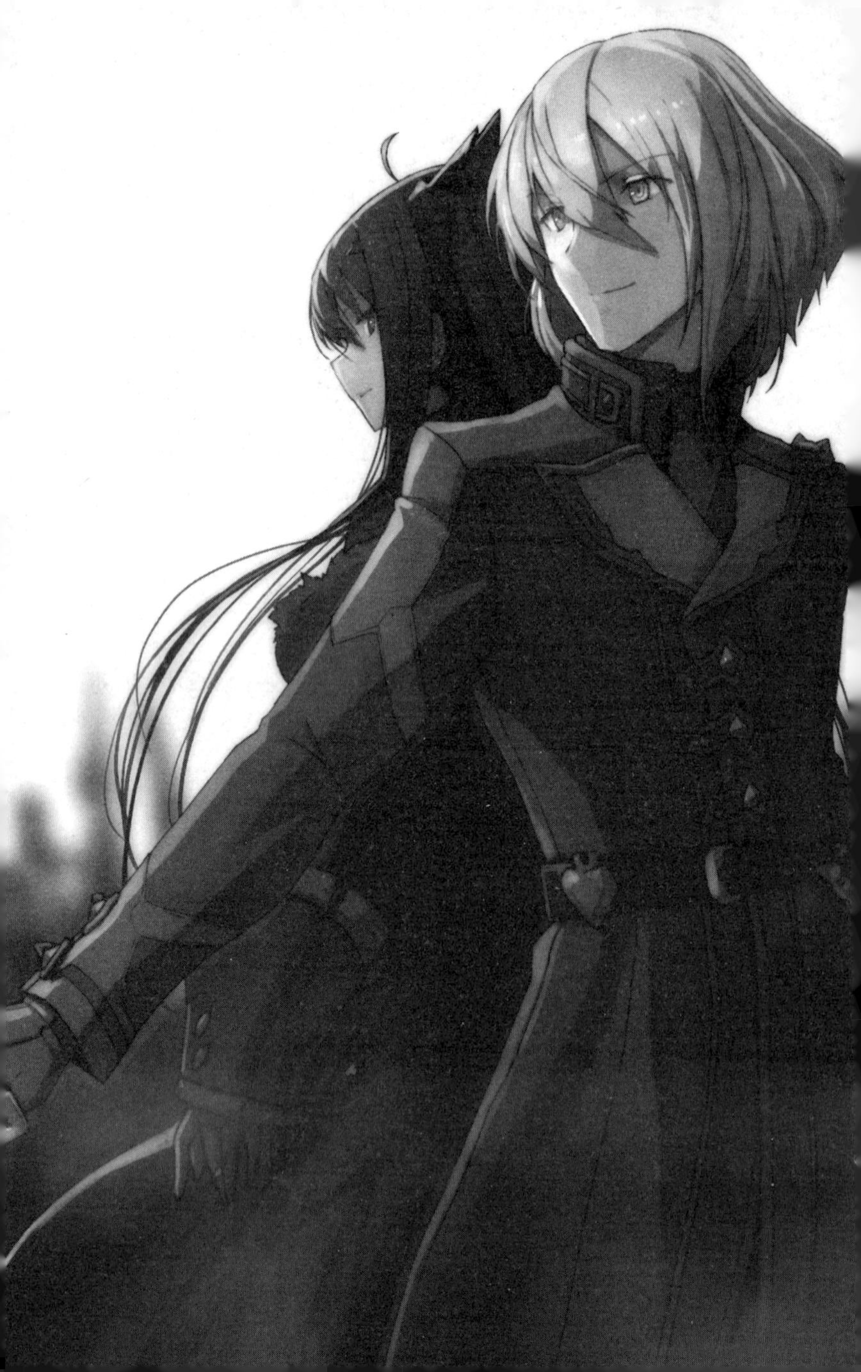

我抬起脚，猛地踏向地门。随着一声轰隆隆的轰鸣，圆形的门扉被我强行踹开。

我们只留下雷伊和米莎在入口处，剩下的人全部朝门扉深处降落。

"嗯……好深哦。"

艾莲欧诺露凝视着下方。在下落了十几秒后，终于能看见地面了。就在我着地的同时，莎夏突然大叫道。

"阿诺斯，背后！！"

身穿深绿色全身甲胄的士兵从黑暗中出现，站到了我的身后。

他的剑刃闪着寒光。然而，我那漆黑的"根源死杀"之手率先贯穿了他的甲胄，抓住了他的根源。

"你以为我没发现你吗？"

"……接……招……"

骑士的根源中，涌出了仿佛要自爆一般汹涌的魔力。一团漆黑的太阳从骑士体内溢出，眼看着越来越膨胀，看样子打算连我也一并吞没进去。

轰隆隆的一阵巨响后，这名骑士连着自己的根源一并被黑炎所吞没，化为了灰烬。

然而，他赌上性命释放的漆黑太阳仍然包裹着我，剧烈燃烧着。

"……混蛋……！！"

莎夏用"破灭魔眼"一瞪，缠绕着我不放的黑炎便瞬间消散了。

我的食指略微受了一点烧伤。

"居然能让我受了点轻伤，力量还挺强的嘛。不过，这居然是'狱炎歼灭炮'吗……"

骑士的身体已经化为灰烬，我定睛看向那团灰烬中即将烧尽的根源。只要凝视其深渊，他的真正身份便显而易见了。

"看来，这群家伙不是龙人，而是魔族嘛。"

第 26 章　溯航回廊

此时我们正走在地下遗迹里加隆多洛尔的回廊内。

我使用魔眼,仔细观察石砖地板,发现各处都留有肉眼看不见的微小痕迹。这应该是有人步行过去留下的,并且痕迹还比较新。

"唔,看来这里已经有人走过了。小心点,前方可能有埋伏。"

我一边留意四周,一边尽量保持前进的速度。里加隆多洛尔非常宽广,哪怕只是其中一个回廊也相当大。

"果然,这群叫幻名骑士团的人已经先进来了吗?"

莎夏问道。

"可以这么认为。"

"但为什么魔族会在这地底之国出现,阿鲁卡娜你知道吗？"艾莲欧诺露竖起食指,询问她道。

"我不知道。但至少在贾迪席奥拉建国不久后,就有幻名骑士团的传闻了。那时他们还没有这么有名,只是群身份未知的骑士,但的的确确是贾迪席奥拉方的人。"

"他们哪怕吃了我的'狱炎歼灭炮'也丝毫不受影响。那身深绿色全身甲胄里应该寄宿有龙的力量,但就算将这个因素排除在外,他们也相当强大,应该是神话时代的人。"

"两千年前就来到这地底了？"

米夏问道。

"恐怕是的。"

可以认为是在地底形成不久之后,他们就发现了这里并进来了吧。

"可他们想要来干什么？"

莎夏不可思议地问道。

"我不知道。贾迪席奥拉我记得好像是祭祀着不从之神的吧？"

我问阿鲁卡娜。她随即答道：

"没错。与不从之神一同违逆秩序之神的人们,这便是贾迪席奥拉的子民。虽然和吉奥达尔、阿加哈相比算是小国,但里面积聚了不少强大的龙人,并且一直在宣扬依赖神力的危险性。"

"这样说来的话,他们不就像是我们这一边的吗?既是魔族,又跟神族对立……"

"但是,他们刚才突然就袭击上来了哦?"

听到艾莲欧诺露指出这点后,莎夏又陷入了沉思。

"如果是两千年前的魔族的话,应该认识阿诺斯才对吧。"

米夏说道。

"啊,确实!他们应该能认出阿诺斯的长相和魔力的呀,又没有刻意隐藏。"

"……知道是阿诺斯……还来袭击我们吗?"

洁西雅的表情里带了些许怒意。

"应该是吧。既然他们不畏惧我,应该不会是无名之辈才对。不过在两千年的大战中,说不定也有强者掩藏了自己的气息。"

我造出墙壁并转生之后,有一部分魔族下到了地底。之后他们一次也没回到过地上,而是将地底的存在隐藏了起来,这么想的话应该能说得通了。说到底,当时会有一两个脱离组织的人出现也并不奇怪,但现在他们的行动也太有组织和纪律了吧。

"贾迪席奥拉是个不知底细的国家。跟吉奥达尔和阿加哈不同,无法轻易入境。据说一旦进到里面,除了特殊的人之外就都不能再出去了。"

"……这算什么啊,怎么听都不像是个正经国家吧?"

阿鲁卡娜听到莎夏的话,点了点头。

"没错。贾迪席奥拉从不与他国交流。那里是失去信仰之人才会去往的国度，是不信神明之人唯一的救赎之地。因此我也不太了解。"

那是个不信仰神明的国度。除非是不从之神，否则不会受到欢迎。

"我们现在还不清楚幻名骑士团到底是为了什么才下到地底，并且一直待到现在的。但是，他们会找到这里的目的也就只有痕迹神了吧。既然他们是群违背秩序的人，完全可以当作他们的目的就是毁灭痕迹神。"

"确实如此。"

阿鲁卡娜说道。

也有可能和我失去的那段记忆有关，让我取回记忆或许对他们来说是不利的行为。

"嗯……？"

艾莲欧诺露突然提高声量。

为此，我们都停下了脚步。

"怎么感觉水的流动有点奇怪呢？"

我们面前是一个丁字路口。这个回廊是斜坡状的，但水居然正从坡道逆流而上。这可能是魔法的效果，水流并没有朝我们的方向流动。

"快看！"

米夏伸手一指，原来前方有一块石板。

"上面写着什么？"

由于是祈祷文字，莎夏看不懂，所以我把它读了出来。

"溯航回廊，是回溯过去的唯一通道。然而，回廊只接受三十三天前的过去，除此之外全部拒绝。地下遗迹里加隆多洛尔内部的时间水流，总是朝着逆流的方向停滞着。带上钥匙，打开门扉，乘船在时间水流中逆流而上吧。三十三天后，世间的一切痕迹，都将在里加隆多洛尔的最深处等待着你。"

莎夏歪了歪头。

"……门就在这里吧？"

石板的一旁就有一扇门，上面有魔法阵以及一个钥匙孔。

"是要使用这个魔法阵吗……？"

"试试看吧。"

我触碰魔法阵，输入魔力，一把钥匙便出现在了我的眼前。我把它插进钥匙孔，试着转了转，但完全没有反应。

"唔，打不开啊。"

"嗯——我觉得直接破坏掉就行咯。用阿诺斯的力量一把砸开！"

艾莲欧诺露竖起食指说道。

"要是能这么简单就好了。"

我握紧拳头，使劲冲门打去。然而别说砸开了，甚至连个声音都没有。

"是时间之流不一样吧，这扇门是过去的痕迹。"

阿鲁卡娜说道。

"溯航回廊只接受三十三天前的过去。也就是说,要我们拿着三十三天前的钥匙才能打开这扇门吧。"

"嗯,三十三天前的钥匙是什么?要是回溯时间的话,这把钥匙也会消失哦?"

艾莲欧诺露扭了扭脑袋,莎夏开口回答了这个疑问。

"意思是这样吧,在这个里加隆多洛尔里,时间是停滞的。所以如果离开遗迹,与内部的时间相比就等于在不断往前流动。既然这里面时间的流动是逆向的,那么过去就将变成未来,未来就将变成过去。也就是说,在外面经过一天,就相当于这个遗迹里倒回了一天,对吧?"

"啊——头开始疼起来了……?!"

"总而言之,拿着这把钥匙在外面待上三十三天再回来的话,钥匙就相当于变成三十三天前的钥匙了。这样应该就能打开门了吧?"

"你想得应该没错。"

阿鲁卡娜表示认同。

"而且石板上还写道,这扇门里头有条船,那咱们还得把船也拿到外面等个三十三天,然后再坐个三十三天的船,才能抵达最深处吗?"

"一共……要花九十九天。"

艾莲欧诺露和洁西雅话音一落,莎夏便捂住了头。

"既然上面说一切痕迹都在那里,那代表痕迹神就在最深处没错吧……?"

米夏点了点头。

"可要是这样的话,肯定没法追上先行一步的幻名骑士团了。"

"是啊,咱们得想想其他办法——"

此时咔嚓一声响,我把门给打开了。

门内的室内地面上画着一个魔法阵。

"——喂,你突然干什么呀?!"

"你以为上面写要等三十三天,就必须硬等三十三天吗?"

听我说完,莎夏才恍然大悟地开口道:

"……是啊。确实如此……用'时间操作'快进钥匙三十三天的时间,不就做出三十三天前的钥匙了吗……"

我向前踩住地上的魔法阵,输入魔力,便出现了一条船,是个双人座的独木舟。

我们一共六人,所以我又造了两条船,并对它们都施加"时间操作",快进了三十三天。

如此一来,在这里加隆多洛尔里,它们就是三十三天前的船了。

我扛着独木舟走到了室外。

"那么,咱们出发吧。"

我把独木舟放到溯航回廊上,然后坐了进去。六人的分组为,我和阿鲁卡娜、莎夏和米夏、艾莲欧诺露和洁西雅。

我们一坐上去，独木舟便立刻逆着上升的水流，开始朝着溯航回廊的下坡驶去。

"虽然时间已经省了不少，但还是得花三十三天才能抵达最下层吧……？"

正如莎夏所担心的那样，按常理来说，先出发的船肯定会先抵达最深处的吧。

"能够提升船的速度吗？"

米夏问道。

"这船上也没有桨。据我观察，也只能乘着时间水流慢慢漂了啊。"

"就不能用'时间操作'加速时间的流动吗？"

阿鲁卡娜问我。

"多少可以加速一点点，但这水流跟钥匙或者船不一样，是痕迹神的秩序本身。在对方的领域跟人家硬碰硬有些吃亏啊。"

"那稍微加一点点速能追得上吗？"

"不用担心。刚才那把钥匙我还备了一把，用这个打开通往最深处的大门便是。"

我拿出用门扉上的魔法阵制造的钥匙给她们看。阿鲁卡娜一脸疑问地看着我。

"……你这是什么意思？"

"哪儿有什么通往最深处的大门啊？"

莎夏看向米夏。她也连连摇头表示不知道。

"溯航回廊会接受三十三天前的过去。"

我使劲挥起这把钥匙,并砸向回廊的地面。与此同时,我对这把钥匙,以及投掷钥匙的动作都施加了"时间操作",加速了三十三天。

只有投出去的钥匙的时间被加速了,也就是说,其速度会快上三十三天。这把钥匙超越光速闪出光芒,而就在它闪出光芒的下一个瞬间。

随着一阵轰隆隆的地鸣响起,船只加速了。我扔出去的钥匙在回廊的斜坡上砸出一个大洞,里面的水流喷涌而出。

"看吧,门开了。"

"这哪是门,这明明是洞啊……?!"

莎夏在逐渐要落进深渊的船中大叫道。

"啊哈哈,别管这些鸡毛蒜皮的小事了。管他是门是洞,能进去就准没错。"

和从大洞里喷出的湍急水流相反,我们的独木舟像是被深渊吸入一般,迅速地逆流而行。

"呀啊,呀啊啊啊啊啊啊啊啊啊啊啊啊啊啊啊啊啊啊啊啊啊啊!"

伴随着莎夏的惨叫,我们所坐的独木舟,就这样乘着朝正下方流淌的,前往里加隆多洛尔最深处的时间水流飞驰而下。

第 27 章 痕迹神的神座之地

大洞内水流湍急。

三艘溯航的独木舟速度越来越快,朝着正下方疾驰。

"哇哦,能看见像星星一样的东西哦!"

"……好多条……船……"

艾莲欧诺露和洁西雅说道。一颗颗繁星正逆着我们的方向,沿着喷出的水流不断上升。仔细观察一下就能发现,其实闪烁着的繁星都是一条条独木舟。

身穿铠甲的人,穿着法衣的人,男女老少,各式各样的龙人正坐在船上从我们旁边经过。

"这应该是到访者的记录吧。"

阿鲁卡娜说道。也就是说,过去朝着这片地下遗迹里加隆多洛尔最深处前进的人，他们的身影会作为痕迹刻印在这片水流当中吗?

"快看!"

顺着米夏的视线看去，发现了一位身穿苍蓝色法衣且面容中性的人。这位面容姣好的圣职者，正是教皇戈尔罗亚纳。

他肯定也曾经遵循着教典，到访过里加隆多洛尔吧。

"这里越是往里深入，时间水流就回溯得越多对吧，那最深处到底是什么时候呢?"

莎夏一脸疑问地看向坐在一旁的独木舟中的阿鲁卡娜。

"一切痕迹，都会回归到时间的开始，也即是痕迹神的神座之地。"

"……也就是说，时间会回溯到世界刚刚诞生的时候?"

阿鲁卡娜点头。

"你说得对。"

"我感觉我快要不正常了。"

"别担心，一切都仅限于这里加隆多洛尔之内。外面的时间秩序依旧正常，不会发生错乱。只有这里的痕迹秩序会过剩，我们相当于在利巴尔舒内德的怀中。"

莎夏捂着头，担心地说道:

"假如真如教皇所说，我们吵醒了痕迹神让它发怒了的话，那在这遗迹里我们岂不是极其危险?"

"啊哈哈。在睡着的状态下都能如此轻松地完成这等规模的时间溯航的秩序之力,只是把万物变成痕迹这种小事,估计也是信手拈来吧。"

"……为什么在这种情况下你也能笑得出来啊?再加上,幻名骑士团还走在了我们前面……"

莎夏担心得烦恼起来。

"没事的。"

米夏说道。

"有阿诺斯在。"

"这我知道啦……可对手太强的话,我们要躲避阿诺斯的流弹也会很辛苦不是嘛。倒不如说这才是我更担心的……"

听了莎夏的话,我不禁大笑起来。

"别担心,我的部下可没这么柔弱。"

听出来我是在暗示她好好躲避的莎夏,顿时一脸无语地看着我。

"好好好,遵命遵命。"

"快到终点了,做好冲击的防护准备。"

我的魔眼已经看见了水流的终点。就在我说话的当口,独木舟的速度再次加快,直接穿过了大洞。水流在中途突然断绝,独木舟冲到了半空之中。

四周是一片广阔的空间,地面则是一片一望无际的苍蓝色薄冰面,周围有好几条瀑布正逆流而上。然而,水面却波澜不惊,只有一个巨大的波纹在缓缓漂荡。

不一会儿，独木舟降落到了水面上。然而，我们却并没有感受到预料中的冲击力。这股力道像是被水给吸收了似的，独木舟瞬间便停滞了下来。

"这里就是最深处吗？"

我试着走下独木舟，发现水很浅，脚很容易就能着地。我都不用刻意去找，室内就已经溢出了极为庞大的魔力。

其源头就在那一点，那个从水面升起的巨大波纹的中心部位。就在我正打算径直走过去的时候——

"你还是老样子，会在我意想不到的时候登场嘛。"

十分熟悉的声音在我的耳畔响起。

我的面前隐隐约约地冒出了一团黑色雾霭，从中出现了两名魔族。

一人手握红色魔枪，系着能遮住半张脸的眼带。

此人为四邪王族之一，冥王伊杰司。

另一人则是头上长着六根角的男人。他同样也是四邪王族之一，诅王凯希莱姆·基斯缇。

"曜，冥王，诅王，没想到在这种地方相遇了啊。你们是什么时候加入这幻名骑士团的？"

面对我的提问，冥王伊杰司架起枪回答道：

"退去吧，魔王。和你争论不过是浪费时间罢了。"

"你也一样吗，凯希莱姆，还是说现在你依旧是基斯缇？"

对此，诅王静静地开口道：

"抱歉啊,阿诺斯大人。虽然您之前帮助过我,但这是凯希莱姆大人的心愿……"

诅王有两个人格,诅王凯希莱姆和他的恋人基斯缇。看样子现在是基斯缇的人格,不过照这样下去,凯希莱姆出来也只是时间的问题罢了。

"阿诺斯。"

说着,米夏凝视着水面上那巨大波纹的中心。如果我用全力,强行通过这里并不困难,但要是用力过猛,有可能会把痕迹神给吵醒。

"我知道。"

我向前踏出脚步,径直走向波纹的中心。见状,伊杰司和基斯缇立刻阻拦在我的面前。

"你们的目的是什么?"

"明知故问。我们要趁痕迹神还没醒来,先在这里消灭掉它。"

"很不巧,我有事找它。你们先等我办完事再说。"

伊杰司顿时把腰一沉。他的独眼里充满杀气,并同时将红血魔枪迪西多亚提姆的枪尖对准了我的左胸。

"你忘记余的忠告了吗?若是小瞧神族,可会步阿沃斯·迪尔赫维亚的后尘哦!"

"唔。她的话,现在正在外头跟你们同伴对打呢,有什么问题吗?"

"事情发生了再处理就已经迟了,应当尽早扼杀掉苗头!"

"你可真是铺张浪费啊,说不定能开出美丽的花朵呢?"

听罢,伊杰司的独眼闪出寒光。

"果然,交流无用嘛。"

迪西多亚提姆寒芒一闪,突刺而出。空间顿时扭曲,枪的前半部分消失,并穿越次元,出现在了我的眼前。

我用"森罗万掌"之手握住了枪柄。

"哼!!"

伊杰司发力将枪举起。我的身体连同枪柄,被他一并抬到空中。

"嚯。一时半会儿不见,倒是成长了不少嘛。"

"余应该说过,余是认真的!"

迪西多亚提姆再次穿越次元,将我往更高的地方突刺而起。见状我立刻松手,但从红血魔枪中溢出的鲜血,已经形成球体将我牢牢裹住。

"你就给我飞到次元的尽头去吧!"

迪西多亚提姆中,溢出了大量鲜血。此血中散发出不祥的魔力,干涉着我的身体。这就是如他字面意思那样,打算把我直接送去次元的尽头吧。

突然,伊杰司收回魔枪,向后方跳去。艾莲欧诺露释放的"圣域炽光炮"命中了他刚才站着的位置,并溅起一片水花。

"净要些小聪明!"

"再动一下,你就会死。"

莎夏裹着"根源死杀"的手指,已经顶在了后跳着地的伊杰司背后。

"'冰之牢笼'。"

米夏用创造出的牢笼关住了基斯缇。她释放出黑色的雾霭,试图吞没出现的冰块,但米夏创造冰块的速度更加迅速。

一根一根的冰柱升起,直接叠了十几二十层的栏杆。

米夏说道:

"阿诺斯。"

"嗯,来吧,阿鲁卡娜。我们先去把痕迹神拿下!"

由于伊杰司收回了枪,血球也跟着被弹飞消散了。我用"飞行"控制着下落速度,径直朝波纹中心飞去。

化作雪月花的阿鲁卡娜,瞬间便移动到了我身旁。我们二人就这么飞往痕迹神的神座之地。

途中,一道声音传来。

"真是佩服。面对两名四邪王族,你是打算以命相搏来争取时间吗?"

即使背后被"根源死杀"的手指顶住,冥王也毫不介意,而是看向我和阿鲁卡娜。

就像是不把莎夏放在眼中一般。

"后者说对了,但前者说错了。"

莎夏的"破灭魔眼"渐渐显现,她堂堂正正地说道。

"虽然我不清楚四邪王族有多厉害,但我可是魔王大人的部下!"

伊杰司目光锐利地朝我释放了杀气。他瞬间一个翻身,将真红魔枪如闪光般刺出。莎夏察觉到了他的意图,试图直接用释放着"根源死杀"的手指贯穿冥王持枪的那只胳膊。

双方一个交错。突刺而来的迪西多亚提姆稍微刺偏,划过了我的脸颊。

"干得漂亮。"

我趁机在波纹中心处落下。

伴随着"扑通"一声,我们沉入了水中。这里本该只是一摊浅水,但不知不觉中,随着下沉,周围的一切都变为了水。

我无论怎样用魔眼凝视,都看不见底。

"阿鲁卡娜。"

"我能感受到神的魔力,恐怕这就是痕迹神利巴尔舒内德了。正在沉睡中的它,应该还没有形体。"

也就是说,这整片水都是痕迹神的一部分吗?

"你说过,要让痕迹神认可才能将其唤醒。"

"如果是在梦中,咱们应该就能在不唤醒它的情况下和它对话了吧。如果能说得通,不就正好能让它直接帮忙恢复记忆了吗?"

"你说得对,但痕迹神的秩序掌控着比梦之蕃神更加广泛的记忆。想要让它入梦,需要相当庞大的魔力。而且即使能够成功,也只能维持很短的时间。"

"只能试试看了,你用我的魔力吧。"

阿鲁卡娜点点头,触碰了我的身体并画出一个魔法阵,让衣服化为光粒消失而去。

随后,她将额头贴在我的额头上说道:

"夜色到来,诱人入眠,摇曳的记忆,与梦重叠,浮出水面。"

我们一边沉入过去的痕迹,一边静悄悄地深入到梦境当中——

第28章　拥有相同魔眼之人

这是一个我从未见过的地方。

像是一片荒野,没有丝毫活物的气息,唯有一望无际的大地。天上有着天盖,时间是极夜时分,此处应该是被暗黑所笼罩的地底吧。

阿鲁卡娜在我的身旁,我俩都穿着衣服。

也就是说,这里是痕迹神的梦境之中?

"这是我的梦境,也是她的梦境。我乃痕迹神利巴尔舒内德,这是记录和记忆着世间万物,并将其刻印于己身的痕迹之秩序。"

随着一阵声音响起,荒野的地面高高隆起。

一个直达天盖高度的巨大书架出现。随后,无边无际的荒野上数不尽的书架接连出现。

等回过神来,发现一名男子已经站在了我的眼前。这是一位手持一本纯白书籍,身穿庄严服饰的神明。

"我等待着终将到来之日,于这时间的尽头,里加隆多洛尔的最深处沉睡至今。尔等找我有何贵干,不适任者,以及无名神阿鲁卡娜?"

阿鲁卡娜向前迈出一步,对利巴尔舒内德说道:

"我想取回失去的记忆与神名。它们应该都刻印在了你的秩序当中才对!"

"记忆乃是痛苦,忘却则是救赎。我乃背负此世间所有痛苦的神明。汝若是取回记忆,必将令汝饱受痛苦与折磨,最终伤害到汝自己。"

"我犯下的罪孽是属于我自己的。如果说这会导致痛苦,那便本不应该被治愈。我想让我的伤痕再一次刻印在自己的身上。"

"这里是一切记忆与记录的溯源之地。如今的无名神,阿鲁卡娜啊,凝视汝记忆的深渊吧。只要汝直视深渊,并真心祈愿,便能取回记忆。"

在荒野中一望无际的书架上,无数书本悄无声息地落下。它们在半空中张开,书本的书页陆续剥落,宛如飞雪一般,在荒野的上空飘舞。

这成千上万、数不胜数的书页,应该就是这世间一切记忆与记录的痕迹吧。

其中的某一张,正是她所寻找的记忆。阿鲁卡娜用魔眼凝视着空中飞舞的无数书页。

而就在这时。

一声震耳欲聋的雷鸣声响起。无数道紫之雷劈下,击穿了空中飞舞的书本。无数书页被点燃,火势蔓延到书架上,让整个梦境世界瞬间陷入了火海。

"唔……"

利巴尔舒内德困惑地皱起眉头。他的身体也被紫之雷劈中。

"不速之客,崇拜不从之神的愚蠢之徒,竟敢朝我沉睡的身体释放闪电。"

"唔,是抓住了痕迹神分神的间隙吗?"

这一道道紫电的魔力,并非伊杰司或者凯希莱姆的。我早就怀疑不可能就他俩在此,果然还有幻名骑士团的其他人在啊。

"要醒过来吗?"

"不了,这火势就由我去阻止。你尽全力去找自己的记忆便是。"

"那就按照你说的办。"

阿鲁卡娜在我身上画出魔法阵。

"融雪滴落,梦中苏醒,他将回归于现世。"

一片雪月花落在我的脸颊。

瞬间,我面前的荒野便消失了。而我的怀中,是一丝不挂的阿鲁卡娜。

水中无数道紫电划过,侵蚀着痕迹神。我画出魔法阵,穿上白色制服,并用薄布裹住了阿鲁卡娜的身子。

随后,我用"破灭魔眼"瞪向雷光。瞪一眼只能消灭三成左右的闪电,对方的魔力相当了得。我继续用"破灭魔眼"将紫电接二连三地削抹掉。

等差不多削抹干净后,我开始探查四周。随后,我的魔眼捕捉到了一个在宛如深海般黑暗中潜伏着的人影。

"找到你了,你是何人?"

我画出多重魔法阵,并用手穿过。

我以苍白的"森罗万掌"之手,握住了这个人影。此时,我的左肩感觉到了一股阻力。

有一只看不见的手死死抓住了我的左肩。是"森罗万掌",这可是地上的魔法。恐怕这家伙也是个魔族吧。

"抱歉,我可不能让你在这里胡作非为。"

我用"森罗万掌"继续握着那个人影,朝着水面一口气冲了出去。

随着"扑通"一声,我回到了瀑布倒流的房间。

瞬间,室内的人纷纷朝我看来。看样子,四邪王族的二人正和我的部下处于乱斗之中啊。

"……是谁,基斯缇?是谁把你关在这种地方的……"

一声带有怒气的低语声传来,这是从被关在冰牢里的基斯缇的体内发出来的，同时从她根源内溢出的魔力也随之飙升。

这是随着人格的切换，就连根源也会随之切换的特异体质。现在的那家伙，才是货真价实的四邪王族，诅王凯希莱姆。

"原来如此……"

黑雾在他的面前聚集，描绘出魔法阵。

"不可饶恕……"

一股恨意涌出，激增的魔力一鼓作气将冰牢击碎。

"不可饶恕，你们这群混蛋！！！"

他将手伸进魔法阵，取出了一把不祥之弓。

"唔，小心点米夏。那是魔弓涅特罗奥福斯，它的箭矢必定会命中被诅咒之人。你对基斯缇出手的那一刻起就已经被诅咒了。"

同莎夏对峙的伊杰司率先发起行动。

"唔啊！！"

迪西多亚提姆一闪，剜中莎夏的腹部。她一边用"不死鸟法衣"的火焰治愈伤势，一边向后一跃，并朝米夏伸出了手。

"米夏！"

"嗯！"

她们彼此画出的半圆魔法阵合二为一。

"'分离融合转生'。"

两人身体交融，合为一体。银发少女艾夏用魔眼看向诅王凯希莱姆。

"消失吧！"

随着凯希莱姆的怒吼，魔弓涅特罗奥福斯射出箭矢。射出的瞬间，这箭便从艾夏的视野里消失，刺中了她的左胸。

"这就是你对本大爷的基斯缇出手的报应，被诅咒至死吧！"

诅王话音刚落，射中艾夏的箭矢便被冻结成冰，四分五裂了。

"很遗憾，双重人格的怪人先生。""冰雕的箭矢，射中了也伤不了人。"

莎夏和米夏说道。在箭矢刺进皮肤的瞬间，她们便使出"创灭魔眼"，将其改造成了脆弱的冰雕。

凯希莱姆的憎恶之情熊熊燃烧，目眦欲裂地瞪着二人。一旦关乎基斯缇，那家伙就容易怒火中烧，现在是无法跟他好好交流的。

"瞬间解决掉你。""'创灭魔眼'。"

艾夏用魔眼瞪住伊杰司和凯希莱姆。"创灭魔眼"突破了他们的反魔法，直接影响到了魔弓与魔枪。

"……可恶啊……"

"……果然如传说那般，是相当厉害的魔眼……"

迪西多亚提姆与涅特罗奥福斯瞬间便化为冰晶。冥王与诅王则是为了躲开这双魔眼，连忙朝后跃开。

"别想逃。""再怎么躲，只要还在视线内都是一样的。"

艾夏继续往"创灭魔眼"中注入魔力，并瞪向二人进行追击。而就在此时，抓在我肩膀上的带有"森罗万掌"的手感消失了。

一道巨大的紫色闪电,发出巨响从天而降,并遮蔽了艾夏的视野。

"果然如我所料。"

一阵轻快的声音响起。这既不是伊杰司的声音,也不是凯希莱姆的声音。

"这就是'悖理魔眼'吧?"

一个人影从紫电的中心显现而出。

忽然,紫色雷光消散,一名男子从中现身。他紫发蓝瞳,身披一件大衣。

我在梦里见过——他就是那个跟阿鲁卡娜交流过的魔族。

名字我记得应该是叫赛里斯吧。

"好久不见,悖理神格努杜努布。你似乎已经转生了,还记得我吗?"

艾夏眼神锐利地瞪着他回道:

"我根本不认识你!"

然而,她释放出的"创灭魔眼",却被这名男子从正面瞪了回来。他苍蓝色的瞳孔,转变成了暗紫色的魔眼。

"不起作用……?"

"……和阿诺斯的魔眼很像……?"

莎夏和米夏吃惊地嘟囔着。

"你这话有语病哦,悖理神。"

那人露出看似很善良的笑容,开口道。

"是他的魔眼跟我的很像。我是赛里斯·福尔迪哥德,直白地说,我就是他的父亲哦。"

"嚯。"

听罢,我站到艾夏前面,用同样暗紫色的魔眼望向赛里斯。

"这我可还是头一次听说啊。"

赛里斯轻轻一笑,如此说道:

"你只是忘记了而已,阿诺斯。这一切都是创造神米里狄亚搞的鬼。她从你身上夺走了关于我的记忆,并且给你创造了一个虚假的记忆。"

这话说得好像米里狄亚是我的敌人一样嘛。

"倒也不是不可能,但这又是为了什么?"

"即使我跟你讲了,我也不觉得你会相信。不然我早就跑到你面前,把一切都向你挑明了哦。"

说得倒是挺合情合理的,但并不一定是事实。

"这我更就不能理解了啊。如果你想让我回忆起来,那为什么又想灭掉痕迹神呢?"

"因为我怕等你找回记忆,就把痕迹神给放跑了。"

赛里斯抬起手,画出多重魔法阵。突然,空气的性质都发生了改变。

本来风平浪静的水面扬起了激烈的波浪。这里是时间的起始点,这里积攒下来的水,每一滴都是刻印在这个世界的痕迹。

而这份秩序，却被赛里斯那甚至还没完全发动的魔法，给强烈地扭曲了。

"你这大魔法还挺厉害的嘛。"

"赶紧让让吧，虽然你肯定死不掉，但可能会受伤的哦。"

赛里斯用魔眼看着我，亲切地说道。

"那你来让我躲开试试？"

"嚯，你是想要违抗我？"

"如果你真是我父亲，那应该很容易办到的吧。"

"嗨呀，真是个不听话的孩子。"

赛里斯面前构筑的多重魔法阵化为球体，正当他伸出手打算释放出去的那一刻。

被魔力的余波搅动得天翻地覆的水面瞬间变得平缓，连一丝波纹都没有了。水面迅速变得透明，并彻底消失。

存在于此处的庞大魔力也一同消失不见。

"看来，这是你的神明干的好事呢。她似乎让痕迹神醒过来了哦？"

赛里斯将力量卸掉，并消除了球状的魔法阵。顿时，地下遗迹的震动也停了下来。

我回头一看，裹着薄布的阿鲁卡娜正站在那里。水消失之后，她便自己浮上来了吧。

她在那里开口：

"我让利巴尔舒内德逃走了。这个魔族不是你能一边保护别人一边战斗的对手吧。"

好吧，确实，照刚才那个样子，我不但要照顾利巴尔舒内德，还得照顾睡着的阿鲁卡娜。

"其实也没什么所谓的，这点不利条件对我来说刚刚好。"

"我不能成为你的累赘，因为我是神明。"

我就知道她会这么说。

"你想起什么了吗？"

我一边警惕着赛里斯，一边朝阿鲁卡娜看去。

她露出了阴沉的表情。

"……我……"

阿鲁卡娜咬着嘴唇。然后，她用挤出来般的声音，低声嘟囔道：

"……什么都没想起来……"

"没事，不必如此悲观。你比起自身的愿望，更优先选择了帮助他人。这才是我所选择的神明嘛！"

阿鲁卡娜任由身上的薄布滑落到脚边，并朝自己画了个魔法阵，穿上了平常那套衣服。然后，她目不转睛地凝视着赛里斯一行人。

突然，男人天真无邪的脸上浮现出了笑容。

"要不要谈一谈？"

"嚯。"

"我担任着幻名骑士团的骑士团长。贾迪席奥拉目前正在与神族战斗，你也对神族没什么好脸色吧。再加上，我还是你父亲。虽然这次我们的利害不一致，但我们原本就没有战斗的理由。"

他毫无顾虑地说着。

"我们应该可以合作的哦。"

能不战斗解决问题，那自然是再好不过的。但无论我怎么看这家伙，都觉得在这里灭掉他才是为世界好啊。

我朝艾夏看了一眼，她微微摇了摇头。

"……看不见……"

低声回答我的人，是米夏。这代表她完全看不透赛里斯的心思。

"面对我，不打算用蛮力而是尝试用交流来解决问题，是个非常不错的选择。因为之前有太多愚蠢之徒，我还没开口就先动手了啊。"

"这世上的恶人太多了，确实令人头疼呢。我很理解你，如果可以的话，能够用交流解决问题就再好不过了，毕竟和平才是最重要的嘛。"

他露出看似十分善良的笑容说道。

"你说得对。但是，单纯的恶徒其实还算好的了。"

"哦，怎么讲？"

"因为最丑恶卑劣之徒，可是会故意装作一副善人模样的啊。"

"那可太吓人了，我也会多多留意的哦。"

他没有丝毫动摇，有来有回地跟我搭着话。

"你不用急着回答。如果你有这种意愿的话，就来贾艾拉赫斯塔找我吧，我暂时会在那里待一段时间。我在艾蓓拉斯特安泽塔的圣座之间等着你哦。"

赛里斯画出魔法阵，冥王和诅王也站在他的旁边。

"赛里斯。"

在他用"转移"传送走之前，我对他说道。

"你给我记好了，不管你是不是我的亲生父亲，但凡你敢小瞧我，我都不会善罢甘休的。"

面对我的警告，他只是微微笑了笑，随后就转移离开了。

第29章　神的堕落

吉奥海泽龙码头，魔王城。

我们再次回到位于最下层深处的房间。

"——也就是说，跟你们打的那群骑士也是魔族吗？"

听完雷伊的报告，我问道。

"当时他们莫名其妙地很戒备灵神人剑，所以，我就把他们的铠甲破坏掉确认了一下，的确是魔族的魔力没错。不过，我不确定是不是所有人都是。"

他绽放出清爽的笑容，回答道。

接着，他身旁的米莎继续补充道：

"而且他们还挺厉害的啊。我们都已经挺动真格的了，结果还是让他们给逃了。"

即使目的并非消灭他们，但既然能从米莎的真身和雷伊手中逃之夭夭，说明他们果然不是普通的魔族。

"他们是四邪王族的部下吗？还是说，是那个叫赛里斯的魔族的人？"

莎夏疑惑地歪歪头。

"两边都有可能。"

"这个叫赛里斯的魔族自称是阿诺斯的父亲，是真的吗？"

雷伊难以置信地说道。

"我可是从未听说过魔王还有一个父亲的啊。即使阿诺斯的记忆不完整，但应该不可能连我的记忆也受影响才对。如果他说的都是真的，那事情可就不一般了。"

"本身我也不是从石头缝里蹦出来的，当然还是有个父亲的。如果他从没在台前露过面，那人类不知道也很正常。毕竟魔眼这东西，就是很容易遗传给子孙的。"

话虽如此，但也并非一定就能遗传。特别是强力的魔眼，如若没有相应的根源就无法出现。这也是为什么我在这个时代的无数子子孙孙中，只有莎夏拥有"破灭魔眼"的原因。

不过说到底，莎夏也可能不是从我这里遗传来的。

"……那家伙，把融合之后的我们叫作悖理神……"

米莎点了点头。

"他还提到了'创灭魔眼'是'悖理魔眼'。"

以前跟阿鲁卡娜交谈的时候，我们已经得知有这个可能性了。也不知道那个男人说的话,到底有几分真几分假啊。

"米夏,你看了那家伙的内心吧?"

她点了点头。

"但是我什么都没看见。他的内心是一片虚无,如同一个一无所有的空壳。"

米夏回忆起她之前窥视的深渊,如此说道。然后她又马上摇了摇头。

"……也可能只是我没看到而已……"

"嗯……我不太喜欢这样呢。"

艾莲欧诺露说道。

"我觉得这不是你喜好的问题吧……"

莎夏立刻吐槽道。

"该怎么形容呢,你们想,他虽然说什么要合作,但我们完全不知道他的底细,这有点吓人的吧?"

"对于不知道他底细这点,我也有同感。既然他从属于贾迪席奥拉,那他至今为止一直与神为敌一事应该是真的,但这也并不一定就是他真正的目的。"

"至少冥王他从以前就一直很讨厌神族就是了。"

雷伊微笑着说道。

"从他打算消灭沉睡中的痕迹神这点来看,至少能说明赛里斯这人对神毫不留情。因此,他可能跟冥王很合得来吧。"

话虽如此,但他怎么看都不像是冥王会侍奉的那种类型的男人。即使成了部下，也可能只是形式上的上下级，实际上更像是结盟吧。

"而且，那家伙还在阿诺斯和阿鲁卡娜的梦里出现过吧？"

听到莎夏的提问，我点了点头。

梦里的阿鲁卡娜被龙给盯上了。虽然我掩盖了这件事，但那个男人却好像打算把这个事实告诉她。

不过，梦境刚好到那里结束，现在还无法确定就是了。

"他完全没有阿诺斯和阿鲁卡娜父亲的感觉啊。"

"他不一定是个称职的父亲，孩子也并不一定都是由爱诞生的，特别是在两千年前啊。"

"……这，也是……"

莎夏陷入沉思，满脸都是对赛里斯的厌恶。

"要不现在再去做一次梦吧。如果能回忆起赛里斯的事情，说不定能成为和他谈话的关键。因为看样子对方是以为我已经将记忆都忘记了。"

如果他以此来对我撒谎，也就能搞清楚他的意图了。甚至还有可能他就是夺取我记忆的罪魁祸首。

"……大家，又能一起……睡觉了……"

洁西雅愉快地说着，并朝阿鲁卡娜看去。

然而，她此时却正凝视着虚空，平常那仿佛一尘不染的表情，如今也变得黯淡无光了。

看起来她有些心不在焉。

米夏快步走到我的身旁,在我耳边悄悄说道:

"让她休息一下吧。"

唔,倒也可以,毕竟事情也并非那么紧急。

"我会去找赛里斯谈话的。但在那之前,我需要先好好想些事情。你们今天就先歇了吧。"

"嗯。"

米夏答应了一声后,便跟莎夏一起走出了房间。雷伊和艾莲欧诺露他们也站起身来,回到自己的房间去了。

剩下的,就只有我和阿鲁卡娜两人。她一直沉默不语。

"魔力用得太多,觉得累了吗?"

我走到她的身旁,对她说道。

"魔力用过头了,但并没有什么问题。"

也对,她毕竟是神族嘛。除非极其特殊的情况,否则她的魔力永远不会枯竭。

"那你为什么会如此消沉?"

听到我的疑问,阿鲁卡娜终于看向了我。

"我现在很消沉吗?"

"至少我看着是这样。"

"好吧……"

阿鲁卡娜低下头,一声不响地开始思考些什么。

见状,我一直在旁边静静等着她开口。

"我有时间。"

阿鲁卡娜轻声低语道。

"我在痕迹神的梦中,而你为了让我找回记忆,从梦中醒来为我争取了时间。在痕迹神被赛里斯的魔法盯上,到它逃走为止,其实我是有一些时间的。"

阿鲁卡娜仿佛在告诫自己似的,重复道。

"梦中飞舞的痕迹书本……这么多的世界痕迹中,我却没能找到我自己记忆的那一页。我一定是不敢面对吧。"

阿鲁卡娜淡淡地继续说着。

"即使取回记忆是我应该做的赎罪,但我依然感到了恐惧。一定是到了最后一刻,我才意识到了恐惧,才害怕自己将变得不再是现在的自己……我又犯下了罪孽。"

"你又不是故意逃避的。"

阿鲁卡娜既没否定也没肯定,而是目不转睛地凝视着我。

"我放走痕迹神的判断真的是正确的吗?你明明不会输给任何人,那么我也应该信任你,继续在梦里寻找下去才是。我可能只是装作一副拯救神明的样子,其实只是想逃避罢了。"

说完,阿鲁卡娜沉默了一会儿,又再次开口。

"我把拯救别人当作了自己逃避的借口。"

"谁知道呢。我的魔法本就不适合用来保护别人,既然看不出赛里斯的底细,就不能说你当时的判断是错误的。"

阿鲁卡娜打算张嘴说些什么,却又沉默了下来。

"我不是叫你不要害怕。既然你是自己选择舍弃掉神名的,那么你会害怕想起来也很正常。"

"神若是恐惧，就会让人们陷入不安。"

"连恐惧都不懂的神明，又能懂什么人心？更别谈拯救苍生了。"

阿鲁卡娜的目光稍微明亮了一些。

"你昨天也说过相同的话。"

我点点头，向阿鲁卡娜问道：

"你是想要温柔对吗？"

"……对，只有这个，是我能确定的。"

"这是你所追求的东西，你没有做错任何事情。"

阿鲁卡娜的视线，被我的双眼深深地吸引了进去。

"恐惧也算是一种温柔吗？"

"人很弱小，而向这份弱小伸出援手，那便是温柔。所以，了解软弱之情也是很有必要的。"

我一脸微笑地看着表情逐渐变得一尘不染的阿鲁卡娜。

"将人性的软弱露于言表的你，让我觉得非常舒心。"

"……这是为什么呢？"

"因为这对我而言也是一种救赎。"

阿鲁卡娜吃惊地回头看着我。

"……我该怎么做？"

"如果感到害怕，那就像这样说出来吧。不必掩饰，直接握住我的手便是。"

阿鲁卡娜凝视着我的脸，开始思考起什么。

然后，不知道过了多久，她小声地对我说道：

"……现在的我，很难入眠……"

然而话锋一转，阿鲁卡娜又补充道：

"如果能像那个时候那样，哥哥你哄我睡觉的话，我想我一定能顺利进入梦乡。"

我回忆起第一次看到的，跟妹妹生活的那场梦境。

"这就是，我的软弱。"

"真拿你没办法。"

我说着跟那时相同的话，朝阿鲁卡娜伸出了手。

她握住我的手，一起走进了寝室。当我躺到床上后，阿鲁卡娜就跟那场梦境里一样钻进了我的被窝。

"我知晓了我的私心。"

她依偎在我身旁，紧紧地抱着我。

"我明白了我的软弱。"

阿鲁卡娜把头埋进我的胸口，自言自语般地念叨着。

"我身为神明，却堕落了。"

"啊哈哈，你以为神明就不会堕落了吗？"

"我感觉我明白为什么你会被称作魔王了。你是如此地暴虐，暴虐到连我的恐惧都要抹去。"

阿鲁卡娜用力抱着我，在我和她自己身上画出魔法阵。

"所以只要你来当我的兄长，我想我就没什么好害怕的了，一定。"

衣服随着光芒消散，我们变得一丝不挂。

阿鲁卡娜将脸蛋凑了过来，对我说道：

"……我能像梦里那样叫你吗？"

"随你喜欢。"

阿鲁卡娜稍微有些羞涩地用清脆的声音开口：

"……哥哥……"

"怎么了？"

"今天，我可以再堕落一点吗？"

"可以。"

于是，她注视着我的眼睛，说道：

"我想让你用咒语哄我睡觉。"

我把手环绕到阿鲁卡娜的脑后，像那场梦里一样，温柔地亲吻了她的额头。我们的身体渐渐被透明的光芒包裹，一阵睡意将我们缓缓拉入了梦乡。

"晚安，阿鲁卡娜。"

"……晚安……哥哥……"

第30章　在梦境中交换的约定

梦中——

阿鲁卡娜正在森林中行走。

一向都乐呵呵的少女，今天的表情却有些凝重。

阿鲁卡娜拨开草木，一路向着树林深处前进，离开了哥哥的魔眼范围。随后，一个男人出现在了她的眼前。

对方是一名紫发、披着大衣的魔族，他正是赛里斯。

"呀，你来了。"

赛里斯用看似善良的表情欢迎了阿鲁卡娜的到来。

"……那个……"

阿鲁卡娜立刻开口道。

"请教教我魔法！你说过，有能让我不被龙盯上的魔法吧？"

究竟是发生了什么？现在的阿鲁卡娜比昨天更加迫切地渴望学习这个魔法。

"当然，我也正有此意。不过要在这里教有点困难。"

赛里斯朝阿鲁卡娜伸出手。

"你需要与阿诺斯暂时分别一段时间，没问题吗？"

阿鲁卡娜犹豫了一瞬间，但她又立马下定决心，握住了对方的手。

赛里斯露出满意的微笑。

"走吧。"

画出魔法阵后，二人的身体随之飘浮了起来。

眨眼间，便以破空之势消失在了云间。

过了一会儿，二人面前出现了一座高山。赛里斯朝山腰处伸手，那里便显现了一个魔法阵。

随后他朝着魔法阵中心飞去，并穿了过去。

本来应该进到山体里面，但最终抵达的地方却是一处石质房间的内部。这个房间很宽阔，一望无际。

里面立柱林立，还有数不尽的篝火。其中心处，有一团尤为引人注目的银色火焰。

阿鲁卡娜看到之后，吓得立刻浑身颤抖起来。室内无比炎热，并且越靠近这团火焰，温度就越高。

"这东西叫作审判的篝火哦。据说投身于这团银火当中的人，只要能承受住其中的苦难，就能获得强大的力量。"

赛里斯凝视着审判的篝火,理所当然地说道:

"只要有了这股力量,便不用躲避龙的追杀,甚至连杀光它们都会变得轻而易举了吧。"

"……但是……进去会死的吧……?"

"别担心,我先来教你不会被龙盯上的魔法吧。"

赛里斯在阿鲁卡娜的脖子上挂了一条镶嵌有透明石头的项链。

"这是什么?"

"为了让魔法成功的护身符哦。"

赛里斯在眼前画出魔法阵。

"好了,来试试看吧。"

阿鲁卡娜尝试着画出对方说的魔法阵,但似乎并不太顺利的样子。

"我来帮你。"

赛里斯朝阿鲁卡娜构筑的魔法阵伸出手,并用她的魔力,绘制出项链水晶里的某种魔法阵。

——是"使役召唤"。

这块石头——也就是盟珠内侧,魔法阵陆续显现,并层层堆叠。突然,一团巨大的火焰从阿鲁卡娜的背后升腾而起。

其内部出现了一条龙的身影,伴随着火焰轻轻摇曳着。

"咕哦哦哦哦哦哦哦哦哦哦哦哦哦哦哦哦哦哦哦哦哦!!!"

随着一声尖锐的咆哮,召唤之炎消散,里面出现了一条闪耀着黄金光辉的异龙。

"哎……啊……不要……"

阿鲁卡娜害怕地连忙后退,然后结实地摔了个屁股墩儿。

"你不必害怕,阿鲁卡娜。即使你被龙吃掉,也会转化成能在它胎内再度转生的龙核哦。龙寻求着能成为自己孕育而出的孩子的核心之根源,所以,你至今为止才会被龙一直紧追不放的哦。"

阿鲁卡娜吃惊地看着赛里斯的脸庞。

"你看过那封邀请函了吧?你也差不多该想起来了,阿诺斯从你身上夺走的记忆,以及他对你撒过的谎。"

"……我……"

阿鲁卡娜不明所以地连忙摇头。

"只要能成为子龙,忘却的魔法就会解开。你很快就会想起来的。他是因为可怜被龙追杀的你,才带着你不断逃跑的啊。但是这并没什么意义,因为即使你被龙吃掉,也只是转生而已。"

"……别说……了……"

一脸害怕的阿鲁卡娜,勉强从喉咙里挤出了一点声音。然而,赛里斯仍然挂着一副善良的表情,拧了拧脖子。

"你不愿意?为什么?我可没有说谎哟,让我赌上我的性命保证都可以。只要转生,你就不会再被龙盯上,也不用再继续四处逃窜了，这不正是你所期望的事情吗？"

赛里斯丝毫不怀疑自己表达出来的善意，只是若无其事地说着。

"……因为……被、被吃掉的话，会很痛的……"

"啊啊，确实如此。根源在龙的胎内被混为一体时，会伴随着难以想象的痛苦。这条龙刚刚才被召唤出来，一个根源都还没吃过。我想想，大概吃个一千人，你就能完成转生了吧。痛苦也只是一时的，忍一忍就好了哦。"

面对完全讲不通话的赛里斯，阿鲁卡娜的脸上浮现出了绝望的表情。

"……救……救救我……"

赛里斯微微一笑。

"我知道的，别害怕，我马上就来帮你。你被龙威胁的日子已经要结束了哦。"

"……救救我，哥哥——"

"嘎啊啊啊啊啊啊啊啊啊啊啊啊啊啊啊啊啊啊啊啊啊啊啊啊啊！！！"

阿鲁卡娜的叫喊声被龙的吼声盖过，龙张开血盆大口，一口吞掉了她那幼小的身躯。

赛里斯心满意足地看着吃掉少女的黄金异龙。

"阿诺斯是不知道这里的。而且，跟审判篝火的疼痛比起来，被龙吃掉的痛苦算不上什么的哦。这里与神族下达审判之地所连通，会施加不属于这个世上的痛苦。你就当作是为此的提前练习吧。"

赛里斯微微一笑。

"这便是你命中注定的事情啊。"

"——唔，你这狗胆包天之辈，竟敢对别人的妹妹如此大放厥词。"

赛里斯目光锐利地转过身去。

一阵空间的扭曲声传来，他的面前出现了一团漆黑的火焰。漆黑的太阳"狱炎歼灭炮"击碎了魔法的门扉，直击赛里斯。

"嘿……"

赛里斯在身旁布满反魔法，随后凝视着前方。从熊熊燃烧的漆黑火焰中现身的人，正是阿诺斯。

"这不是会用相当强力的魔法了吗？但是，你判断对方实力的魔眼还差许多火候呢。"

赛里斯用反魔法轻描淡写地挡下了阿诺斯从极近距离释放的"狱炎歼灭炮"。

"你救不了她，所以便由我来救她。"

赛里斯左手伸向阿诺斯，放出"紫电"魔法。紫色的闪电击穿他的反魔法，撕开了他的身体。

阿诺斯的表情严肃到有些扭曲。

"听好了，你什么都不用担心的，阿诺斯。她不久后就会彻底转生，咱们在这里争斗毫无意义。"

"……滚……"

阿诺斯用自己的魔眼狠狠地瞪着赛里斯。他的表情上写满了愤怒，充斥着憎恶。

"你说什么？"

"……我叫你滚开……！"

阿诺斯在魔眼里聚集魔力。沉睡着的根源的一部分突然觉醒，让他的眼眸染上了暗紫色。

阿诺斯的魔力突然激增，他画出了一个巨大的魔法阵，"狱炎歼灭炮"从其中心射出，直接压住了赛里斯的身体。

对此，男人略微睁大了双眼。

"嘿哎，居然能用尽全力将我推出去吗？真不愧是你啊。但是你很清楚的吧？你的'狱炎歼灭炮'是威胁不到我——"

"终于注意到了吗，蠢货！"

被推开的赛里斯的身后正是审判的篝火。

"……嗨呀，你以为这种手段能奏效——"

赛里斯随手扫开漆黑的太阳，朝空中躲避。

就在这一刹那——

"噶啊啊啊啊啊啊啊啊啊啊啊啊啊啊啊啊啊啊啊啊啊啊啊啊啊啊啊！！！"

黄金异龙像是早就在等这个机会一样，冲过来一头撞飞了赛里斯。

"什么——"

"你就在这里陪龙玩一会儿捉迷藏吧,引起这家伙注意的办法我早就学到吐了啊。"

赛里斯试图用"飞行"控制姿势,但阿诺斯乘胜追击,又射出了一发"狱炎歼灭炮"。

"我不知道你是何方神圣,不过,既然你如此喜欢这什么审判之地的话,那你就一个人去吧。"

在赛里斯的身体碰到火的瞬间,便被审判篝火给吞没了进去。

"真是的。"

可能是意识到只要进去了就再也无法出来,赛里斯直接在银色火焰中站定,并放下了双手。

"算了,也行吧。这结果倒也不算坏。"

说着,他的身体便完全被银焰包裹,当场消失得无影无踪。

"咕呜呜呜呜呜呜呜呜呜!"

黄金异龙低沉地嘶吼着,目光凶狠地瞪着阿诺斯。

"别叫了,我马上让你解脱。"

随着画出的魔法阵,阿诺斯的右手被染成漆黑。

"'根源死杀'。"

"咕哦哦哦哦哦哦哦哦哦哦哦哦哦哦哦哦哦哦哦哦哦哦哦哦哦哦哦哦!!!"

阿诺斯沐浴着异龙喷出的黄金吐息,径直飞进异龙的怀里,并用漆黑的"根源死杀"刺入它的胸膛。

"还给我。"

"噗呲"一声,阿诺斯的手穿过龙坚固的鳞片与强韧的皮肤,直接伸向龙的胎内。

然后,牢牢地抓住了她。

"你以为我会让区区一只蜥蜴吃掉我的妹妹?!"

阿诺斯猛地把手抽了出来。

伴随着临死前的惨叫,大量鲜血从异龙体内喷涌而出。其巨大的身躯渐渐倾斜,"咚"的一声倒在了地上。

阿诺斯的手中,正拽着已经遍体鳞伤的阿鲁卡娜。他使用"抗魔治愈"魔法,将她的身体裹上一层光芒。

然而,阿诺斯的眼神逐渐变得严峻。

因为伤势丝毫没有好转的迹象,可能是在转生途中强行将她从胎内取出的原因,导致阿鲁卡娜的根源每时每刻都在遭到侵蚀。

阿诺斯用魔眼凝视着阿鲁卡娜的全身。

"……为什么,你会知道……?"

阿鲁卡娜微微睁开双眼,对哥哥问道。

"你出门的时候,留了一个这个对吧?"

阿诺斯从魔法阵中取出阿鲁卡娜所写的信。

"上面写着'明天生日,我会送给哥哥最想要的礼物,好好期待哦!'。"

阿诺斯一边继续施加回复魔法,用魔眼寻找治愈妹妹的办法，一边说道。

"我当时就在想你会不会乱来，所以，我用魔法在你身上印了一个能让我知道你具体位置的标记。"

然后不出我所料，她果然从魔眼的范围里消失了，所以我才立即追了上去。

"哥哥，对不起……"

阿诺斯抚摸着她的头，安慰道：

"没事的，阿鲁卡娜。我一定会救你。"

阿诺斯将所有魔力倾泻而出，使用着"抗魔治愈"的魔法。他的魔力肉眼可见地不停消耗，可妹妹的伤势却还是没有好转，她的根源依然在逐渐被侵蚀着。

他咬紧牙关，进一步灌注魔力。

伴随着时间的流逝，他的表情变得越来越焦躁。

"……已经没事了哦，哥哥，我已经恢复精神了哦……"

阿鲁卡娜无比虚弱，却仍然拼命表现出很有精神的样子说着。因为她明白，阿诺斯现在已经非常勉强了。

"你还是这么不擅长说谎啊。"

阿诺斯不惜折损自己的根源，也一刻都没有放松自己的魔力。

"……我，一直都没注意到……"

"别说话，会影响到伤口的！"

面对阿诺斯的忠告，阿鲁卡娜却满脸悲伤地笑了。

"……原来被龙追赶的人不是哥哥,而是我……哥哥你一直都在保护我……"

体力渐渐流失的阿鲁卡娜,用尽全力地诉说着……就像已经意识到自己即将死去一般。

"……我想变强……只要我能靠自己的力量从龙的手中逃脱,哥哥就不用像以前那样一直被我拖累了……"

阿鲁卡娜用悲伤的目光凝视着自己的兄长。

"……我是知道的哦。哥哥你其实很想去学习魔法,却因为我才没能去城里……只能一个人自学……所以、所以……"

她热泪盈眶地说道。

"我一直都想对哥哥你说……已经不用担心了哦……我一个人没问题的,你就去吧……我想给哥哥你一个惊喜……"

泪水悄然划过她的脸颊。

"但……我……撒谎了……"

"我不需要这些。只要可爱的妹妹能在我身边,就足够了。"

"但是……!"

泪珠不断地从阿鲁卡娜的眼角滴落。

"……但是,我明明不是哥哥的妹妹……!"

这是记载在阿鲁卡娜偷看的那封邀请函之中的事。这也是导致她会如此绝望的原因之一吧。

"……明明……你不是我的哥哥……"

"阿鲁卡娜。"

阿诺斯静静地说道。

"原谅我。我无能为力，没办法救你了。"

"……嗯……"

"我会使用'转生'魔法。然而，我现在还不太擅长根源魔法，而你的根源已经在龙胎内变质了。所以无论是你转生的时间地点，还是转生前的记忆，我都无法保证。不，甚至都不知道能不能成功。"

阿鲁卡娜下定决心点了点头，随后她憋住泪水，努力挤出了微笑。

"没事的哦。因为这样一来，哥哥终于可以获得自由了。不用担心我，就算我独自一人，也不会害怕的哦。"

"最后，让我收下你的礼物吧。"

"……你想要什么礼物……？"

阿鲁卡娜疑惑地问道。

"成为我的妹妹吧。"

阿鲁卡娜那眼眶里拼命忍耐着的泪水，瞬间决堤。

"我不会叫你不要忘记。但你要想起来，一定要想起来，你是我的妹妹。我们的确没有血缘关系，但就算如此，我和你一起度过的日子也绝无半点虚假。"

阿诺斯紧紧拥抱着痛哭流涕的阿鲁卡娜，并画出了"转生"魔法阵。

"……哥哥……"

阿鲁卡娜勉强挤出了一段话。

"这次、这次等我转生以后……我一定、一定会变得更强！我会变强，然后成为哥哥的助力……因为我可是哥哥的妹妹啊，怎么可能不会变强呢？我会去找你的！这次绝对不是说谎，绝对不是骗你的哦……"

阿鲁卡娜一脸不安，战战兢兢地对哥哥询问道：

"你愿意，相信我吗……？"

"嗯。我相信你。"

"转生"魔法发动，她伴随着光芒渐渐消失而去。

"你一定要来找我。无论你转生成了什么，你都是我唯一的、最重要的妹妹啊。"

阿诺斯握住阿鲁卡娜伸出来的手，可打算握住的手却穿了过去。最终，她化作光粒，完全消失了。

他充满悲伤的双眸凝视着眼前的虚空。

"……下一次，我绝对不会再让你流泪……"

悔恨与决意交织，阿诺斯对消失的妹妹发誓。

"我会强到无论发生什么都不会失去你的地步，然后等着你来找我，阿鲁卡娜。"

第 31 章　记忆间的差异

早晨——

我睁开眼,一头修剪整齐的白银头发便映入了我的眼帘。她的睡脸天真无邪,虽容貌不同,但总感觉她与我梦中的妹妹有些许神似。

"……虽然目前还没什么实感,但明明是我叫你一定要来找我的,结果我却给忘了个一干二净,真是抱歉啊。"

我轻声说道,并温柔地抚摸起阿鲁卡娜的脑袋。即使失去了记忆,但她依旧来到了我的身边。

她内心的某处、根源的某个角落里,还依稀记着那个约定吗?

"……嗯……"

随着一声呢喃,阿鲁卡娜睁开了双眼。她那金色的眼眸睡眼蒙眬地看向了我。

"……谢谢你……"

阿鲁卡娜向我道谢。

"谢谢我什么?"

"多亏了你,我昨晚能睡着了。"

阿鲁卡娜起身,对自己画出魔法阵。她的身体被光芒包裹,随即穿上了衣服。

我也起身下了床,同样画出魔法阵穿上了白色制服。

"你做了个梦吧?"

"嗯。"

"你觉得在那之后,你成功转生成神明了吗?"

阿鲁卡娜陷入沉思,她的表情稍微有些消沉。

"……即使使用'转生'魔法,魔族也不可能转生为神明。"

"确实。即使是现在的我,也不可能让谁转生成神明。但话虽如此,梦中的阿鲁卡娜曾经进过一次龙胎,导致根源出现了异常。而且她原本就是被龙盯上的……叫作龙核的东西来着?反正并不是普通的存在,所以,可能性还是有的。"

然而,如此假设的话,那就得是无数奇迹般的偶然相加才能产生的结果。要想断定,情报还远远不够。

"教皇戈尔罗亚纳称呼我为米里狄亚。"

"如果这是事实,那你在两千年前就已经来找过我了。"

"……是否是事实，我也不清楚……"

阿鲁卡娜不安地说道。

"那要不来确认一下？"

"……你有办法吗？"

"我只是有办法确认你是否是米里狄亚，记忆肯定是找不回来。如果你做好了觉悟，打算知道这种模棱两可的答案的话，那便可以试一试。"

"……我应该是……想要知道的吧……"

阿鲁卡娜嘟囔着，随即又摇了摇头。

"我想要知道！"

阿鲁卡娜又斩钉截铁地说了一遍。

"那就跟我来。"

说罢，我走出了房间，阿鲁卡娜也跟在我的身旁，一起走了出去。我一边爬楼梯，一边对米夏她们发送"意念通讯"。

"今天的大魔王训练暂时中止，我们要去贾艾拉赫斯塔一趟。各自做好准备后，就到魔王城训练场来。"

走了一会儿后，便看到了一扇双开的大门。将其打开以后，里面是一个偌大的房间。

这里便是训练场，它的构造能够承受相当规模的魔法和魔剑的冲击。

我走到房间中央站定，并转身看向阿鲁卡娜。

"起源魔法无法对借出魔力方的起源本身造成影响。而我以创造神米里狄亚为起源，释放起源魔法，这样就能弄清楚你是不是米里狄亚了。"

"舍弃神名的神也应该不会产生什么影响的吧？"

"这里就是难点了。失去神名的你，哪怕过去是米里狄亚，现在也有可能不被看作同一个个体，多半会造成影响的吧。然而，既然你能使用'创造之月'，那就说明你们之间的关联并未被完全切断才对。"

"你是说要根据起源魔法的影响状况来进行判定吗？"

我点了点头。

"依照起源对象不同，能够使用的魔法也有差异。以创造神米里狄亚作为起源时，魔法的控制将会变得极为困难。所以很不巧，我只能通过释放攻击魔法来判定了。"

简单来说，借来的魔力会进入暴走状态。而我则是要强行压制这股魔力，然后释放出去。

"没问题，按你的想法去做就好。"

阿鲁卡娜移动到离我稍远的位置，然后将时常围绕在她身边的反魔法解除掉了。

"要来咯。"

我以创造神米里狄亚为起源，绘制出魔法阵。漆黑的闪电发出噼里啪啦的声音，缠绕在我的右臂上。

——起源魔法"魔黑雷帝"。逐渐膨胀的漆黑雷光迸发出激烈的雷鸣之声。

而就在下一个瞬间,覆盖整个训练场的漆黑闪电瞬间增大到超乎我想象的地步,以仿佛要将这片地全部掀翻般的势头暴走了。

暴走的雷电张牙舞爪地劈开大气层,堆积如山的瓦砾四处飞散。由于我把魔法压制到了临界状态,所以阿鲁卡娜并没有受伤。

"怎么样?"

阿鲁卡娜不可思议地看着我。

"唔,看来是失败了。"

使用起源魔法时,如果使用者没能正确认知其作为起源的存在,则会极难控制。以神作为起源的情况,控制会难上加难,即使是蕃神等级的起源也很容易让魔力失控,更别提使出完整的魔法了。

而到了创造神米里狄亚这种等级的话就更不必提,通常我都是让已经暴走的魔力变本加厉,才使得魔法成立。

"极狱界灭灰烬魔炮"就是个很好的例子。我通过让作为起源的创造神和破坏神的魔力无限暴走,才维持住了一种相对安稳的状态。

然而,如果威力缩小到"魔黑雷帝"这种水准,那就需要非常细致的魔力操控才行,想要让魔法安稳下来可谓难到极点。不过就算如此,如果我能正确认知到米里狄亚的起源,应该是没有问题的才对。

证据就是，两千年前的我是能做到的。

那也就是说——

"……要么我忘掉了某些事情，要么就是我记错了……"

"你是指创造神吗？"

"嗯。凭目前的条件，还无法判断你是不是米里狄亚。"

阿鲁卡娜一时陷入沉默，随后又说道：

"没办法了。"

"能够知道我记忆中的米里狄亚与现实中的存在差异，也算是一种收获了吧……"

可是，我究竟是忘了什么？

"找到痕迹神的话，就一定能想起来的。"

"你知道它在什么地方吗？"

"不知道。"

这位神明在地底待了这么久，自然不可能因此回到神界。

"……呜哇，这什么情况？一团糟啊……"

走进训练场的莎夏说道。

"'魔黑雷帝'？"

一旁的米夏歪了歪头发出疑问。

"久等啦！随时都可以出发哦！"

"准备……万全……"

艾莲欧诺露和洁西雅也来了，她们身后跟着的人是雷伊和米莎。

"如果能和平地靠谈话解决问题就好了啊。"

"啊哈哈，是呀……但我完全不觉得会这样发展，这就有点让人头疼了呢……"

突然，有人敲了敲手杖。

"咯咯咯咯，话说，事情又变得有趣起来了嘛。诅王和冥王居然都来到了地底。嗨呀嗨呀，我还在想他们怎么最近没什么动静，没想到居然在打算跟魔王敌对呀！"

耶鲁多梅朵愉悦不已地说道。

"悬乎，真是悬乎啊！你不这么认为吗，辛老师？"

"我的想法只有一个，他们愚蠢至极。"

他身旁的辛说道。

"没错，没错，说得没错！就是愚蠢，所以才有趣啊，聪明人可就不会跟魔王作对咯！"

这句微妙有些反叛意味的话刚说出口，耶鲁多梅朵便捂住喉咙，一脸愉悦地装出一副呼吸困难的表情。

"既然如此，阿诺斯·福尔迪哥德。你的意思是这次的对手值得你把部下都招来咯？"

"这个叫赛里斯的魔族，似乎是我的父亲，所以绝不能掉以轻心。"

"原来如此。"

耶鲁多梅朵兴奋地歪了歪嘴角。

"不过，对方是不是血亲我并不在意。我在意的是，那个男人似乎在谋划些什么事情。昨天我和阿鲁卡娜一起在梦里见过他了,我总感觉他的善恶基准已经彻底扭曲了。"

并且他还和冥王、诅王联手,本身也拥有足以毁灭痕迹神的魔力。

"他是贾迪席奥拉的人。肯定也了解不从之神,也就是悖理神的情报。"

莎夏表情顿时严肃起来,而米夏则在一旁紧紧地握住了她的手。当初就是赛里斯指着她们二人,断定她们为悖理神格努杜努布。

"姑且先跟他聊一聊。如若实在是愚不可及,那就当场灭了他。"

虽然我觉得问他也问不出什么情报来,但梦里的确存在一些令人费解之处,所以姑且还是有必要确认一下的。

"走吧。"

我画出"转移"魔法阵。见状,全员也跟着我一起画出"转移"魔法阵。

魔法发动,我们一行人瞬移到了别处。待到视线变得白茫茫的下个瞬间,我们便来到了神代学府艾蓓拉斯特安泽塔。

阿鲁卡娜伸出手,正门便打开了。我们走了进去,径直前往艾蓓拉斯特安泽塔的中央。

穿过通道,打开大门。

里面是一个圆形空间,并整齐摆放了八个座椅。此处便是圣座之间。

"呀，你们来啦。"

赛里斯正等待着我们的到来。

而他的身旁站着冥王伊杰司，以及诅王凯希莱姆。

"我问你。"

我第一句话，便直接向赛里斯抛出疑问。

"你的目的是什么？"

"三言两语也说不清楚啊，让我想想……"

他用看似善良的表情，轻描淡写地说道。

"总之，我今天打算先灭了吉奥达尔。"

第32章　背叛与虚伪之神

赛里斯一副漫不经心的样子，口气就仿佛是在说处理掉一把旧椅子一般简单轻松。

这不像是恐吓，也不像是虚张声势。他应该是真的打算灭掉吉奥达尔。

"真是个急性子啊。还是说，你为了今天已经准备很久了？"

"最让我头疼的事情是，你出乎我预料地突然介入啊，阿诺斯。"

说出这句话的赛里斯看上去却一点也不头疼的样子。

"我们为了消灭痕迹神利巴尔舒内德，做了很久的准备哦。本来昨天就应该已经完成了才对。"

"你对神族有敌意我不难理解，但神明也不能一概而论吧。

利巴尔舒内德一直都在沉睡，你有什么理由消灭它？"

"因为它是神明。"

赛里斯若无其事地说道。

"你不觉得光是这个理由就足够灭了它吗？"

"不觉得。一直在沉睡的神明有何害处，让它睡不就好了？"

"那我换一个说法吧。"

赛里斯立即回应道。

"痕迹神利巴尔舒内德是地底的守护神，而地底与地上无论如何都是水火不容的。他们迟早会侵略到天盖对面的世界，哪怕现在他们也在无时无刻地准备着。我也是魔族，我也想要保护故乡啊。"

即使他摆出一副爱国的表情，但他的话语依旧轻佻无比，从中感受不到丝毫信念。甚至让人觉得，不管地底和地上哪一边毁灭，他都毫不在意。

"如果想要灭了吉奥达尔，那么利巴尔舒内德就一定会为了守护国家而现身。我们只需要将他们一网打尽，就能为地上除掉两个害虫。"

赛里斯竖起两根手指。

"你好像蛮喜欢纷争的嘛。"

"怎么会呢？如果能和平解决，那自然是再好不过了。可惜对方并不这么认为，和平这种东西，可真是困难啊。"

赛里斯还是一如既往地露出善人般的微笑说道。

"你现在已经是迪尔海德的王了。阿诺斯,为了守护故乡,要不要和我联手啊?"

"想要联手那你就得服从我的号令。不需要毁灭吉奥达尔或者利巴尔舒内德,我照样能守护迪尔海德。"

赛里斯叹了口气,无奈地笑了笑。

"嗨呀,真是个不听话的孩子呢,一点也不像是我的儿子。"

"你才是,弱小到完全不像是我的父亲。"

听了这句话,赛里斯兴致勃勃地睁大了双眼。

"嘿。"

"如果你想自称是我的父亲,那就用你的力量来证明。一个不消灭无辜的子民,就连故乡都守护不了的弱者,居然还敢妄称是魔王的父亲。"

"你太天真了,阿诺斯。不过你还只是个孩子嘛,倒也是情有可原的。"

"天真?那是你的肚量太小了!你确实有可能跟我有血缘关系,但我真正的父亲,肚量可远比你这家伙要大得多。"

听罢,他立刻眯起眼睛,如此说道:

"真拿你没办法。不过难得再会一次,我也不想干些没大人样儿的事情。要不就让我们父子俩来加深一下关系吧?"

"喔。"

"咱们打个赌?如果今天以内你有了毁灭那个国家的想法的话,就算我赢。自此以后,你不许再插手我消灭吉奥达尔和利巴尔舒内德一事。"

"有意思。但如果我没有消灭吉奥达尔的想法，那你就不许再对吉奥达尔和利巴尔舒内德出手。"

我画出"契约"魔法阵后，赛里斯毫不犹豫地签订了下来。

他难道知道能让我想要毁灭吉奥达尔这种程度的秘密？真是个脑子有问题的男人，在他眼里这可能都只是一场游戏罢了。

"话说回来，阿诺斯，你还带着不从之神的对吧？"

赛里斯一副若无其事的表情，突然来了这么一句话。

"你的想法果然和贾迪席奥拉的教义很像。"

赛里斯朝莎夏和米夏看去。

"真没想到，悖理神格努杜努布居然分成两份转生到了地上。难怪我找遍整个地底也没找到啊。"

"很不巧，她们俩是我的部下，并非因为是悖理神才带着的。而且说到底，是否真是如此现在还没个定论吧。"

我瞪着赛里斯，试探着说道。

"毕竟，说这话的人是你。"

"你对悖理神有多少了解？"

赛里斯面不改色，反而向我提问道。

"就是不从之神，与神明敌对的神吧？我只知道它在这地底很不受待见而已。毕竟关于贾迪席奥拉的具体情报，连阿鲁卡娜也不太了解。"

随后，赛里斯露出亲切的表情说道：

"违反秩序的秩序，甚至连自己的秩序都要违抗，并欺瞒、背叛神明和凡人。充满虚伪与背叛的神明，这就是悖理神格努杜努布。"

听罢，莎夏的眼神立马变得严肃起来，一旁的米夏温柔地抓住了她的手，并紧紧握住。

"格努杜努布据说就是这吉奥达尔的神明。有传承表明，为了给这地底带来恩惠，它与它手下众多虔诚的信徒，一同参与了最初的选定审判，并取得了胜利。随后，这片荒芜的大地便迎来了名为盟珠的恩惠。吉奥达尔摇身一变成为强国，将其他国家也纳为属国，本应就此繁荣昌盛下去的……"

格努杜努布是参加了第一次选定审判的选定神吗？既然它遵守了选定审判的秩序，说明当时它还没有被叫作悖理神吧。

"然而，格努杜努布却背叛了吉奥达尔，将半数盟珠带给了阿加哈。好像它原本就是阿加哈的神明，但它欺骗了吉奥达尔的教皇。最终导致取得力量的阿加哈，与想要夺回盟珠的吉奥达尔发生了战争，双方都死伤惨重。战后元气大伤的两国为避免冲突，仅保持了在宗教层面上的对立，将争斗由明转暗。"

赛里斯平淡地继续说明。

"安稳的日子持续了一段时间。龙人们依靠召唤龙和召唤神的力量，在环境艰苦的地底生存了下去。但是，格努杜努布这次却又背叛了阿加哈。不，不光是阿加哈，它还认为神、秩序都有问题，甚至对它们也宣战了。格努杜努布不仅背叛了龙人，甚至还要背叛神明，这才导致它被称作不从之神，也就是悖理神。"

觉得秩序有问题这事，我倒也不是不能理解吧。

"渐渐地，在与神明敌对的悖理神格努杜努布手下，那些来自吉奥达尔、阿加哈以及其他小国的、同样不信仰神明的龙人开始聚集了起来。悖理神就率领着他们和神明宣战了，连带着拥有神明的吉奥达尔和阿加哈也一起。最终，他们形成了足以被称为国家的规模，霸龙国贾迪席奥拉就此诞生。"

不信仰神明的人们都自发聚集到了不从之神的身边吗？

幻名骑士团的魔族们应该也是这样吧，至少在表面上是这样的。

"然而，悖理神格努杜努布，甚至连贾迪席奥拉的子民都背叛了。和神明持续交战的途中，悖理神从背后射击了友军。最终，悖理神被贾迪席奥拉的子民杀死了。杀掉它的人便被称作霸王。可是，由于失去了悖理神，贾迪席奥拉也遭到了巨大的打击。"

"不太理解啊。贾迪席奥拉到现在都还在祭祀这个背叛了他们的悖理神吧？他们应该是信仰不从之神的才对吧。"

"这个嘛，格努杜努布是虚伪与背叛之神。它是作为绝不能信仰的神明，被祭祀在贾迪席奥拉中的，毕竟那个国家的人都不信神嘛。然而，只要还在地底生存就必定需要神的力量。所以贾迪席奥拉的子民是在绝不能信仰悖理神这一教条下，也就是相信格努杜努布绝对会背叛这一点，才赖以生存了下去。"

虽然听起来有些拗口，但大意就是在不信仰神明的生活方式，和不得不借助神明力量生存的地底环境这两点上，找了个都行得通的办法吧。

"说白了，绝对会说谎的神明，就跟正直者是一样的吗？"

"就是如此。所以，如果你要对你那俩小女孩部下抱以信任的话，最好还是小心一点。"

赛里斯对我如此忠告道。

"因为悖理神一定会背叛你的哦。"

莎夏恶狠狠地瞪了赛里斯一眼。

"很遗憾，我即使真的是悖理神，也绝对不会背叛阿诺斯的。"

"我们是阿诺斯的同伴。"

米夏语气平淡却又无比坚定地说道。

"我无时无刻不在祈祷着他的胜利。"

赛里斯像是很开心一般地笑了起来。

"昨天他说过的吧，只有最为丑恶的卑劣之人，才会刻意摆出一副善人的样子，对吧？"

莎夏露出犬牙，对赛里斯展露出了敌意。我立马伸手制止了恨不得现在就冲上去的莎夏，并坚定地对赛里斯说道：

"这不可能。"

"你会这么觉得也情有可原哦。人只会看到自己想看到的东西，哪怕忽视现实。即使被称为魔王的你，也同样如此吧？"

"会忽视现实也只是因为力量不够罢了。对我不利的现实我只需要一眼就能将它毁掉，然后再重铸成我理想中的现实便是。"

赛里斯耸耸肩，说道：

"悖理神必定会背叛，包括你的理想也一样会背叛。格努杜努布是虚伪与背叛之神。过去所有相信它的人，最后都被它所欺骗、所背叛。这句话的含义，总有一天你也会深有体会，而且就在不远的将来哦。"

赛里斯露出看似善良的笑容。

他的笑容，让他的话显得无比可疑。

"阿诺斯，我是在担心你哦。你以为只要有力量，无论怎样的理想你都能触及。我现在这么说对你可能太残酷了，但点醒太过于得意忘形的孩子，也是我身为家长的责任啊。"

"所以呢？"

赛里斯眯起双眼，像是要迎接我似的张开双臂。

"……现在的你很难接受这些话吧。虽然时间不长，但其实我们也有过作为父子的其乐融融的日子哦。只要能想起这些，你就一定能理解我的用心良苦了。"

"妄想也要适可而止。"

我朝他踏出几步，阿鲁卡娜也跟在我的身旁一起向前。

冥王和诅王摆好架势准备迎击，但赛里斯却轻轻抬手制止了他们。

"你认得她吗?"

我将视线放在阿鲁卡娜身上,并问道。

"是跟你缔结盟约的选定神吗?这位无名之神,吉奥达尔教皇说她是创造神米里狄亚,但我也不知道是否属实呢。"

"既然想装作我的父亲,好歹把我妹妹的脸给记住吧。"

这个男人非常确信我失去了记忆,所以为了让其动摇,我选择直接将这件事堂堂正正地点破。

"我想起了一件事呢。那是什么时候来着,我和你开开心心地玩过一次火吧?"

看着他直勾勾地看向我的蓝色双眸,我笑了笑,并紧紧地凝视他的深渊,以防错过他内心的波动。

"篝火审判玩得还开心吗,赛里斯?"

第33章　直冲天际的火焰

"想起来了……吗?"

赛里斯自言自语般问道,随即又跟了一句。

"真的是这样的吗?"

赛里斯依旧一脸游刃有余的表情,笔直地注视着我。

他丝毫没有动摇,语气也是一如既往的轻描淡写。

"我呢,从未见过你的妹妹。当然,你有妹妹这件事我也是第一次听说。你明白这意味着什么吗?"

"第一,你在说谎。"

赛里斯眯着眼,对我说道。

"第二,你想起来的记忆是错误的。"

他缓缓地伸出手指,指向我。

"创造神米里狄亚在你的记忆里设了两三重机关,好让你在回想起忘却的记忆时能够信以为真。所以,她早在你想要回想起记忆时,就提前准备了虚假的记忆哦。"

这个可疑的男人,不可能老老实实地说出真相。

然而,他也有可能算准我不会相信他,反而刻意说出真相,让我将其忽视掉。

至少,只要在我的记忆还无法百分百确保准确性的情况下,那他说的话都绝非完全不可能。

"这样想来,和你缔结盟约的这位无名神阿鲁卡娜,也有可能就是创造神嘛。她究竟在谋划些什么呢?"

赛里斯看向阿鲁卡娜。

"我作为神明只是在寻求救赎,除此之外别无他求。"

"真的是这样吗?"

在阿鲁卡娜回答这个问题之前,赛里斯率先说了下去。

"你刚刚提到了审判篝火是吧?既然你想起了以前的记忆,那就表示你在地上见过这东西吧?"

"嗯。"

"那你跟我来,我带你看个有意思的东西。"

赛里斯使用"转移"魔法。我用魔眼看穿他的术式后,立马用"意念通讯"告诉了莎夏她们。

很快,冥王和诅王也传送走了。我们紧随其后,也同样使用"转移"离开。

视线变得白茫茫的，随即我们便瞬移到了艾蓓拉斯特安泽塔中间左右的楼层。这里是一片无比广阔，没错，广阔到无边无际的空间。

里面有整齐排列的柱子以及无数的篝火。其中央处，有一团尤为显眼的银色火焰。赛里斯他们就站在这团火焰的跟前。

"这就是审判的篝火。"

他扬起手，说道。

"这是只存在于艾蓓拉斯特安泽塔的，神赐予的审判之火。而它为什么会出现在地上，你自己好好想想吧。"

无论是审判篝火还是这个空间，都与我梦里所见的一样。

"是因为艾蓓拉斯特安泽塔曾存在于地上？然而，假如拥有匹敌德尔佐盖特的立体魔法阵的城池出现在迪尔海德，那它真的能在阿诺斯，还有那个时代的魔族的魔眼内瞒天过海？"

确实，我不觉得我会看漏。孩童时代的我暂且不提，但成长之后的我不可能发现不了。而且不只是我，当时很多人都没有发现，这就有些不对劲了。

如果只封印了我一个人的记忆，那可是会立马露馅的吧。

"假定阿鲁卡娜真是你的妹妹。那也就是说，你过去曾不得不跟你妹妹分离，分离后她变成了神明，又与你在地底相遇了。啊啊，真是感人肺腑的故事呢，我都快流泪了。"

赛里斯毫无一点感动的样子，口若悬河地说道。

"你觉得这世上会有如此方便的偶然？神代表着秩序，而既然是秩序,那么一切就都是必然的。你回忆起的记忆和如今的现实,真的能够自圆其说吗?"

确实也有说不通的地方。

地底是经过了最初的选定审判后,才出现了代行者,并带来了盟珠。

这跟刚才赛里斯所说的一样,而且这是艾蓓拉斯特安泽塔的石碑上记录的历史。

地底形成的时间是约两千年前,在我转生之后。若非如此,在我歼灭龙族的时候,不可能注意不到地底的存在。

那么,为什么在我孩童时期盟珠就已经存在了?闯进我家里的那三个像是龙人的家伙,明显是用"凭依召唤"魔法,才使用的龙之力。

"可能想要硬圆的话是能圆回来的吧。但这里面需要多少次奇迹的发生呢?"

假设盟珠在两千年前就已经存在于地上了。而盟珠的存在被一直隐匿了下去,直至地上再无人知晓,使用盟珠的召唤魔法也没有在地上广泛传播出去。

阿鲁卡娜偶然成为神明。偶然成为神明后,又偶然舍弃了神名。

然后她又偶然地与我再会,偶然地与我缔结了盟约。这一连串的偶然确实可以称作奇迹了。

"其实就算奇迹真的发生了也没什么问题。然而,发生奇迹这件事，也可能只是神搞的鬼哦。"

"那又如何？"

"我知道你曾经忘记的过去。我也能保证用绝对不会说谎的方法，来填补你记忆的空缺哦。"

赛里斯画出"契约"魔法阵。

"你想知道吗？"

"代价是什么？"

赛里斯举起一只手。随后，审判篝火中浮现了一个魔法阵。

这是"远隔透视"魔法。火焰里映照出的是吉奥达尔的远景，通过远景可以看见吉奥海泽的街道，以及豆粒般大小的大圣堂。

"我潜伏在那里的骑士们给我报告说，神龙的歌声变得更加响亮了。"

赛里斯打了个响指，随后"远隔透视"里便发出了声响。

这是时常环绕在吉奥达尔里的神龙歌声。之前如同小溪般微弱的旋律，如今却非常响亮地回荡在整个国家之中。

下一个瞬间，吉奥达尔大圣堂当中便升起了一束火焰。

这是唱炎，而且比我跟教皇戈尔罗亚纳战斗时还要巨大得多，气势恢宏地升腾至上空。

直冲天际的净化之火熊熊燃烧，火焰融化了天盖、贯穿了洞穴。

而唱炎的气势依旧不减，不停地突破天盖向上突进。

"那是……？"

莎夏一脸的震惊。

"是密德海斯的方向。"

米夏低语道。

唱炎收敛。无数泥土与岩石，接二连三地从被破坏的天盖中掉落，砸向地底。

"第一发好像被地下张开的魔法结界挡住了呢。因为神龙歌声的阻挠，我看不太清楚。不过嘛，既然是你构筑的结界，那发唱炎估计也顶多只能消耗一半左右吧？"

我在密德海斯的地下迷宫里张开的魔法结界可没那么容易被击穿。

但话虽如此，这唱炎威力如此之大，我不在那里的话，可挡不住几发的啊。

"也就再坚持一发吧，第三发可就挡不住咯。"

"之所以增大神龙的歌声，可能就是为了封印'转移'，让我们无法瞬移到唱炎射手的身边吧。"

的确，在神龙歌声如此响亮的情况下，别说"转移"了，甚至都无法用魔眼确认状况。

"好了，看来你似乎已经明白了。那我有一个提议哦，阿诺斯。我现在可以立刻发射毁灭吉奥海泽的魔法，毕竟这多半是教皇搞出来的事儿。"

"即便发射点在吉奥海泽，他本人也不一定就在那里。"

"没错。所以，我要毁灭的目标不是大圣堂，而是整个吉奥海泽，你明白了吗？只要他失去了应当守护的国家，失去了应当救济的信徒，教皇就不再有战斗的理由了。如果光是毁灭吉奥海泽还不够的话，那就将吉奥达尔一并毁灭便是。"

赛里斯用一副理所当然的表情说道。

"如此一来，就能轻轻松松地保护迪尔海德。这样就不用脏了你的手。我来消灭迪尔海德的敌人，而你只需要视而不见就行。当然，我会等到你在那里的部下都离开之后再动手。这件事结束以后，我就把你最真实的过去告诉你。"

赛里斯在"契约"中添加了条件。

"只要你签了这个，就能除掉迪尔海德的敌人，守住自己的国家，同时你还能获得失去的记忆。如此一来，你执着于痕迹神的理由也没有了吧？"

"这确实可能是个聪明人的选择。"

赛里斯眯起眼睛。

"然而，距离我的理想还太远了。"

我用魔眼看向外面，寻找神龙歌声的范围外、能勉强用"转移"瞬移过去的地方。

"按照'契约'，赛里斯。你没有让我起毁灭吉奥达尔的念头，今后你不许再对吉奥达尔和利巴尔舒内德出手。"

"我们说好的期限，应该是今天之内吧。你说不定还会改变心意哦？"

"不可能。"

我如此断言道,随后画出"转移"魔法阵。这次转移的难度稍微有些高。我伸出手,跟我的部下们一个一个牵起手来。

"辛、耶鲁多梅朵,给我看好他。交换过'契约'的只有赛里斯一人。一旦转移目光,他肯定有无数种攻击吉奥海泽的方法。"

"遵命。"

辛向前走出数步,从魔法阵中拔出掠夺剑基里欧罗杰斯和断绝剑德尔特罗兹。

赛里斯泰然自若地看着他的动作,然后说道:

"就留这两个人没问题吗?虽然我现在因为'契约'没法攻击吉奥达尔,但他们就不同了哦。你还是留在这里,让部下们去阻止唱炎比较好吧?"

赛里斯就像是在好心提议似的,一边笑,一边继续说道:

"否则,你说不定会后悔的呢。"

"你太小看他们了。辛可是我的右臂,哪怕你拥有毁灭国家的力量,他也绝不会逊色于你。"

随后,我又稍微瞥了一眼在后面笑嘻嘻的炽死王。

"同时想要毁灭这个叫作炽死王的男人,也挺棘手的哦。"

炽死王否认般地摆了摆手。

"在跟炽死王敌对之时,我曾拥有过消灭他的力量与机会。可到头来,这家伙还是能若无其事地站在这里。我劝你还是小心一点，别着了他的道。"

耶鲁多梅朵"咚"的一声拿起手杖敲了敲地面。以此为信号，辛朝魔剑里注入魔力，赛里斯他们瞬间被转移了注意力。

"我劝你最好别动，否则小心自己身首异处。"

当辛说出这句话的时候，我们已经离开现场，传送到吉奥达尔附近了。

"即使是魔王的右臂与炽死王，若打算只靠两人阻挡我们三个，那也太狂妄无知了点。"

冥王伊杰司和架起两把魔剑的辛互相对峙，并将真红魔枪对准了他。

"基斯缇……看好了……我绝不会原谅伤害了你的这些家伙……！"

诅王凯希莱姆从魔法阵中取出魔弓涅特罗奥福斯，瞬间搭上了三支箭。

"真是的。"

赛里斯叹了口气，抬手便画出了多重魔法阵。即使仅在构筑术式的阶段，便已经让大气为之震动，让整个艾蓓拉斯特安泽塔都摇晃了起来。紫色雷光噼里啪啦地泄漏于四周，赛里斯的正面出现了一个球体魔法阵。

随后，赛里斯一行人和辛死死地盯着彼此，就在这局势将要一触即发的时候。

"喀喀喀，真没想到，地底居然还有这么一场同窗会在等着我呀!"

耶鲁多梅朵漫不经心地走上前去,身体暴露在魔法和武器之前。

"真是令人怀念啊。冥王,你还是这么顽固;诅王,你还是这么疯狂。如果那个研究笨蛋绯碑王也在的话,那就能更热闹了呢。不过,这也还算是有个替代的。"

耶鲁多梅朵双手撑住手杖,把重心靠了上去。

"我说啊,赛里斯·福尔迪哥德。能够成为魔王之敌的人,本炽死王早就已经翻箱倒柜地找了个遍了。但是……原来如此原来如此,你是这么一回事啊。"

炽死王意味深长地笑了,就好像他知道赛里斯的情况一样。

"你想说什么呢?"

"不不不,倒不如说我根本不想说啊。但再这么下去,我说不定会说漏嘴的哦。而且嘛,三对二,还是拥有足以灭国实力的对手,咱们很吃亏啊。但如果把不说出你的秘密当作条件,从而能跟你签个'契约'拖延一点时间的话,我倒是很乐意的哦?"

耶鲁多梅朵愉快地说道。

"我说,要是你的计划在这里就曝光了的话,那岂不是太无趣了?难得冒出个魔王的敌人,不表现出一点敌人的样儿,可就一点意思都没有了吧。"

"你说话真有趣。"

赛里斯完全不为所动，微笑着说道。

"我当然有秘密，毕竟这不是小孩子需要知道的事情嘛。可那又如何呢？你并不一定知道的吧？"

"没错，没错，你说得对。但是万一我真的知道呢？我可是很多嘴的，你还是趁早堵住我的嘴比较好。很可能一些意想不到的事情，就会导致你的计划全盘瓦解的哦？"

面对露出淡淡微笑的赛里斯，耶鲁多梅朵龇牙咧嘴地笑了起来。

"十分钟。只要你能等个十分钟，我就可以与你签订'契约'，并以我的性命担保绝不会将这个秘密说出去。"

炽死王态度强硬地提出了条件。

不清楚他是真的知道，还是只是在装腔作势。但是，他只要知道些什么的话，都会把这当作一个机会来利用吧。

面对强大的敌人，用情报来换取拖延的时间。这很难说是背叛了我，但却又蕴含着可能会给我培养敌人的危险性。

"倒不如说，请你跟我签订'契约'吧。"

炽死王一脸愉悦地恳求道。

第34章　神明之力与魔族之力

审判篝火正熊熊燃烧。

赛里斯三人,与辛、耶鲁多梅朵互相对峙,死死地盯着对方。

炽死王开口打破了这股紧张的氛围。

"喀喀喀,怎么了,赛里斯·福尔迪哥德?既然你不想签订'契约',那还不赶紧来堵上我的嘴?或者说,你又想打一场被魔王单方面蹂躏的无聊战斗吗,嗯?"

见赛里斯依旧不慌不忙、从容不迫地看着自己二人,耶鲁多梅朵继续说道。

"又或者说,我现在将那件事抖出来,也在你的计划之中咯?"

"你说说看嘛，说了不就知道了吗？"

听到赛里斯完全不为所动的回复，耶鲁多梅朵喀喀地大笑起来。

"对，对，很正确的选择。如果你自乱阵脚、答应'契约'的话，那就相当于不打自招了。不愧是想要成为魔王之敌的男人，就得这样才行啊！那我就不客气地说了哦。你——噗呜……！！"

真红的魔枪，贯穿了耶鲁多梅朵的喉咙。

"你这男人，破绽依旧还是那么多。你的想法，比那魔王还难以理解啊。"

冥王从很远的距离，穿越次元、将迪西多亚提姆突刺而出，其枪尖迅猛地刺穿了炽死王的喉咙。

然而，即使被刺得鲜血横流，耶鲁多梅朵脸上依旧挂着微笑。

"你是因为我的大意才出手的，还是因为不想让我说话才出手的呢？"

"一派胡言。"

伊杰司正打算直接将枪往下劈，可炽死王却握住了枪柄的前段。

"死在本大爷的箭矢之下吧！"

凯希莱姆用魔弓涅特罗奥福斯射出三支箭。被迪西多亚提姆刺穿喉咙的炽死王根本无路可逃，额头、心脏与腹部都被箭矢射穿。

"释放诅咒吧，涅特罗奥福斯。"

随着凯希莱姆的一声令下，被箭矢射穿的伤口处瞬间弥漫出黑色的雾霭。这是腐蚀身体的诅咒，是施加在魔力与气力之上的魔弓的力量。

"哼！"

伊杰司的枪继续发力，更多的鲜血从炽死王身体里飞溅出来。

"这样好吗，千剑？光是警惕着团长殿下的话，你的同伴会死的哦。"

对于伊杰司的这番话，辛依旧泰然自若，并紧盯着赛里斯，纹丝不动。

"你们随意，直接了结了他便是。虽然如今我们同为部下，但炽死王终有一天将成为吾主的敌人。如果能在这里解决掉他，那我也十分乐意。"

辛冷淡地说道。

在他那随时可能会抢占先机的锐利杀气面前，赛里斯也没有轻举妄动。他是觉得，只要炽死王一死，场面上就会变成三对一。所以，自己只需等下去战况就会变得有利了吗？

"可是，冥王。你才是千万别掉以轻心了啊。如果他是个只会毫无对策地就将自己暴露于危险之下的愚蠢之辈，那他早就被吾主给杀掉了。"

听了辛的话,炽死王咧嘴一笑。

"唾弃上天的愚蠢之人,准备接受背弃秩序的惩罚,仰望神明之姿吧!"

耶鲁多梅朵的口中,吐露出唤起奇迹的神语。其身体被光芒包裹,魔力瞬间剧增。

"喀喀喀喀!!"

耶鲁多梅朵的身体渐渐发生了变化。

他的头发变得金黄,魔眼绽放出如同燃烧般的赤红光辉,背后大量魔力粒子聚集,化为了光之羽翼。

剧烈的地鸣声响起,撼动着整个艾蓓拉斯特安泽塔。拥有庞大魔力的真神现身,让周围的空气产生爆炸、让整个世界为之摇晃。

在其神体散发出的压倒性的反魔法与魔法护罩面前,迪西多亚提姆瞬间被折断,涅特罗奥福斯的箭矢也变得四分五裂。

"……唔……你个混蛋……"

冥王立即将手刺进左胸,用血重新造出魔枪。随后,他用仅有一只的魔眼死死地凝视着炽死王的深渊。

"喀喀喀,你知道吗,冥王?我总算得到从两千年前就想要得到的东西了啊。"

炽死王摘下大礼帽,抛接起来。每当从手中抛出一次,绅士帽的数量便会增加一顶。

"可是,说实在的,我还不太习惯神体啊。会招出什么神,全看骰子摇到了几点。让我看看，这次又会出现什么呢？"

耶鲁多梅朵将增加至十顶的大礼帽扔向空中。

"遵从天父神的秩序，炽死王耶鲁多梅朵下令。诞生吧，十位秩序，守护万理的蕃神啊！"

从十顶大礼帽中，大量好似碎纸屑与缎带的光芒一闪一闪地落下。就宛如变魔术一样，这些光芒渐渐形成了蕃神的轮廓。

出现的是一群戴着白手套和纯白兜帽、穿着长袍的看不见容貌的蕃神。手拿"时神大镰"的十名犹格·拉·拉比阿兹就此显现。

"嗨呀嗨呀，没想到没想到！我正想拖延时间的时候，居然就冒出来了十位时间蕃神。这简直就跟在作弊一样嘛！"

通过和娜雅缔结盟约，并由她进行召唤，耶鲁多梅朵就能随时显现出神体。

看来，他有瞒着我测试秩序的使用方法嘛。

"接下来，就让咱们一起去一趟时神之庭咯。"

话音一落，世界突然变得白茫茫一片。

地板、天花板、墙壁，甚至连审判篝火都变得纯白。时神之庭——是犹格·拉·拉比阿兹为了调整时间的秩序，会在排除异端分子时构筑出的神域。

"你们应该清楚。如果在这个与原本世界的时间相隔离的庭院中，击败了犹格·拉·拉比阿兹的话，你们便回不到原来的时间，而是会跳跃到几小时之后了。我想到那时，黄花菜估计都凉咯，是不是呀？"

耶鲁多梅朵冲赛里斯问道。

"你差不多该改变主意跟我签订'契约'了吧？只要你乖乖等上十分钟，不光可以堵我的嘴，我还可以把你们从这儿放出去哦。简直就是出血大甩卖吧！"

"嗨呀嗨呀……你觉得背弃秩序的贾迪席奥拉，会屈服于区区几个蕃神？"

赛里斯朝球体魔法阵伸出一只手，从中蹦出无数紫电，直击天与地。

"'紫电雷光'。"

在染成纯白的世界中，无数紫雷四处奔腾，并且又膨胀了数倍。

不祥的雷鸣发出震耳欲聋的轰鸣，仿佛要强行让这个时间静止的时神之庭流转起来一般，将整个纯白的世界染成了暗紫色。

地板、墙壁、天花板全都被雷电撕碎，时神之庭飞逝而去，最终世界变回了原有的色彩。在并未消灭犹格·拉·拉比阿兹的情况下，他们回到了原本的世界。

"如你所见。"

"这简直太棒了！"

见到赛里斯轻而易举地搞定了时间蕃神的秩序，炽死王不仅没有慌张，甚至还拍手称赞起对方，愉快地笑歪了嘴。

"然而，违背秩序自然会有相应的代价。你们并没有完全回到原来的时间哦,现在可是比刚才快了一分钟呢。"

时间蕃神们再次造出纯白的空间。

"我知道这远非你的极限。拿出真本事来吧,赛里斯·福尔迪哥德!否则,你就给我签订'契约'!"

赛里斯瞬间释放出"紫电雷光",又破坏掉了时神之庭。

"这样就过去两分钟了,签'契约'的话只需要花十分钟的哦?嗨呀嗨呀,这么下去的话,究竟能拖延多久呢?"

"最多两分钟。"

冥王回答的同时,用真红之枪瞬间贯穿了十名犹格·拉·拉比阿兹。

"红血魔枪,秘奥义之——"

伊杰司静静低语着。

"'次元冲'。"

十名蕃神的身体都被穿了一个洞。

而犹格·拉·拉比阿兹被这个洞吸了进去,顿时被消灭了。能将身体时间停滞着的时间蕃神本不会受到伤害,却被伊杰司的秘奥义直接送到了时空的彼方。

"就算你获得了神的力量,也别太蹬鼻子上脸了!"

"冥王,就对你下达神剑洛德尤利耶的审判吧。"

炽死王的手中喷出金黄的火焰。它化作黄金之剑,朝伊杰司射了过去。

"哼!!"

虽然迪西多亚提姆扫开了神剑洛德尤利耶，可这把剑却在空中自己打了个转，再次斩向冥王。过去这把让辛的剑也落于下风的黄金之剑，以怒涛般的攻势朝着那戴眼罩的魔族袭去。

"红血魔枪，秘奥义之二——'次元闪'。"

通红的魔枪一闪，便将神剑洛德尤利耶直接击飞到了时空的彼方。

"喀喀喀，不愧是冥王，身手真是不错啊。那我这边也不得不回应你才行了！"

他的四周升起数根金黄色的火柱，其中半数化作洛德尤利耶。数十把神剑气势汹汹地向冥王射出。

在摆出迎击架势的伊杰司面前，飘来了一团黑雾，而洛德尤利耶直接将其贯穿——

"咕……呜……"

黄金之剑所贯穿的，正是诅王凯希莱姆的身体。当一把剑刺穿他后，其他所有神剑也都在第一把的引导之下，接二连三地刺穿了凯希莱姆的身体。

"……啊……啊啊……！！"

诅王身上并未有鲜血流出，其伤口化为了一团黑雾。它宛如不祥的诅咒一般，包裹住了洛德尤利耶。

"……你……伤害了本大爷，炽死王……我饶不了你……"

怨念之声响彻全场。

与此同时，黑雾形成一个魔法阵，发动了魔法"自伤咒缚"。这是以因魔力而受到的伤害为媒介，直接诅咒这份魔力的主人，并让其自身吸引魔法等攻击的诅咒。

"喀喀喀，你还是跟以前一样是个受虐狂呀，凯希莱姆。不过没关系的哦！本炽死王奉陪到底！"

耶鲁多梅朵用手杖画了个圆，从中释放出来的金黄色火焰，又化为了更多的神剑洛德尤利耶。

它们就像被磁铁吸过去似的，接连刺到凯希莱姆的身上。

每刺中一次，伤口都会化作一团黑雾。凯希莱姆的身体几乎变得一片漆黑。

"我可是知道的哦，凯希莱姆。魔王说过，只要你全身都化作雾霭，'自伤咒缚'就能解除了。"

"你觉得我会让你等到那个时候吗，炽死王！"

刹那间，大量的鲜血喷溅而出。

无数柄红色魔枪，从耶鲁多梅朵的体内穿刺了出来。这是直接从他体内发动的攻击。

"红血魔枪，秘奥义之三——'身中牙冲'。"

伊杰司旋转着没有枪尖的迪西多亚提姆。从耶鲁多梅朵体内刺出的枪，像是要将其身体粉碎一般，一点点地撕扯着。

灌注魔力的一切攻击魔法和回复魔法，都会因为"自伤咒缚"的诅咒，被吸引到凯希莱姆的身上。

现在的炽死王，既不可能回复，也不可能反击了——冥王一定是这么想的吧。

"这样就结束了——"

想要给出最后一击而用力旋转迪西多亚提姆的伊杰司,武器却从手中滑落,飞向了错误的方位。

"……什么……?!"

伊杰司浑身脱力地跪倒在地。

"……这是……"

冥王挤出最后一丝力气,用他的单只魔眼凝视起四周。四周的地面都被耶鲁多梅朵播撒的黄金火焰点燃了。

而四十四个"炽死沙漏"就摆放在其中,内部的沙子也已经全部落尽。诅咒成功发动,夺取了冥王的性命。

"喀喀喀,天父神的秩序是我夺来的。被凯希莱姆诅咒的只是那边的魔力罢了,而我自己的魔力自然可以随意使用。"

耶鲁多梅朵用自己的魔力使出"总魔完全治愈",治愈了伤势。正是为了不让他们发觉这一点,所以,他才一直到诅咒发动为止,都毫无防备地接受着冥王秘奥义的攻击。

"……失策了……"

伊杰司当场瘫倒在地。虽然他使用了"苏生"魔法,但只要"炽死沙漏"还在,复活过后仍然会立即死亡。

炽死王"咚"地将手杖戳在地面上,笑着说道:

"你总是在那儿苦口婆心地忠告我说别小瞧神族的力量啥的,但你是不是也太小瞧本炽死王的力量了啊?我说的对吗,冥王?"

第35章 虚虚实实的战斗

冥王倒下之后,赛里斯却完全没有复活他的意思,而是把指尖对准了耶鲁多梅朵。

"'紫电雷光'。"

赛里斯的声音响起。伴随着剧烈的雷鸣声,狂暴的紫电奔腾而出。炽死王完全来不及反应便被其贯穿,神体被毫不留情地消磨着。

"喀喀喀,终于有点干劲儿了吗?来陪我玩玩吧,魔王之父,赛里斯·福尔迪哥德!!"

话音刚落,赛里斯便已经来到了炽死王跟前,并迅速伸出手,一把抓住了他的脸。

赛里斯依旧是一副善良的表情,说道:

"玩闹也该结束了哦。"

"你总算露出破绽了。"

白刃一闪。辛读出了赛里斯发力的呼吸,并以绝佳的时机,用掠夺剑基里欧罗杰斯划开了他一直展开着的球体魔法阵。

"我怎么不记得有露什么破绽呢?"

紫电划过。伴随着激烈的撞击声,"紫电雷光"直接劈断了辛的掠夺剑。

而基里欧罗杰斯之所以会如此轻易被折断,是因为这个瞬间,辛将魔力化为了虚无。

"**断绝剑,秘奥义之二——**"

拥有吸收魔力之诅咒能力的魔剑,断绝剑德尔特罗兹化作冰冷、美丽的刀锋。这一击就能将敌人一刀两断的秘奥义,以比刚才还要快的速度劈出。

"'斩'。"

"'迅雷刚斧'。"

面对如此恐怖的秘奥义之刃,赛里斯却一步也不退缩,正面抬起了右手。

从球体魔法阵中冒出的紫电缠绕在他的右臂上,化作攻防一体的巨大战斧。这战斧宛如迅雷一般,直接迎上了断绝剑德尔特罗兹的攻击。

断绝之刃与迅雷之斧彼此撞击在一起,爆发出震耳欲聋的轰鸣。赛里斯的"迅雷刚斧"被折断成了两半,而辛的德尔特罗兹则被烤成了黑炭。

"要不要再来试一次？"

赛里斯在手中聚集魔力，修复了折断的"迅雷刚斧"。

"喀喀喀，太棒了。能够把辛·雷谷利亚的剑损坏到这种地步的人可不多见哦！"

站在赛里斯身后的耶鲁多梅朵，手上燃起了金黄色的火焰。

"来吧，让我再多见识见识你的力量！"

他猛地射出神剑洛德尤利耶，然而却并未斩中赛里斯，而是飞向了别处。

"凯希莱姆的'自伤咒缚'还在持续哦。"

"多亏了这玩意儿，我都不用费工夫递剑了。是吧，辛·雷谷利亚？"

辛一把握住朝凯希莱姆飞去的洛德尤利耶。

"你肯定能用此剑的吧。"

辛一瞬间便将这把神剑的主人变成了自己，并冲向赛里斯。赛里斯为了将其击溃，以开天辟地之势将"迅雷刚斧"劈下。

兼备重量与速度的闪电战斧，和辛手上的洛德尤利耶交锋。三次交锋，虽然依然发出了跟先前一样剧烈的撞击声，但这次双方的武器却都毫发无伤。

辛用行如流水般的技法将对方逼入了短兵相接的状态，并在下一个瞬间，顺势弹开了对方的战斧。

虽然"迅雷刚斧"很强力，但在剑技层面上，果然还是辛更胜一筹。他刚一闪到对方面前,便瞄准着赛里斯没有覆盖上"迅雷刚斧"的右臂根部,挥出刀光将其斩落。

鲜血飞溅,赛里斯的右臂被斩到了半空之中。

"嘿……"

辛继续乘胜追击,用洛德尤利耶刺向赛里斯的心脏。

"咚"的一声,"迅雷刚斧"突然劈砍而来。那被切断的右臂就像独立个体一般动了起来,并用紫电之斧,斩落了辛握着洛德尤利耶的右臂。

赛里斯用左手拿起右臂,强行接到自己的身上。

"你是不是以为,我总算露出了破绽啊?"

赛里斯一脸微笑,突然他又像注意到了什么似的,朝辛那只被斩落在地的手臂看去。

手臂化为了一团雾。

不光如此,连辛的身体也化作了雾气。然后,出现了两个辛。

赛里斯流露出难以理解的目光。能够欺骗视觉与魔眼的魔法数不胜数,但无论怎样凝视其深渊,也看不出他的身体有展开过任何魔法阵的踪迹。

"呀哈哈!"

一阵如孩童般的尖锐笑声响起。

"错啦错啦!"

"我们才不是耍剑的大叔哦!"

"常识常识!"

突然在此地现身的是长着翅膀的小妖精蒂蒂们。她们在两个辛的身旁绕着圈圈来回飞舞。

一阵脚步声响起，赛里斯朝身后看去。

"她们是我们国家的小孩子。我跟她们说要去未知的地底一趟，她们就死乞白赖要跟着来。"

远处出现了第三个辛的身影。他在被"迅雷刚斧"劈到的瞬间，便躲进了一起跟来的隐狼杰奴卢的神隐空间之中，和蒂蒂们调了个包。

"我们学会了。"

"新的恶作剧哦。"

"真正的辛。"

"是谁呀？"

蒂蒂们化作雾气，笼罩了整个场地。三个辛也再一次融进雾气，然后这团雾化作了二十二个辛。

就算集中魔眼凝视，也完全分辨不出哪个是本尊。

"阿哈鲁特海伦的精灵们吗……"

"没错。看来你在地底待太久了，对精灵并不怎么熟悉嘛。"

真假辛异口同声地说道。

"那又如何？既然分辨不出来，那就全都打一遍不就好了。"

赛里斯把手伸进球体魔法阵中，朝里直接灌注魔力后，魔法阵内紫电迸发而出，噼里啪啦地向四处发散。

"好了——"

赛里斯握紧拳头，魔法阵如同被压缩起来一般，紫电凝聚在了他的右手之上。

从中能够感受到那压倒性的破坏力，他应该原本是打算用这招毁灭痕迹神以及吉奥达尔的吧。

"——万物皆化作灰烬吧！"

瞬间，世界变得一片雪白。

赛里斯的魔眼变得锐利，这并非他的魔法。

"时神之庭……"

喀喀喀，耶鲁多梅朵好似嘲笑般笑了起来。

"我是说过我创造了十个蕃神，但我没说不能创造第十一个哦。"

赛里斯用魔眼仔细观察四周，但完全找不到时间蕃神的身影。

"没有机关也没有套路。只是喜欢恶作剧的蒂蒂们将神明藏起来，然后又将其变成辛·雷谷利亚的样子罢了。"

二十二个辛，以毫无破绽的步伐，将赛里斯团团包围。

耶鲁多梅朵咧嘴一笑。

"接下来，会有一个大奖和二十个空签等着你。你若是抽中了那仅剩的一个大霉签的话，那就恭喜你得飞去几个小时之后的世界咯。"

赛里斯用空闲的左手画出魔法阵。

"'紫电雷光'。"

紫电朝天地劈去，破坏着时神之庭。与此同时，辛一蹬地，直接朝赛里斯冲去，用洛德尤利耶对着他的脸就是一记强袭。

在剑离脸还有毫厘之间的时候，赛里斯躲闪了过去，然而却没能完美躲过，脖子处鲜血喷涌而出。

"在这里！"

在时神之庭被破坏的时候，二十二人当中，仅有一人略微做出了些反应。他判断那就是犹格·拉·拉比阿兹，直接用"紫电雷光"将其击穿。

"这种骗小孩的把戏——"

话还没说完，他又用魔眼看了看四周。

周围依旧是纯白的世界——时神之庭。

"咯咯咯，我是说我创造了十一个——"

耶鲁多梅朵万分愉快地吊起嘴角说道。

"但我可没说一定没有创造第十二个哦。"

应该还有一个化作辛的样貌的犹格·拉·拉比阿兹吧。

不，真的就只有一个了吗？赛里斯心里肯定会升起这个疑虑。

"不愧是父子，你跟那个魔王很像。由于你的力量过于强大，一旦使出全力，甚至连一些没必要破坏的东西也会尽数被你毁灭。你右手的魔法一旦使出来，确实无论我叠多少层时神之庭，你都能一击将其击穿。然而，你这么做会把时间蕃神也卷入其中。"

一旦蕃神被消灭，离开时神之庭时就会跳跃到几个小时后。

但这样一来，赌注就结束了吧。

"当然，你也可以用'紫电雷光'将庭院挨个破坏掉，但你对我还能造多少蕃神出来，心里有数吗？"

这个问题中，炽死王故意没有提到最关键的本质。就算他心里有数，要是有个万一，只要让辛斩杀了蕃神，照样能让赛里斯被送到几个小时之后去。

在不知道哪个是辛、哪个是蕃神的情况下，赛里斯根本无从下手。而且，就算他有办法，炽死王还在不断暗示着，自己可能还有撒手锏没使出来。

"这里就该'契约'出马了。你老实等上十分钟，就能堵住我的嘴。你可以想想，既然我能创造犹格·拉·拉比阿兹，那我也能很容易就回溯到过去、确认发生过什么事情。你可以顺带将这个危险性也堵住，条件并不算坏的吧？"

耶鲁多梅朵画出"契约"魔法阵。

"签了以后你就不用再费工夫，只需要等上个十分钟就能出去了。而且，就算你跟我签订了'契约'，我也不一定就知道你最想隐瞒起来的秘密不是吗？同时你还能有个台阶下啊。"

赛里斯凝视着周围的辛及其伪造品，长叹了一口气。

"真是的。没办法了，你确实如阿诺斯所言，是个很棘手的男人啊。"

赛里斯消去右手的魔法阵，签订了"契约"。他说不定在考虑，今后可以利用耶鲁多梅朵。

"咯咯咯，交涉这不就成立了吗？嗨呀嗨呀，这个男人真是个强敌，刚才可惊险了哦，魔王。不过，我这也是为了让你达成你的理想，所以才不得不为了拖延时间，拿了一些对你有利的情报做了个交易呢。"

他究竟知道赛里斯的什么情报呢？耶鲁多梅朵以非常愉悦且痛快的口气，给我发来了这么一段"意念通讯"。

第 36 章　神龙的本体

在辛、耶鲁多梅朵与赛里斯他们对峙的时候——

我们转移到了刚好离开神龙歌声范围的天盖附近。

我们眼前看到的是，吉奥达尔国中的唱炎直冲天际的光景。熊熊燃烧的净化之火宛如一把枪刺入天盖，试图贯穿密德海斯。

虽说还有我增设过的地下迷宫结界作为阻挡，但这已经是第二发，再来一发唱炎就阻挡不住了。

"我先过去了。"

我以光一般的速度，瞬间便穿过了天盖覆盖下的地底天空。能够勉强跟上我飞行速度的只有阿鲁卡娜一人。

我用魔眼朝地底的大地看去，发现第三发唱炎已经燃起了火光。我用"破灭魔眼"瞪住了这股即将第三次直冲天际的唱炎。

"毁灭吧。"

渐渐逼近的唱炎，每靠近一点我的身体，火势便会被削弱几分，直至消失。

"第二发和第三发的发射点不一样。"

从后面追上来的阿鲁卡娜说道。

"看来是的。瞄准密德海斯的魔法炮击应该是'圣歌唱炎'或与之类似的魔法。之所以比上次威力要强上许多，可能是因为用'信徒再诞'复活了很多死者。"

"选定审判中被毁灭的神明，在审判结束前是无法复苏的。没有福音神多尔狄雷德的权能，'信徒再诞'应该是无法使用的才对。"

"我当时确实将它消灭了的啊……"

这可是我在非常近的距离，用魔眼亲眼所见，必不可能看错。

"'圣歌唱炎'用的是音韵魔法阵吧？吉奥达尔里有那么多信徒，全召集起来一起唱歌，是不是就差不多有现在的威力了呢？"

开口的人是莎夏。她为了加快飞行速度，选择和米夏融合，变成了艾夏。

米莎也显现出阿沃斯·迪尔赫维亚的真身，和雷伊一起追了上来。

"确实有这种可能。既然'信徒再诞'现在已经无法使用，那这么去考虑应该也没错。"

由于神龙歌声的影响，在这个距离下，我实在无法观察到吉奥达尔街道里的龙人们现在是什么状态。

"也可能就是因为如此，才没有把地上的信息告诉吉奥达尔的子民吧。"

如果得知天盖上方也有国家，并且居住着跟自己一样的人，哪怕再虔诚的信徒，内心肯定都会产生疑虑的。

为了不让他们对神起疑，并毫不犹豫地攻击天盖上方，才隐瞒了真相吗？

"……教皇为什么要攻击地上呢？"

阿鲁卡娜问我。

"谁知道啊。就算国家被他轰炸一番，我也依然会坚决地终结掉选定审判。他应该没有扩大战争火种的理由才对。"

他灭掉密德海斯，到底打算做什么？他不可能不知道，攻击魔族之国，也只会引来我的怒火才是。

"我们要做的事情，就跟我之前对教皇宣告的一样。阻止魔法炮击，封锁他所有计策，然后再继续跟他谈判。"

我们继续凝视着下方。

"……嗯？好像没有再射过来了哦？"

艾莲欧诺露一脸不可思议的表情。

"……是弹药……用光了？"

听到洁西雅的询问，艾莲欧诺露便沉思了起来。要是这种程度就把魔力耗光了的话，那一开始就不会打过来了吧。

"会不会是因为我们挡在这里，所以让对方觉得继续射击也无济于事了呢？"

雷伊说道。

"有这种可能性。无论在哪里开炮，只要想从地底瞄准密德海斯，就必须穿过这片空域。而且只要发射，射手的位置就会暴露，并被我们除掉。从第一发到第三发的间隔与发射点来看，发射唱炎的部队至少都有三支。应该是个千人规模的大部队吧。"

十有八九，应该还有其他部队在待命。

"之所以不继续射击，应该是在让炮击完毕的大部队紧急移动中吧。他们多半已经不在刚才的发射点了。"

如果贸然下落，可能就会有其他地方的炮击趁着我们防守薄弱的空当射过来。

"如果是平常时期的话，那大不了就比比谁的耐心更好了。"

雷伊面带困扰地微笑着。

"对我们这边而言是个很好的策略，但辛跟耶鲁多梅朵那边呢？幻名骑士团可不一定只有三个人。如果其他人也介入进来的话，可能会导致出现意外的变故啊。"

虽说不清楚赛里斯实力的根底，但那两个人拖延一会儿时间应该还是没问题的。

然而，如果双方都使出全力战斗，那胜败就尚未可知了。现在只能趁在赛里斯他们无法抽身的时候，彻底将这个魔法炮击的威胁根除。否则，赛里斯肯定会来扰乱目前的战况，然后让局势发展成需要我不得不毁灭吉奥达尔才能解决的程度。

"阿鲁卡娜留在这里,其他人去吉奥达尔各地搜索歌唱唱炎的信徒,并逐个击破。"

"我虽然能防住那个唱炎的攻击,但有极限。"

阿鲁卡娜冷静地说道。

"我就是看准了这一点才如此安排的,需要给他们一点机会,他们才会发射。如此一来,就能摸清发射点,然后趁他们移动走之前将其铲除。我们会在他们突破阿鲁卡娜的防御之前,将他们所有的部队全部击溃。"

思考了一瞬,阿鲁卡娜说道:

"把你们国家的命运交给我,真的好吗?"

"你是最合适的人选。如果神挡在中间,信徒们在炮击时也会产生犹豫的吧。"

"……如果有能代替的人,就换一个吧……要背负你的国家,对我而言太过沉重了。这种事,我认为应该交给你最信赖的人才对。"

确实有点道理啊。

但是,总感觉很奇怪。自从我们从里加隆多洛尔回来的那时起,阿鲁卡娜的内心里就开始出现了从未有过的迷茫。

她说,她并没有回忆起来。但也有可能,当时她并非不是什么也没看到。

"阿鲁卡娜,你的愿望是什么?"

"救赎。"

她用静谧的声音,无比确认地说道。

"希望人们能获得救赎,这就是我的愿望。"

"那么,果然还是你最合适不过了。守护到底吧,你身后的,就是你需要保护的这个心愿。"

阿鲁卡娜凝视着我的双眼,随即点了点头。

"……那就按照你说的来做……"

"咱们兵分五路。雷伊往东,米莎往西,艾夏往北,艾莲欧诺露和洁西雅往南,而我则去中央。如果有魔法炮击射出,就由离射点最近的人赶过去。"

我们彼此眼神示意一番后,便立即朝吉奥达尔的大地降落而去。他们应该是用了某种方式在观察我们的动作吧。所以只要我们离开天盖一定的距离,下一发应该就会发射过来才对。

眼看着距离落地点越来越近,龙码头已经近在眼前了。此时,东方的一角放射出光芒,随即一束唱炎瞬间升起。

"雪花飘落,照亮天空。"

"创造之月"阿提耶托诺亚浮现于地底天盖之上。从中飘出许多亮晶晶的雪月花,化为了守护天盖的白银结界。

轰隆隆——从地底升起的唱炎与雪月花结界相互碰撞、针锋相对。撞击产生的火粉与碎雪梦幻般地飘落在吉奥达尔的大地之上。

"我去了。"

雷伊赶往魔法炮击的发射点。

很快,又一发唱炎升起。这次是从西边。

"我去解决。"

米莎刚赶过去,又有两个地方同时发射了唱炎的魔法炮击。

"轮到……我们……上了……"

"等我来把你们杀个片甲不留吧!"

洁西雅和艾莲欧诺露赶往南侧。

"果然构筑音韵魔法阵的人就是信徒嘛。""……一共一千零二十一人……"

莎夏和米夏说罢,便赶往了北侧的发射点。

我降落至吉奥海泽的龙码头。一看,发现魔王城入口附近站着一群魔王学院的学生。他们一脸不明所以的表情,抬头看着升起的唱炎,以及阻挡在中间的白银之月。

"啊……!阿诺斯大人!"

爱莲注意到我后,粉丝社的少女们也全都朝我看了过来。

紧接着,魔王学院的其他学生也看向了我。

"你们进城待着便是。密德海斯被人给稍微地攻击了几下,这里很可能会变成战场,你们去提醒一下其他同学。"

"明、明白了……!"

她们就跟飞似的冲进了魔王城中。

好了,既然附近也没有唱炎,那就去找找教皇吧。希望他还在大圣堂啊。

话说回来,这事儿还真是奇怪。他明知道这是我设下的诱饵,居然还是让四个大部队一齐释放了唱炎。

难道说还有很多伏兵吗?不过,如此规模的大魔法,考虑到吉奥达尔龙人们的魔力,应该没剩下多少战力了才是。

即便如此,他依旧毫不吝啬地将宝贵的战力投入了进来。仿佛是特意想让我们将其快点找出来似的。

确实,目前只有阿鲁卡娜一人在防守。如果顺利的话,可能可以用集中炮击的唱炎进行突破,但我并不觉得这是最佳选择。

如此大规模的炮击难道只是佯攻?这么一想,真正的目的应该不在此处。

"不行的呀,小共……!你快点给我回去!"

"咕噜噜。"一个可爱的叫声响起。

我转过去一看,发现娜雅正努力追在幼龙共喰的后头。

最后,娜雅总算抓住了共喰,把它紧紧地抱在了怀里。

"非、非常抱歉,这孩子动不动就想吃龙,然后往外面跑……"

"可现在似乎没有龙给它吃吧。"

"哎……?"

娜雅环顾四周。平常一般都会有几条龙停留在此处,可今天却一条也没有了。

"咕噜噜。"

共喰叫了一声后,一个巨大的魔力球便出现在了龙码头。

然后，魔力球渐渐缩小到了只有一颗小球大。这颗魔力球飞到共喰嘴边后，共喰"啾"地叫了一声，然后一口将其吞了下去。

突然，声音便停止了。

刚才还吵得人心烦的神龙歌声，就这么消失得无影无踪。

"小、小共？你吃了什么呀……？"

娜雅一脸不可思议地看着共喰。突然，幼龙消失，只剩下咕噜噜、咕噜噜的鸣叫声环绕在耳边。

"小共，你在哪儿？快出来呀！我们回城里去吧！"

娜雅担心地喊着，可共喰咕噜噜的叫声又传了过来。幼龙并没有离开，而是依旧停在娜雅的肩膀上。

"……哎？"

"唔。这家伙可能能够获得吃掉的龙的特性嘛。"

"哎……？"

娜雅一脸疑惑。只会吃龙的共喰，吃掉了这个歌声。

也就是这么回事吧。

响彻吉奥达尔的歌声，是由神龙发出的。然而阿希黛却说过，没有任何人见过神龙本体。

这句话半对半错。神龙一直都在这片土地上，每个人都接触过它。要问为什么的话，那是因为它是肉眼不可见的声音之龙。也即是，这片响彻四周的歌声本身。

吉奥达尔相当于一直都在这条巨大的声音之龙体内。

第37章　一千五百年的祈祷

细微的歌声渐渐传递到耳畔。

神龙的歌声越来越响亮，再次增大到音量跟刚才差不多才停止。共喰所吞食的只是神龙的一部分，对于身体覆盖吉奥达尔全域的神龙而言，这最多算是擦伤罢了。

我对还在发愣的娜雅说道：

"外面很危险，你赶紧回魔王城里去。"

"好、好的，非常抱歉！咱们走吧，小共。这回你可要老实点儿哦！"

共喰"咕噜噜"地做出回应。

娜雅把龙抱在胸口，回到了魔王城中。

我用"飞行"升到空中，环视着吉奥达尔的全境。

从四个方向升起的唱炎全部消失了。但就在我以为问题解决了的时候，东南西北四个相同的位置又升起了炎柱。

唱炎再次与阿鲁卡娜在天盖上造出的"创造之月"，以及从中飘落的雪月花组成的结界发生激烈的碰撞，火花四溅。

我通过"魔王军"连接着的魔法线路，用魔眼观看起了雷伊他们视野里的场景，发现他们所有人都在跟朝地面发射唱炎的吉奥达尔教团部队交战。虽说敌人是一个大部队，无法在一瞬间中断他们的圣歌，但离彻底镇压应该也只是时间问题了。

利用神龙歌声干扰魔眼，将大部队隐蔽起来。

如此大张旗鼓地进行炮击，恐怕周围还潜伏着好几个大部队的伏兵吧。

而指挥全队的教皇戈尔罗亚纳就在这些部队当中，虎视眈眈地等待着射穿地上的大好机会——他就是想诱导我如此设想吧。

所以，才炮击了密德海斯。

为了强行将我的注意力转移过去，他特意选择了迪尔海德当中人口最多的都市。他就是想让我警惕唱炎的攻击。

而他真正的目的，是神龙的歌声。为了让我错认为这是用来隐藏吉奥达尔部队的歌声，所以堂而皇之地让其在全国奏响。

同时，多半只凭歌声是无法彻底掩盖住的。当身为声音之龙的神龙行动时，即使想用魔法隐蔽，也依旧会闹出很大的动静才对。

他是为了不让我产生怀疑，才发动的魔法炮击。

神龙歌声拥有与龙域相似的性质。然而，既然它是声音之龙，那么歌声不过只是它叫声的副产物罢了。如果它真的是龙，那么除了产生龙域之外，肯定还能做到别的事情。

而这很有可能才是教皇真正的目的。

我用魔眼朝吉奥达尔看去。虽然魔眼的能力受到了干扰，但要想找到歌声最响亮的位置也并非难事。

只要反过来去找看不见魔力的地方就好了。

环顾整个国土之后，我在西方找到了一处完全看不到半点魔力的地方。

那里是距离这里有两百公里的地下遗迹里加隆多洛尔。

我不再节省魔力，而是全力施展"飞行"飞向西方。一瞬间，我便到达了里加隆多洛尔的上空。

那里有着声音大到震耳欲聋的、多重神龙歌声轮唱着。

我顺势而下，直接撞碎门扉，突入到地下遗迹的内部。然而尽管我已经全速下落，但却跟昨天来的时候不同，完全看不见尽头。

终于，我的眼前出现了不该在遗迹中看见的地底的天空，天盖覆盖在我的头顶。这里正是我在痕迹神的梦中见过的，那个书本的荒野。

在无边无际的大地上，竖立排列着无数看不见尽头的巨大书架。而站在正中心的，是一名手拿纯白书本、身着庄严服饰的神族。

它便是痕迹神利巴尔舒内德。

而跪在它身旁献上祈祷的人,正是教皇戈尔罗亚纳。

我降落在荒野的大地上之后,笔直地看向二人。

"痕迹神利巴尔舒内德早就已经跟你缔结过契约了吗?"

我向戈尔罗亚纳搭话。随后,他静静地开口道:

"是的,痕迹神是历代教皇代代相传的吉奥达尔的守护神。早在被选定神、福音神多尔狄雷德选中之前,我就已经跟利巴尔舒内德缔结过盟约了。"

地底是依靠神力支撑到现在的,所以确实有这种可能。

"神龙歌声,由声音之龙所唱。如果你更仔细地凝视深渊的话就会发现,它的声音形成了音韵魔法阵。"

一刻也不曾停歇,不断产生出音律魔法阵的神龙,便是声音之龙。

教皇保持着祈祷的手势,双膝跪地,睁着双眼。

我面对他,听他说着。

"过去,地底的某处使用过音韵魔法阵。历代教皇们将其痕迹拾起、拼凑组合起来,并无数次地重复播放,才让覆盖吉奥达尔全域的音韵魔法阵响彻了全国。他们继承痕迹神利巴尔舒内德、继承教典,为终将到来之日做着准备。"

那恐怕,指的就是今天。

"我不清楚神龙歌声是什么时候开始响起的,但稍微估算一下,这个音韵魔法阵也至少从未间断地奏响了上千年。这个利用痕迹神的秩序施展的大魔法，说不定连奇迹都能轻而易举地实现。"

戈尔罗亚纳保持着虔诚的表情，庄严地说道。

"如果阿希黛没有背叛教义，恐怕你现在就没法站在这里了吧。"

这是已经打算摊牌了吗？

阿加哈的预言者迪德里希说过，如果放任戈尔罗亚纳活着，就会导致迪尔海德暴露于危险之中。教皇之所以在我面前直接摊牌，并打算用炮击限制住我的行动，也是因为知道了这个预言吧。

"你的目标不只是密德海斯，还有整个迪尔海德。不对，从这个音韵魔法阵的规模来看，应该是地上的一切吧？"

我对不断祷告的戈尔罗亚纳说道。

"轰开头顶的天盖就是神的教义吗，吉奥达尔的教皇？"

"如果说能够让人在龙的胎内转生为子龙的王龙，是阿加哈的教义，那么在吉奥达尔，能够让世界在胎内转生的神龙，才是我们的教义。"

戈尔罗亚纳庄严地述说着教义。

"吞食世界，在胎内孕育，让世界正确地重新创生。能够使地底与地上的边界、那片天盖变为天空的神之使者，正是我们的神龙。转生后的天空将会洒下恩惠之雨，使得这片地底重生为乐园。"

"你要让天盖变为天空,也就是要把地上一切都化为灰烬吗?"

"我只是去除边界,让世界转生而已。请您放心,地上的人民不会死去。虽然国家不同,但神明依然会赐予同样活在这个世界的人平等的慈悲。"

"不可理喻。失去地面,那我们不就得活在地底?这就等于让我们失去了现在的生活。你不惜夺走无辜的地上民众的幸福,也想要得到乐园吗,戈尔罗亚纳?"

"我应该说过,我们是无法携手共进的。哪怕同样生活于地底的居民,都分割成了吉奥达尔、阿加哈和贾迪席奥拉,无法彼此理解啊。更何况是与地上的人民呢?根本就是不可能的。"

教皇之所以回答我的问题,是因为发动作为音韵魔法阵的神龙还需要一些时间吧。他只需要通过和我谈话,就能争取到相应的时间。

"你这话说得真是太无情了啊。"

"地上的王啊,世界已经被分隔开来了。设立在地上与地底之间的那条边界、那片隔阂,是无论如何都无法填补的。"

戈尔罗亚纳满怀无可动摇的决心,紧紧地瞪着我。

"你来到这里的时候,应该已经看到这一大片荒野了吧。"

教皇平静地说道。

"地底的人民,是依靠着召唤龙和召唤神的恩惠才活下来的。反过来说,没有这些恩惠,大家就无法存活。比起秩序带给地上的恩惠，带给我们的恩惠实在是太过渺小了啊。为什么毫无罪孽的地底居民，就是无法得到平等的恩惠呢？"

教皇发出提问，然后接着说道。

"不能再让那边界阻隔人们的幸福了。为此我只有消除边界，别无他法。众生皆平等，芸芸众生的理想乡，都将由神明来实现。"

"你以为至今为止都在地面生活的人，就因为接受过所谓的恩惠之雨，就能在地底顺利生活下去了？到头来还是只会产生不公。你给我去告诉神明，已经为时已晚了。它从一开始就不应该创造这样的边界。"

我凝视着教皇，斩钉截铁地说道：

"为什么非得让地上的人们去给神犯下的错误埋单？"

"哪怕会产生一时的不公，但这一切都是为了更加美好的未来。就算现在无法实现，但也要为了百年之后不断祈祷，这才是为国鞠躬尽瘁的教皇的职责。"

"能够带来剧烈变化的，只有斗争。即使本质上的平等真的出现在这片大地上，人们的意识也依旧不会改变。不管再怎么漂亮地去掩盖，本质上也不过是掠夺者与被掠夺者的关系。你是打算把所有民众都束缚在延续千年的仇恨连锁之中吗？"

我不认为他是个连这种道理都不明白的愚蠢之人，应该有什么原因才对。

"若是想要改变世界，就只能脚踏实地、一步步迈进。努力让明天的生活变得比今天更好，除此之外，没有其他近路可走。"

"如果你是地底的王，还能说出相同的话吗？"

"那么，你就把实情告诉你地底的民众们吧。"

听到我的要求，瞬间整个里加隆多洛尔都陷入了一片寂静。

"天盖上方有着魔族、人类和精灵，他们跟地底人民过着一样的生活。而你却要夺走他们的恩惠，据为己有。"

"这是在教典里代代相传的吉奥达尔的教义，应当背负罪孽之人只有历代教皇而已。把地底人民的罪孽全都背负在自己肩上并不断献上祈祷，才是我身为这个国家教皇的职责。"

戈尔罗亚纳合上眼，深深地向神献上祈祷。

"为什么仅仅因为出生的地方不同，就不得不遭遇不公呢……你的想法我也不是不能理解。既然你有如此强烈的意愿，如此想要追求理想的世界，那就别再向神祈祷，和我携手共进吧！"

我走到他的面前，朝他伸出手。

"不只是我。阿加哈、贾迪席奥拉，以及其他众多国家，大家都联合起来吧。我向你保证，这样一来，比起这个愚蠢的选择，你能抵达更加美好的未来。"

戈尔罗亚纳看着我伸过来的手，依然持续不停地祈祷着。

"想要击穿天盖，等我违约了之后再做也不迟吧？"

听了我的话，戈尔罗亚纳沉默了几秒，边祈祷边陷入沉思。

然后，他睁开双眼，用锐利的眼神凝视着我说道：

"……很遗憾，已经太迟了。甚至连考虑这件事情本身都太迟了。此时此刻，是神龙能够展翅飞向真正天空的唯一的日子，没有第二次机会。我信仰的是'全能煌辉'艾克艾斯。只有神，才是能赐予这片地底救赎的唯一存在。"

自古以来就在吉奥达尔环绕着的神龙歌声，其音韵魔法阵能够发挥效果的时机，就只有现在吗？

"我的父亲、祖父、曾祖父，全都祈祷着救济，将一辈子贡献给了这片大地。自从下达天启的那天开始一直到今天，由历代教皇代代相传的这个教义，这个横跨一千五百年的祈祷，不知是何机缘巧合，最终托付给了我。我绝不能让他们的祈祷、他们的誓愿，毁于我之手。"

教皇用一步都不打算退让的口吻，高声说道。

"我既然已经退出选定审判，那就让我作为救济者在此完成最后的职责吧。不适任者，你那想要毁灭选定审判的想法是错误的。我将否定你的神明，将你从选定者的圣座上拉下来，然后亲手赐予你救济。"

"嚯。"

"阿诺斯・福尔迪哥德。我将用这一千五百年的祈祷，让你亲身体会到，我才是正确的！"

"唔，那你就试试看吧。"

我画出魔法阵，让双手染上漆黑的"根源死杀"。

"你们的双眼被长时间的祈祷所蒙蔽,谁都坚信着这样做是正确的。一千五百年,这已经不是简简单单说一句重来就能重新来过的岁月了。但即便如此,你真正应该做的,依然是拿出勇气承认错误。"

我凝视着戈尔罗亚纳以及伫立在其身旁的痕迹神。

"无论是你们的祈祷,还是你们的神明,我都会将其统统打个粉碎,并以此来昭告天下,你们这一千五百年都只是在白费工夫罢了。"

第38章　痕迹的大地

魔力的粒子升腾而起。

从我和戈尔罗亚纳体内溢出的粒子，彼此碰撞、交锋，溅起开战的火花。

我朝戈尔罗亚纳刺出用"根源死杀"染得漆黑的右手。

他依旧保持跪地祈祷的姿势，完全没有躲避逼近到鼻尖的这一击的打算。

我毫不留情地用漆黑的指尖直接将教皇的脸戳飞。

他的根源被我大卸八块后，身体化为了尘土。

"此乃地下遗迹里加隆多洛尔，铭刻一切过去的痕迹大地。"

痕迹神利巴尔舒内德庄严地说道。

我朝一旁看去，发现教皇戈尔罗亚纳依旧保持着祈祷姿势出现在我的视野里。他那确实已经被我大卸八块的根源,却仿佛无事发生一般完好如初。

"扭曲了时间吗?"

我集中魔眼,凝视着他的深渊,开口问道。

"正是。在这痕迹大地,不会有未来到访。吾之信徒戈尔罗亚纳的性命依然刻印在过去,绝对不会被毁灭。"

"也就是说,先干掉你就行了吧?"

"正是。然而,吾亦不灭。吾身乃痕迹之秩序、万物之过去。无论汝如何刷新时间,吾曾存在于此的事实依旧不会改变。"

一切都已经是过去的存在、记录与记忆的痕迹神的秩序。要想消灭它,应该需要从过去下手才比较妥当,但和掌控相关秩序的神明比拼时间魔法,我几乎没有胜算。

它确实存在于此。无论发生什么,这个事实都不会改变。这也正是存在于过去的痕迹神永恒不灭的原因。

我算是理解为什么赛里斯想要趁痕迹神睡着的时候消灭它了。

"我问你,利巴尔舒内德。把天盖吞进神龙的胎内,便是你的目的吗?"

"吾乃铭刻记录与记忆的秩序。吾只是铭刻历代教皇的祈祷、痛苦与心愿之身。做出选择的并非吾,而是与吾缔结盟约的教皇戈尔罗亚纳。吾只负责将他们走过的路与世界的历史,刻印于吾身而已。"

非常有神族风范的回答嘛。

意思是说，神龙的歌声仅仅只是缔结盟约的历代教皇的意志吗？

"啊啊，不适任者的地上魔王。"

戈尔罗亚纳如同歌唱般说道。

"你将迎来试炼，伟大的光刃将切碎你的身体。痕迹之书，第一节'试炼再临'。"

利巴尔舒内德打开了手中的纯白书本，这应该就是痕迹之书了吧。它散发着光芒飘浮到半空之中，随即化为了一把圣剑。

此乃灵神人剑伊凡斯玛那。

利巴尔舒内德将其握在手中。

由于我已经身处于他剑的攻击范围之内，于是我直接向前一步，用包裹"根源死杀"的指尖贯穿了利巴尔舒内德。

随即我一把捏碎它的心脏，连同根源一并破坏。

"即使汝能毁灭现在，也毁灭不了过去。"

身体瞬间再生的利巴尔舒内德，挥舞起灵神人剑。

我往左手缠绕"四界墙壁"，准备以此接住对方的剑刃，然而下一个瞬间，我睁大了双眼。

"痕迹为刃——"

这就像是情景再现一般。痕迹神和当时的雷伊一样，将这把圣剑挥舞而下。

"'天牙刃断'。"

伊凡斯玛那聚集起纯白的光芒,放射出耀眼的光线。

仅一个呼吸的时间,无数道光之剑闪,便已将我的身体撕碎。

剑击能比挥剑速度更快地斩到目标的身上,切断目标的宿命。这便是灵神人剑的秘奥之一,"天牙刃断"。

其剑刃悉数在我的根源留下伤痕。能够腐蚀一切攻击的魔王之血,唯独在面对这把专门为消灭魔王而生的圣剑时,效果平平。

我将"四界墙壁"缠绕在全身,挺过了灵神人剑这一轮攻击。然而,就在我正打算反击的一瞬间——

"痕迹为刃——'天牙刃断'。"

利巴尔舒内德再次释放灵神人剑的秘奥义。"天牙刃断"再次切割我的身体,削减我的根源。

哪怕是雷伊,也做不到像这样连续发动灵神人剑的秘奥义吧。痕迹神就像是拥有无穷无尽的魔力与体力一般,连绵不绝地对我挥舞着剑闪。

"我从世界痕迹中,选出了用于毁灭你的剑刃。这是由你所认同的敌人、勇者卡农对你进行的永无止境的试炼——'试炼再临'。此剑将不断重复挥出,直到你化为痕迹为止。"

戈尔罗亚纳朗朗开口道。

"唔,这确实是雷伊的剑没错。"

我在"森罗万掌"上叠加"四界墙壁",将这无数道挥舞而来的剑击尽数抓住。

"然而,这又不是雷伊的剑。"

"……唔……"

痕迹神发出呻吟。

我的右手,牢牢地抓住了从上往下挥砍的灵神人剑的本体。

"你能够再现过去的痕迹。这'天牙刃断',跟过去雷伊用出来的一模一样。"

圣剑被我抓住的痕迹神,继续释放出"天牙刃断"。然而,这一道道剑光全部被我用"森罗万掌"和"四界墙壁"挡了下来。

"那个男人的剑,每挥舞一次都会成长,是面向未来的剑。正因为每一刀都会超越过去,所以才无法预测。你的剑不过是在生搬硬套罢了。"

身为痕迹神,它无法使出新的剑击。

因此,这绝非雷伊之剑。

"你认为这种虚假的勇者剑击,也能够威胁到我的身体?"

我用包裹"根源死杀"的手刀,将痕迹神的右臂斩落,并用漆黑的右手捅进了他的腹部。

"'魔咒坏死灭'。"

利巴尔舒内德的身体浮现出一道黑蛇斑纹,如同要将其身体咬碎一般肆虐起来。这是能让对方的魔力暴走,最终抵达死亡的诅咒。

神的魔力向外疯狂泄出，神体也逐渐腐朽。我拔出右手，连带着将它画在根源内的魔法阵也拔了出来。

随后我一把便将其捏碎。一瞬间，痕迹神的身体就彻底腐朽，随风消散而去。

当然这只不过是权宜之策。要是这么简单就能消灭它，我也不用费那么多工夫了。

"我大概已经明白了。看来想要毁灭你，必须得先毁灭这片痕迹大地才行嘛。"

这里是时间秩序扭曲了的世界。

那么，我稍微动一点真格的应该也没问题。

我伸出手，画出多重魔法阵，并像炮塔一样叠了好几层，随即对准了利巴尔舒内德。

魔法阵炮塔中，溢出漆黑的粒子。这是借助了暴虐魔王阿诺斯·福尔迪哥德、创造神米里狄亚、破坏神阿贝尔尼优之力的起源魔法"极狱界灭灰烬魔炮"。

"不适任者啊。"

伴随着声音响起，利巴尔舒内德的身影出现在远处。

它的手中果然握着痕迹之书。

"一切痕迹皆在吾这一方。汝撒手锏的起源魔法，面对痕迹秩序时是无法使用的。"

话音一落，从我魔法阵炮塔中溢出的黑色粒子瞬间消散而去。从过去借来的魔力，也正在逐渐消失。

"啊啊，不适任者、地上魔王，过去不会站在你这边。同时，这片大地乃是未来封闭之地。"

戈尔罗亚纳再次如歌唱般说道。

"你将迎来最大的试炼，这世上最大的毁灭，将会降临在你的身上。痕迹之书，第六节'世界崩坏'。"

利巴尔舒内德摊开手中的痕迹之书，变化为魔法阵。

阵中溢出漆黑粒子的炮塔被描绘了出来。狂暴的魔力碎片宛如活物一般卷出旋涡，缠绕在魔法阵炮塔之上。

光是其余波，就导致痕迹大地为之震动，无数书本从直冲天际的巨大书架当中哗啦啦地落下，飞舞于空中。

"嚯，是'极狱界灭灰烬魔炮'吗……"

"不适任者啊，你肯定在想，起源魔法对借出魔力的起源本身是无效的对吧？然而，一切过去都会站在痕迹神利巴尔舒内德这边。"

也就是说此攻击对我也有效吗？考虑到痕迹神秩序的效能，这倒也不算是危言耸听。

魔法阵炮塔缓缓地瞄准了我。

"我赐予你一次忏悔的机会吧。向神献上祈祷，真心悔改，这样一来，你就能得到救赎。否则，你就将会亲身感受这毁灭世界的一击。"

"那就请你打准一点咯。万一要是打偏了，这痕迹大地很可能会消失的哦？"

戈尔罗亚纳毫不犹豫地说道：

"一切都如'全能煌辉'所愿。"

漆黑的粒子以炮塔为中心描绘出七重螺旋。痕迹大地出现了一条深不见底的龟裂，世界被一分为二。

"毁灭的痕迹——'极狱界灭灰烬魔炮'。"

利巴尔舒内德用低沉的重音朗声道。魔法阵炮塔冒出了终末之火。

这黑炎描绘出七重螺旋，并伴随着剧烈的轰鸣声发射而出。

而就在这个瞬间，我顿时感觉到了四肢受阻。

"束缚的痕迹——'由缘缚锁'。"

凭空出现的透明锁链捆绑在我的四肢上。

不对，我是早就已经被捆住了。就像过去被改变了一样，在这个瞬间之前，我的身体就已经被"由缘缚锁"牢牢捆住了。

还没等我扯断锁链，发射而来的终末之火就已经近在咫尺，将我熊熊燃烧。在这灭世之炎的燃烧下，我的根源一步一步走向了终结。

然而，与之相对的，我的魔力也一步一步膨胀了起来。

"利巴尔舒内德和这片大地之所以不灭，是因为它们是万物的过去，也就是万物的痕迹。"

戈尔罗亚纳凝视着被终末之火灼烧的我，瞪大了双眼。

"……为何……？"

他无法理解我为什么没有被一瞬间毁灭，不禁问出了口。

"这是无论怎样回溯过去都无法削抹的，不灭的足迹吧。"

我朝着自己在大地上刻印的足迹看去。

"能在这片大地上刻印足迹，但却绝对无法将其消除。那么我该如何消灭它呢？"

利巴尔舒内德目瞪口呆地注视着本该逐渐走向毁灭的我。

"答案就是这个。"

我轻轻抬起脚，再次踏向地面。

瞬间，周围的足迹便消失得无影无踪了。我那伴随着魔力的踏足，化为了能够覆盖这整片大地的巨大足迹。

"只需要印上一个比这片大地还要巨大的脚印便是。原有的痕迹会被覆盖消失，而新印上的足迹，这片大地却无法容纳。也就是说，痕迹的秩序会因此错乱。"

"不可能，此乃能容纳世间一切的痕迹大地。从时间起始一直到今日，共有七亿年的痕迹，再将其重复百次才是这片大地的容量大小。你说比这还要巨大的痕迹，在这片天地内必不可能存在。"

利巴尔舒内德庄严地说道。

"你说的都是过去的事情了吧？"

我朝自己即将走向毁灭的根源画出魔法阵。

随后，毁灭世界的终末之火便被吸入了我的身体当中。

"很抱歉，我看的可是未来。"

虽说很惊险，但总算是赶上了。

因"极狱界灭灰烬魔炮"的攻击，我的根源临近毁灭。这是我许久未曾感受到过的临终之感、终焉之时。

也即是，吾法灭时譬如油灯，临欲灭时光更明盛[①]。此理虽然可适用于一切根源，但对于拥有毁灭根源的我，效果只会更加夸张。

越是临近毁灭，就越会变得强大，直至克服这场毁灭。

原本，我根本不可能有受到"极狱界灭灰烬魔炮"攻击的机会。

所以，我才故意用肉身接下了这一击。

"这是从未刻印在你痕迹之中，我刚刚想到的魔法。"

被我吞没在体内的毁灭之力涌出，七重螺旋的黑炎缠绕在我的全身。

我静静地咏唱出这个魔法。

"'涅槃七步征服'。"

这是每走一步，就能将浓缩在我根源里的毁灭魔力解放出来，并瞬间提升我力量的深化魔法。

我朝着痕迹神，缓缓地迈出了脚步。

在"涅槃七步征服"的加持下，我需要做的，仅仅只是向前迈步而已——

第一步——林立在大地上的所有巨大书架便尽数崩塌，记

[①]：该句出自佛教经典《法灭尽经》。

载着世界痕迹的书本全部被投向空中。

接连翻开的书页乃是这个世界的痕迹。荒野中无数人影显现而出，然而就在下一瞬间，他们全都被我这一步踏碎，消失得无影无踪。

第二步——飞在空中的书本全都散乱开来，无数书页漫天飞舞。

水中冒出了一群群生物，空中出现了鸟、龙等生物的身影。然而这些痕迹全都被我一脚踏碎，所有生物尽数消失。

第三步——大地震动，空中飞舞的无数书页都爆裂开来。

天盖消失，天空出现，太阳、繁星、月亮的痕迹浮现于空中。这些影子都被我一脚踏碎，消散在天空的彼方。

第四步——四分五裂的书页碎片、痕迹碎片进一步化为粉尘。大地碎裂成屑，湖泊枯竭成沙，所有花草树木尽数干枯、毁灭殆尽。

第五步——破坏的痕迹刻印而上，大地上再次升起无数的书架。随即书架开始剧烈摇晃，宛如被践踏了一般，瞬间粉碎。天空也被我这一脚给踏裂，化为尘埃的苍天在我的头顶忽明忽暗。

第六步——如今已经空无一物的痕迹大地，只能在我的践踏之下剧烈摇晃。此时唯一留在我面前的光亮，也被我一步给踩在脚下，顿时整个世界都被黑暗所笼罩起来。

第七步——我在脚印即将刻印在地面上之前，停下了脚步。

痕迹大地已然消失，周围变回了石砖地面。若是这第七步踩到地上,恐怕毁灭世界上千次都绰绰有余。

"唔。我本以为走个七步,便可以领悟出征服痕迹大地的魔法,但看来我失败了。要是真走了七步,留下来的便只有一片虚无了啊。"

到第六步为止,一切可能出现的毁灭痕迹都已经刻印在了上面,这超出了痕迹大地能承受的容量,直接导致其支撑不住,崩溃了。

我解除"涅槃七步征服",让脚着地。

"……这、这、这种……事情……"

尽管戈尔罗亚纳亲眼见证了这一切,却仍然难以置信地瞪圆双眼,身体止不住地颤抖着。

"……痕迹的大地……神所创造的、无边无际的世界被……"

我看着呆若木鸡、喃喃自语的戈尔罗亚纳说道:

"看来,就连这铭刻了七百亿年岁月痕迹的大地,也承受不住我这七步嘛。"

第 39 章　神所看见的梦

歌声响起。

神龙的歌声在里加隆多洛尔回荡着。

"……你的意思是……？你即兴创作的魔法，便能够摧毁神的世界……也就是说，比起前人们的古老智慧，你自己创新的智慧要更胜一筹吗……？"

对此我一笑了之，反问道：

"你说我是即兴创作的，意思是你认为这个魔法我一瞬间就能领悟出来了？"

听到我的反问，戈尔罗亚纳露出了困惑的表情。

"不要老执着于过去，而是将其当作一种积累。过去一点一滴的沉淀、那大量的痕迹，都化为了我迈出全新一步的养分，这才使得'涅槃七步征服'应运而生。"

面对那本应永恒不灭的痕迹大地被我踏碎的事实，教皇已经无法再将我的话置之不理了。

"只要你还光顾着祈祷，那么利巴尔舒内德的力量就永远只是单纯的痕迹、过去的遗物。前人们所积累下来的诸多答案所指向的、更加正确的解答，你也永远无法抵达。"

我对一言不发倾听着的戈尔罗亚纳放话道。

"不承认过失、不纠正错误，何谈创造没有隔阂的世界？你敢断言，你的想法、你的思考中，就没有这一千五百年祈祷岁月所带来的隔阂吗？"

教皇咬紧牙关。

"在掀开天盖之前，先给我把你自己的隔阂给解决了！"

我紧握右拳，灌入魔力。

"若是你说做不到，那我接下来就把你这个神也给毁灭掉。"

"……我应该说过，已经太迟了……"

戈尔罗亚纳用左手紧紧握住右手，将选定盟珠握紧，全心全意地祈祷。

"在你踏平痕迹大地的这段时间里，利巴尔舒内德便已经完成了它的使命。事到如今再消灭我的神明也已无济于事。歌声将冲入天际、神龙将孕育天盖、世界将失去隔阂，然后重生。这便是最后的福音，'神龙怀胎'。"

戈尔罗亚纳怀着无可撼动的决心，目不转睛地瞪着我。

"你的力量是无与伦比的毁灭之力。正因如此,现在已经太迟了。无论你再想要毁灭什么,都无法守护那片天盖了。"

"确实,如你所言,如果我要毁灭'神龙怀胎'的音韵魔法阵的话,那地上也必然无法幸免。"

往好了说,地形会发生剧变。往坏了讲,整个地上都会被破坏。

"但是,前提是只靠我一人之力的话。"

我使用"意念通讯"说道:

"阿鲁卡娜,你听得到吧?虽然已经没有阻止'神龙怀胎'的手段了,但还有保护地上的办法。"

很快,她便回应了我。

"……我该怎么做?"

"使用全能者之剑利维吉尔玛,将天盖变为永恒不变的大地。只要在利维吉尔玛的审判之中,就算是'神龙怀胎'也不会起效。"

面对曾经进入永恒不变状态的阿希黛,无论是我的攻击,还是"羁束项圈梦现"都没有作用。所以只要在此状态下,一切有危害的魔法都会被排除掉吧。

"……能够被利维吉尔玛变为永恒不变状态的,就只有我和我的盟约者。我无法让你之外的人或事变成这种状态……"

"那我就摧毁这个定理。"

我将右手聚集起来的魔力朝上空释放而出。这股魔力攀升至天盖附近，在阿鲁卡娜的位置绘制出了一个魔法阵。

"魔王城召唤。"

魔法阵中漆黑的粒子开始翻腾，魔王城德尔佐盖特凭空出现。而在其正门闪烁着黑光的，正是理灭剑贝努兹多诺亚。

"让这魔剑和'创造之月'融合，创造出利维吉尔玛。即使剑变化了形态，但变更永恒不变的对象应该还是能做的。"

阿鲁卡娜飞到空中，移动到理灭剑面前。

我确认了她的动作以后，随即便朝戈尔罗亚纳看去。

"如果你愿意帮我取回记忆，我也可以放痕迹神一条生路，如何？"

"……那，我有一事想问……"

戈尔罗亚纳意味深长地问道。

"你想知道的，是哪一边的记忆？"

"唔，你是指什么？"

他静静地说道。

"是阿鲁卡娜已经取回的记忆，还是尚未取回的剩下的那部分记忆？"

不等我的回答，戈尔罗亚纳便接着说道。

"她第一次造访里加隆多洛尔的时候，便已经在痕迹神的梦中找到了自己记忆的一部分。你认为她是为什么没把这件事告诉身为选定者的你呢？"

抛出一个问题以后，戈尔罗亚纳又接着说道。

"这是由痕迹神的秩序所带来的事实。若是有半点虚假,我便把这条命还给神明。"

他画出"契约"魔法阵,并自己签下,随即斩钉截铁地说道:

"因为她是背叛与虚伪之神——悖理神格努杜努布。就如她的名号一样,阿鲁卡娜终有一天会背叛你,甚至有可能就是现在。"

"契约"确实已经激活。既然戈尔罗亚纳还活着,说明他说的没有半分虚假。

"你试图用梦之蕃神的力量寻回自己的记忆。但那都只是虚假的记忆罢了,你根本就没有叫作阿鲁卡娜的义妹。一切都是彻头彻尾的谎言。"

"契约"效果依然持续着,而戈尔罗亚纳也还活着。

我所看见的那场梦都是假的,这才是事实。

"她确实忘却了记忆。然而,即使她回忆起自己就是悖理神,也依然没有向你开诚布公。她不告诉你真相,只是毫无意义地继续做着虚假的梦,继续当着你的妹妹。她究竟是为什么要撒谎呢?"

戈尔罗亚纳接连道出真相。

"她又是为了什么,才想要当你虚假的妹妹呢?"

这一层层铺垫,就只是为了挑明一个事实。

"一切都是为了在这个瞬间背叛你。"

教皇以虔诚的表情，用像是在教诲信徒般的语气说道。

"不适任者啊，好好想想吧。把地上的命运、把想要守护的事物托付给那个悖理神真的好吗？你敢断言，那个背叛之神不会反去将地上的一切肃清吗？"

教皇应该一直都在等待这个时机吧。

他通过痕迹的秩序观看过去，彻底掌握了我的路数。并为了让我妥协，完全不给我思考和说话的机会。

他从一开始就深知自己必败无疑，所以他故意把这场小丑戏演下去，就为了赌这么一手。

"我在此向神明宣誓，'神龙怀胎'绝对不会夺去地上民众的性命，只是消除两边的分界线而已。既然你拥有如此庞大的力量，有没有这分界线，不也都没什么影响吗？"

这的确是事实。

只要人还活着，只要还没有毁灭，就有无数次重新来过的机会。

哪怕天盖消失，哪怕换了一个环境生活，随之而来的一切悲剧，我将其一一踏平便是。

"然而，若是将一切都交给悖理神，很可能会导致众多魔族和人类惨遭毁灭。你真的能够相信你的神明吗？不信仰神明的你，真的能把这个选择托付给一个甚至算不上是你妹妹的神吗？"

教皇连续不断地发问道。

"妥协吧，让步吧。虽然你说过不要执着于过去，但你和你的神之间，甚至都没有积累下来的过去啊。虚假的记忆、虚假的梦境，你们这泡沫般的羁绊，怎么可能比得上我这一千五百年来的祈祷？"

教皇抬头看向上方，庄严地宣告道。

里加隆多洛尔的门扉已然敞开，能够看见远处的天盖。

"请去向你的神确认一下吧。距离'神龙怀胎'发动，还剩下些许时间。"

我用魔眼，看向飘浮在远方天盖的阿鲁卡娜。因为连着的魔法线，我连她的表情都看得一清二楚。

"……阿诺斯……"

她的表情跟那个时候一样。阿鲁卡娜摆出跟在里加隆多洛尔，从痕迹神的梦中醒来后的那次一样的阴沉表情，低声说道：

"正如这位龙之子所说，我已经想起来了。我是悖理神格努杜努布，是违背秩序的虚伪与背叛之神。阿诺斯，你——"

她紧咬嘴唇，表情无比灰暗，却依旧毫不隐瞒地说了出来。

"绝不能相信我。"

她的声音撕心裂肺，悲伤欲绝。

随即大滴大滴的眼泪从她的脸颊滑落，她已经泣不成声了。然而，她内心的话语，却通过魔法线传递给了我。

——那时，在痕迹神的梦中，我找到了自己的记忆。

——我想起来了,我是悖理神格努杜努布。

——一股如同在燃烧我的身躯,燃烧我的根源般的……

——深不见底的怒火旋涡在我的内心升起。

——到头来,我还是没能成为温柔的神明。

——证据就是,我一直在欺骗你。

——我没有告诉你回想起来的记忆,试图一直当你的妹妹。

——我当时在想,若真是这样,我该有多么幸福啊。

——现在,我终于明白了。

——那确实,是我的梦。

——那不是什么记忆。

——那只是,我所希望看到的一场梦罢了。

——没错,我一直都过着颠沛流离的生活。

——我从小就被龙袭击。我在地底的大地上遭受迫害,被龙人们追赶。

——所有人都是我的敌人,没有一个人愿意保护我。

——所以我才会梦想,要是能有一个哥哥就好了。

——在我被龙袭击的时候。

——在龙人们要把我当作活祭品,闯入我的家中的时候。

——在我被龙吞进体内的时候。

——我一直都在幻想着,能有一个愿意拯救我的哥哥那该多好啊。

——直到最后,我都没能直视自己的记忆,而是选择了视而不见。

——我没能向你坦白，而是选择了一直隐瞒。

——我想要，再看一会儿那场梦。

——我希望至少在那场梦中，我能够忘记，自己是一个愚蠢的神明。

——一切都是谎言，一切都是虚假。

——我是一个充满了虚伪的神明。

——我一定会背叛你的吧，我一定会伤害你的吧。

——因为就连这份感情，就连这份想要拯救人们的心。

——都是我用"创造之月"造出来的伪物而已……

——等到时机来临，等到所有的记忆与心灵回归之时。

——我将连自己也一并背叛，来达成我的目的。

——所以，阿诺斯，我希望你能在我变成那样之前将我毁灭。

——我并不是你的妹妹……

——我只是一个对自己都能说谎，甚至还将这份谎言信以为真的……

——愚蠢、孤独，而又不从的神明……

——我，就是说谎的朵拉……

我面前的教皇开口了。

"如此一来,你的救济便将完成,你将不会再被不从之神背叛了吧。"

戈尔罗亚纳闭上眼睛,继续祈祷道:

"一切皆如'全能煌辉'所愿。"

"戈尔罗亚纳。"

我静静地说道。

"你不惜用上痕迹神的力量,就是想要做这种事情吗?"

他睁开眼睛,朝我看来。

"若是如此,那你可就白费工夫了。"

教皇无法理解地皱起眉头。

"你想说什么……?"

"我的妹妹绝对不会背叛我。"

"……你在说些什么蠢话……?她并不是你的妹妹。一切都是泡沫般脆弱的谎言罢了。"

"是的,你说得没错,所以我才要将其实现。梦想就是用来实现的哦。教皇啊,你能看见过去,却看不透人心吗?"

"她是背叛与虚伪的悖理神,并不是人类!正是因为她想欺骗你,所以才让你不断做梦,不断对你撒谎的吧!就如同阿鲁卡娜自己亲口所说的一样!"

"愚蠢。你连谎言跟愿望的差别都分不清楚吗?那是她货真价实的梦想。阿鲁卡娜她一直希望有一个兄长。一位谁都不愿意相信的神明,正一直渴求着能有一个愿意相信自己的兄长啊。"

我向着这被悖理神束缚于过去的男人说道。

"这份孤独,这道悲伤的痕迹,你难道就看不见吗,戈尔罗亚纳?"

"……阿诺斯……"

阿鲁卡娜的声音传来。这是一道饱含泪水、充满悲伤的声音。

"你还记得我们的约定吗,阿鲁卡娜?"

我为了将自己的感情传递给她。

用最温柔的声音对她说着。

"我说过,我一定会回想起来,你是我的妹妹。我们确实没有血缘联系,但即便如此,你也是我的妹妹。"

"……我和你度过的日子,全都是虚假的……就连这个约定也是……"

"即便如此,我和你共同见证的那个愿望,也绝对是真的。"

阿鲁卡娜的眼眸中,大滴大滴的泪珠滑落。

这仿佛就跟梦中的那幅场景一样。

"你说你转生之后会变强的对吧?你当时说过,你会成为我的力量。既然如此,就在这里克服掉你那颗软弱的心,变得更强吧。悖理神也好,背叛与虚伪之神也罢,我全都不在意。你在梦中对我说过,这次的约定绝对不会是谎言。"

如果她的愿望没能传达给任何人,那就由我来将其实现。

"你以为,梦境就不能成为现实了吗?"

"……我可能会，背叛你……"

"不会的。无论发生什么，哪怕拼尽全力，我也绝对不会让你背叛。"

教皇无比虔诚地献上祈祷。

神龙的歌声变得更加响亮，环绕在地底的天空。不久后，天盖就将转生。

"——福音之书，最终乐章'神龙怀胎'。"

天空剧烈闪烁，被一团耀眼的光芒包裹了起来。

"直到最后，我都会相信我的神明的话语、我的妹妹的愿望。如果这还不够，那我就再说一次！"

我满怀心意地向她请求道：

"做我的妹妹吧。"

有那么一瞬间的空白，随即她的眼泪撼动了周围空气。

"……哥……哥……"

阿鲁卡娜伸出手，握住理灭剑贝努兹多诺亚。

"创造之月"与之相互交融。

对此，戈尔罗亚纳神情大变。

"……居然相信悖理神，你究竟要愚蠢到什么地步……！！将这个罪孽深重之人、这个世界的灾厄全部消灭吧，利巴尔舒内德……！！"

痕迹神摊开纯白的书本，对我伸出手。紧接着，地下遗迹响起轰隆隆的毁坏声，一把神剑从我的头顶掉了下来。

全能者之剑利维吉尔玛。我将这把用理灭剑和"创造之月"铸造的剑，以入鞘的状态拿起，并握住剑柄。

"痕迹为刃——"

我的身体和魔力宛如波浪般来回摇晃。

"'天牙刃断'。"

利巴尔舒内德释放的无数剑闪朝我袭来。我正面迎击，朝着向我冲来的痕迹神大步踏出。

"'波身盖然显现'。"

身形交错，站位交换。

一瞬的静寂过后，痕迹神的身体"咔嚓"一声出现了错位。

它的神体被我一刀两断。利维吉尔玛依然保持着入鞘状态，其可能性之刃直接斩断了"天牙刃断"和眼前的敌人。

在违反秩序的秩序、代表了悖理神格努杜努布权能的这把剑面前，就算是痕迹神也免不了被毁灭。

"……教皇啊……于此处，留下汝等的祈祷……"

下个瞬间，这位神明便化为了尘埃。唯有它手中的纯白书本，宛如微小的痕迹般，留存在了原地……

我缓缓抬头看向天盖。

"神龙怀胎"已经发动。但是天盖——也就是地上没有任何的变化，依旧存在于头顶。

全能者之剑利维吉尔玛，将天盖改造成了永恒不灭之物，抵消了"神龙怀胎"的力量。

此时，竖耳倾听就能听见，不同于之前时常回荡着的神龙歌声，如今阿鲁卡娜的哭声，正静静地回响在地底的天空。

第 40 章　潜藏于体内的龙

天盖正散发着白银色的光辉。

这光洒向地底,将里加隆多洛尔照亮。

跪地祈祷的戈尔罗亚纳不禁抬头望向天空。

"……一千五百年的……祈祷啊……"

他呆滞地喃喃道。

神龙的歌声已经消失。如今音韵魔法阵断绝、痕迹神也遭毁灭,已经不可能再一次使用"神龙怀胎"了。

我捡起掉在地上的痕迹之书,朝戈尔罗亚纳身旁走去。

"……这就是,答案吗……"

戈尔罗亚纳自嘲似的说道。他眼神空虚地凝视着天盖。

"我的祈祷、神明、'神龙怀胎',全部都被你击溃了。本应背叛你的悖理神也依然站在你这一方，直到现在天盖还依旧隔绝着我们……"

戈尔罗亚纳咬牙切齿地说着。

他空虚的双眼变得有些许湿润。

"神明，'全能煌辉'艾克艾斯，会为我们指引正确的道路。然而，我走上的这条道路已经没有未来了。我失去了祈祷与神明，失去了吉奥达尔至今为止积攒的一切……"

戈尔罗亚纳转头看向站在他面前的我。

"难道真如你所说，我们只是一直误以为这一千五百年的积累、这白费力气的徒劳，是有意义的教义吗……？"

教皇向我发问。

由于至今为止所祈祷的一切都化为了泡影，他如同想要抓上新的救命稻草一般渴求着我的回答。

"……如果当时在圣歌祭殿的圣战结束之后，我选择停止祈祷，握住你的手的话，我、还有我们，是不是今天已经获得救赎了呢？"

"我不知道。"

听到意料之外的发言，戈尔罗亚纳一脸惊讶。

"我不同意的，只是你想让整个地上一起转生的愚蠢侵略行为而已。只有这件事是徒劳的，其他事情我也不清楚。我并没有否定你为了这个国家、这片地底的救济而不断祈祷的心意。"

戈尔罗亚纳似乎跟不上我说的话，一脸呆滞地注视着我。

如果我在这里说些煞有介事的话，他说不定会转而来崇拜我吧。

在一千五百年的祈祷化为泡影的如今，他应该会把展现过更大奇迹的我当作神来崇拜、来依靠的吧。这样一来，迪尔海德和吉奥达尔也能缔结更加深厚的羁绊。

但是，我可不干。

这样做，只是让他换了个祈祷的对象罢了。

"吉奥达尔想要侵略地上，而作为迪尔海德之王的我阻止了这一行径。这场战斗，只有这一种意义而已。"

即使不断祈祷，却依然没能得到救赎。

想要挑起战争，却又遭到了惨败。

我只是将这个事实不加掩饰地告诉他而已。

"我对你们国家只有两个要求。一，不要侵略我国。二，尽可能地守护民众幸福安康的生活。"

听罢，他面如死灰，并缓缓摇了摇头。

"……很遗憾，我已经没有跟你保证这一点的资格了……"

戈尔罗亚纳浑身脱力地松开了祈祷的双手。

然后，他画了一个魔法阵。

"教皇的一生之中，只被允许停止一次祈祷。"

戈尔罗亚纳将手伸进魔法阵的中心，从中取出一把短剑。

"请放心，这是忏悔之剑。误入歧途的教皇，将用自己的生命来忏悔、向神祈求宽恕。一千五百年的祈祷没能传达，救济也没能完成，这一切都是我的罪过。一定是我祈祷得还不够吧。"

戈尔罗亚纳把忏悔之剑抵在脖子上，紧紧地握住了剑柄。

他为了自我了结，将自己的魔力压制到了近乎没有的地步。

"这罪孽深重的灵魂，将前往神的身边，我将以我的鲜血洗清罪孽。神啊，请您一定要指引吉奥达尔，指引我们前往正确的道路。"

鲜血飞溅，大量血液沿着忏悔之剑滴落。

"……嘎，哈……"

他发出痛不欲生的呻吟。

临死之前的剧痛折磨着戈尔罗亚纳，让他的表情满是苦闷。但即便如此，他在最后依旧再次交叉着双手，献上了祈祷。

戈尔罗亚纳强行压制了自己对忏悔之剑一切本能的抵抗。如果再不使用回复魔法，他在几秒之内就会彻底死亡了吧。

照常来说是这样的。

"……呜……啊……为……为，什么……？"

教皇无比惊愕，战战兢兢地问道。

"……为什么，我还活着……"

"我对你施了'假死'魔法。无论你陷入什么状态，现在都死不了。"

"……什……"

教皇的表情变得十分悲哀。

"教皇能够停止祈祷的机会,一生只有一次。这样一来,你就无法洗刷你的罪孽了。"

他祷告的双手不停地颤抖着。

"不夺取地上民众的性命,只为消除边界。你对身为敌人的我们展现了慈悲。因此,我只需要从你身上夺走你的忏悔便足够了。"

"……你……啊啊,你都做了些什么……!!赶快解开魔法……!现在马上!"

"我拒绝。"

我伸手从他喉咙里拔出忏悔之剑。

"……嘎哈……!"

戈尔罗亚纳的身体裹上一层光之魔法。我用"治愈"为他治好了伤口。

"如果你想死,就再一次拿起这把短剑吧。不过,只有违背你的教义才做得到了。"

这根本做不到——仿佛在如此控诉一般,戈尔罗亚纳露出了一副咬牙切齿的表情。

"……我这没能达成一千五百年祈祷的灵魂,已经被玷污了……如果不赶紧返还我的性命,吉奥达尔就会一直无法洗刷罪孽,走向毁灭一途……!"

"那么,你就作为第一个保持着被玷污的灵魂、背负着罪孽、没能完成忏悔的教皇,不光彩地活下去吧。"

戈尔罗亚纳满脸绝望。

一位没能遵从教义死去的教皇，到底会被多少信徒在背后指指点点呢？

"遭受痛苦与折磨，坚持活下去，然后自己去思考赎罪的手段吧。等你回过神来，说不定能想明白这个问题的哦？就凭你在这里流的这点微不足道的血液，真的能洗刷掉罪孽吗？"

想到自己接下来将面临的命运，戈尔罗亚纳止不住地浑身发抖。

"罪孽这种东西，可没有简单到一死了之就能偿还得了啊。偶尔也应该尝试一下不依靠神明，用自己的双手去善后比较好哦。"

我往魔眼里灌入魔力，强行打开了戈尔罗亚纳的收纳魔法阵，然后将忏悔之剑和利巴尔舒内德持有的痕迹之书还了回去。

戈尔罗亚纳不可思议的表情变得扭曲。

"……无论是你，还是你的神明，都应该在寻求过去的记忆才对。虽然痕迹神已然逝去，痕迹之书的力量有限，但应该也能成为你们寻找记忆的线索才是。为什么还要把它还给我……？"

"你忘记痕迹神最后说的话了吗？"

那位神明说过，要将你们的祈祷留在这里。

"这本书中，凝聚着你们历代教皇为国家献上的持续了一千五百年岁月的愿望。若是因为害怕些许失去的记忆，就对这样的东西出手,我哪还有什么资格谈和平?"

以前我一使用"时神大镰",就会导致它坏掉。

那么痕迹之书应该也是同理才对。

"……你想要什么?"

"我的要求就是刚才说过的那两点。只要你能遵守,不管信不信仰神明,这都是你们自己的道路,我不会多管闲事。"

我举起一只手,轻轻握了一下。

"然而,我坚信总有一天我们能够携手共进。不只是迪尔海德和吉奥达尔,还有阿加哈、贾迪席奥拉、亚杰希翁都是如此。"

"……虽然我不清楚地上的情况,但地底的争端早已根深蒂固了。我很难想象,教义不同者之间能够相互理解啊……"

"我在两千年前的大战时也有过跟你一样的想法,觉得和人类根本没法携手共进。"

看戈尔罗亚纳一脸不解,我接着说道:

"如今神明与祈祷都才刚刚中断,你又背负着大罪,肯定有堆积如山的问题得去解决吧。我现在不会勉强你与我联手,但直到下次见面之前,这件事你都要先好好思考出一个答复才是。"

我画出"飞行"魔法阵,注入魔力。

"我有个问题要问你。"

飞走前,我开口说道。

"毫无疑问，阿鲁卡娜就是悖理神。但你以前又曾经说过，她是创造神米里狄亚。"

教皇听了我的话，笔直地注视着我。

"那是为了给我下套而撒的谎，还是说她其实也是创造神？"

准确来说，悖理神并非神的名号。这只是地底人民给这位违逆秩序、不断背叛的神起的称号而已。

那么，格努杜努布原本应该也有神名的才对。而就算那是创造神米里狄亚，也不足为奇。

"那是……"

戈尔罗亚纳小声地喃喃道。

我朝他一看，发现他戴着选定盟珠的右手已经变成了黑色。

"你这是想要干什么？"

"……你指的什么？"

戈尔罗亚纳一脸的疑惑，他看起来不像是在说谎。

可当我集中魔眼一看，发现他右手散发出的魔力，已经上升到了一个异常的高度。

"唔，看来有什么东西躲在你的体内嘛。"

我一边说着，一边用利维吉尔玛直接将戈尔罗亚纳的右手斩断。

"……咕……啊……！"

此时，他右手的断面处突然冒出了一个紫色的龙头。它虽然对我表现得十分戒备，但却转头吃掉了戈尔罗亚纳的右手。

苍蓝色的火焰，在它那双魔眼内闪烁。它的目的是，吃掉因被我毁灭而寄宿到选定盟珠中的痕迹神与福音神吗？

"你是谁家的神？速速报上名号！"

我用"波身盖然显现"握着利维吉尔玛挥出一道剑闪，龙头应声而落。

"……咕……啊啊啊啊啊啊啊啊啊啊啊啊啊啊啊啊……！！"

戈尔罗亚纳发出悲鸣。

看来这家伙不只是寄生在他的身上，甚至连痛觉也是共享的啊。

"……霸……霸龙……贾迪席奥拉的霸王吗……嘎哈……!!"

戈尔罗亚纳呻吟道。一对龙翼突破了他的身体，从他的背后生长而出。

"……愚蠢的异教徒……我的身体是献给神明的，你以为我会让你为所欲为吗……！！"

教皇画出的魔法阵中，一柄巨大的枪显现出来。他用"飞行"将这柄枪浮起，并刺进了自己的胸膛，直接钉在地上。

"咕……！"

"够了。钉好了别松开！"

我用利维吉尔玛斩断了那对龙翼。

"……嘎……呜啊啊啊啊啊啊啊啊……！"

"会有点疼，你忍一忍！"

我用"根源死杀"包裹的手指贯穿教皇的身体，并一把抓住了寄生在他根源处的那个叫作霸龙的玩意儿,强行将它拽了出来。

"咕哎哎哎哎哎哎哎哎哎哎哎哎哎哎哎哎!!"

龙发出震耳欲聋的悲鸣。

随着我将右手抽出,一条巨大的龙从戈尔罗亚纳的体内被拽了出来。

"唔,没想到你体内居然藏着这么大一条龙啊。"

我抬起那巨大的霸龙,使劲砸向地面。

然而,那条紫色的巨龙仍然毫不畏惧,张开血盆大口朝我冲来,想要把我一口吞了。

我用利维吉尔玛将其一刀两断,被劈成两半的龙之根源也就此消失了。

然而,下一个瞬间,那被劈成两半的龙体发生扭曲,随即变成了两条龙。

我脚踏地面,一瞬便将从左右两边飞来的两条龙同时斩落。

两个根源也的的确确消失了。可这次,其尸体的肉片却又化作了四条龙。

"咕啊啊啊……!"

听到戈尔罗亚纳的悲鸣,我朝他一看,发现他半个身子已经变成了龙。

戈尔罗亚纳飞向了上空。

四条龙同时向我飞来,我再次用利维吉尔玛将其斩杀,而这次的肉片又化作八条龙。在我将这群再次同时袭来的龙全都斩杀的瞬间，戈尔罗亚纳张开嘴，对着我打算喷吐出紫色的火焰。

刹那间，又有十六条龙堵在我的面前。我将它们全部斩杀，随后定睛一看，发现戈尔罗亚纳已经没了踪影。

"……被他跑了吗？"

我确实从戈尔罗亚纳体内将龙之根源给扯了出来，并消灭了共计三十一条龙。

也就是说，霸龙是若干条龙的集合体吗？还是说跟雷伊一样，同时拥有多个根源？应该就是这二者之一了吧。

好像贾迪席奥拉的目的从一开始就是戈尔罗亚纳啊。

应该是一直在等待他失去神力、无法抵抗的这个时机。

照理来说如果藏在其体内，痕迹神应该是能看穿的才是。然而它却没能做到，是因为霸龙的力量导致的吗？

如果有机会，它说不定还想趁机干掉魔力有所损耗的我，可既然没选择尝试，就说明它并非一个搞不清楚力量差距的蠢货。

再加上赛里斯的那一档子事，我想，必须得去跟贾迪席奥拉的霸王打个招呼才行。既然他都特地活捉了戈尔罗亚纳，那肯定暂时不会杀掉他。

也算是给我创造了一个登门拜访的理由嘛。

终章　天之隔阂

我使用"转移",回到了吉奥达尔的龙码头。

"啊!欢迎回来,阿诺斯,你辛苦啦。"

站在魔王城正门前的艾莲欧诺露笑着迎接了我。

"我们是……第一……"

洁西雅竖起一根食指,表示自己是第一个回来的。

"干得好。"

我夸奖她一番后,她随即迈着小碎步走到我的身旁,然后抬头看了看我,又用指头指了指地面,上下滑动。意思是叫我蹲下来吧。

"怎么了?"

我蹲下身子,视线和洁西雅齐平。

"……第一的奖励……"

洁西雅把脸凑近,灵动的眼睛朝我看来。

"……就是……阿诺什……!"

唔。既然部下的工作有所成效,那我也得好好奖励她们一下才是。

我对自己的身体画出魔法阵,用"逆成长"缩小为六岁左右的身体。

"这样就行了吗?"

洁西雅见状,立即露出了满意的笑容。然后,她像是要保护我似的翻了个跟斗,得意地挺起胸膛说道:

"……洁西雅……成功保护住了……!"

"真棒真棒,真了不起哦,洁西雅。这才是魔王大人的部下嘛!"

艾莲欧诺露抚摸洁西雅的头,随即她又非常顺手地用另一只手也摸了摸我的头。

"阿诺什也很了不起的哦,你保护住了迪尔海德和地上呢。"

"当然。"

艾莲欧诺露"扑哧"地笑了出来,对着我的脑袋一通乱揉。

"从你这小个头嘴里说出来,稍微感觉有点嚣张哦?"

说着,面前两个魔法阵浮现,雷伊和米莎从中走了出来。

"不过,我是真没想到,对方盯上的不只是密德海斯,甚至还盯上了整个地上啊。"

我和教皇的对话也通过"魔王军"连接的魔法线传递给了她们。

"如果不是来了地底一趟，地上差点不知不觉地就整个消失了啊。"

雷伊爽朗地微笑着。

"你这话说得真不吉利。"

莎夏的声音传来，她和米夏一起转移过来了。

"到时，阿诺斯一定会保护好地上的。"

米夏嘟囔着，并朝我看来。

"这可说不准，只能说这次运气确实不错。"

在"神龙怀胎"发动的间隙，神龙歌声会变得十分响亮，甚至会影响到地面的魔法吧。所以只要能及时发现，说不定也能用利维吉尔玛想想办法就是了。

"可是，还是有点倒霉的吧？好不容易打赢了，本以为能再跟吉奥达尔交涉一下的，结果教皇却被掳走了，感觉白跑了一趟呀。"

莎夏如此抱怨道。

"喀喀喀，你在说什么呢，破灭的魔女？我们可是防住了准备了一千五百年的大魔法，守护住了地上哦。没有比这更大的成果了吧？"

耶鲁多梅朵和辛也回来了。

"再加上，我们这边没有任何损失，可谓是完胜！不止如此，魔王甚至还掌握了全新的力量呀！"

他大大地张开双臂，并紧紧握拳。

"'涅槃七步征服'！！那魔法太夸张了！！居然能把由万物之痕迹构筑的世界踏碎！！喀喀喀喀，喀——喀喀喀，魔王，魔王，真可谓是暴虐的魔王啊！！"

"话说回来。"

我朝傻笑着的炽死王问道。

"关于赛里斯的计划，你是真的知道些什么吗？"

"不不不，怎么会怎么会。我只是虚张声势，是的，只是虚张声势罢了。那么强大的男人，我哪儿能知道他什么情报啊。我要是真知道，肯定会想方设法告诉你了，喀喀喀，真是遗憾至极啊。"

根据"契约"，耶鲁多梅朵不能说出对赛里斯不利的话。如果真的是虚张声势，他肯定会这么说。而就算不是，他也多半是同样的说法。

"你干得很好。"

"喀喀喀，我不过是按照暴虐的魔王所期待的那样，给那家伙设下了个圈套而已。"

不管怎样，他的确在没有冒任何风险的情况下争取来了时间。既然目前还没摸清赛里斯的底细，那这种做法自然是最好的选择。

"对了对了，赛里斯·福尔迪哥德拜托我给你带了句话。说不定你已经听过了……"

耶鲁多梅朵咧嘴一笑。

"他说，'真是出乎意料，算我输咯，今天我就先老老实实地回去吧'。"

出乎意料吗？

"他的话里又有多少是真的呢？"

"……他当时说我们是悖理神格努杜努布，那是他故意撒的谎吗……？"

莎夏露出一副思索的表情，向我问道。

"应该是吧。他可是祭祀着悖理神格努杜努布的贾迪席奥拉那里的人，他或许本来就知道阿鲁卡娜才是悖理神。"

他如此做的目的我并不清楚。

"可能对他而言，这只是个不值一提的恶作剧而已。"

"也有可能，他的目的跟吾主的记忆有关。"

辛如此说道。

利巴尔舒内德被毁灭，带着痕迹之书的教皇也被贾迪席奥拉的人给抓走了。这样看来，确实有不想让我取回记忆的嫌疑。

"话说，阿鲁卡娜她怎么了？"

艾莲欧诺露环顾四周，然而却没有发现她的身影。

"她在那里。"

米夏抬头望向天盖。

在密德海斯方向，阿鲁卡娜正待在刚才抵御唱炎攻击的位置。

"嗯……太远了完全看不见呀。"

艾莲欧诺露伸出一只手抵在眉间做出望远状，眯起眼睛凝视着天空。看来她的魔眼并不能看见阿鲁卡娜的身影。

"她为什么……不回来呢……？"

洁西雅不可思议地说道。

"确实不对劲。"

随即，我对阿鲁卡娜发送了"意念通讯"。

"发生什么了吗？"

片刻的沉默后，她发送了回复。

"……没什么……我待会儿就回来……"

原来如此。

"你在害羞个什么劲儿呢？赶紧给我回来！"

"……我，这是在害羞吗……？"

"不是的话就回来吧。"

又是一阵无声的沉默过后，阿鲁卡娜说道：

"你一定会告诉我，神学会羞耻，也是一件好事吧？"

"当然。"

"……所以，我不回去。这种没办法见你的心情，一定就是说的我现在这种状态吧。"

"啊哈哈，你还真是学会了不少人性的软弱嘛。可是，阿鲁卡娜，我可不允许的哦。"

我用"成长"魔法再次恢复到阿诺斯的姿态，随后收纳在魔法阵中的盟珠戒指出现在我的指头上。

"给我顺带记好了，能够克服软弱的情感便是勇气。'神座天门选定召唤'。"

盟珠戒指里的魔法阵层层堆叠，眼前光芒开始聚集。当光芒化为人形后，里面出现了害羞地低着头的阿鲁卡娜。

"……居然为了这点小事就使用'神座天门选定召唤'……你也太蛮横了……"

阿鲁卡娜有些不服气地抱怨道。她完全不愿意直视我的双眼。

"为了把爱害羞的妹妹给拽出来，这魔法可太合适不过了。"

我凝视着她不愿抬头的脸。

"你是不是觉得挺对不起大家的？"

阿鲁卡娜点了点头。

"这种小事无须在意。就算你是背叛与虚伪之神，那又怎样？没有人不犯错误。事实上我现在所有的部下都犯过错，但我们依旧一起走到了今天。"

阿鲁卡娜依旧低着头，偷偷地朝我看来。

"现在那一副忠臣模样的莎夏，在刚见面的那会儿，可一上来就找了我的碴儿哦。甚至在成了我的部下之后，还继续做出刺杀米夏的这种背叛行为。"

"喂，这、这都是过去的事情了吧！"

莎夏惊慌失措地大叫道。

"米夏也一样,居然都不带挣扎一下子的,轻而易举地就接受了死亡。而且,她当时也一直不愿意承认我就是暴虐的魔王啊。"

米夏连连眨眼。

"……反省……"

"至于雷伊这种人,说他是个骗子都算夸奖他的了。他当时居然敢妄称自己是暴虐的魔王,还擅自引发了迪尔海德与亚杰希翁的战争。"

雷伊一脸尴尬地笑了笑。

"……这话可真是够刺耳的……"

"最终导致阿沃斯·迪尔赫维亚,也就是我的冒牌货米莎的诞生。作为毁灭魔王之秩序的她,洗脑了魔族们,向我发起了挑战。"

米莎不服气地噘着嘴抗议。

"我就是从这个传闻与传承中诞生的嘛!这一切都是天父神害的啦!"

"就连那口口声声说,与其背叛我还不如自我了断的辛,都曾对我拔刀相向过呢。"

辛无比羞愧地别过脸去。

"惭愧难当。"

"至于耶鲁多梅朵,这家伙甚至到现在都还在不停地谋划着如何背叛我啊。"

炽死王喀喀喀地大笑起来。

"居然说我会背叛暴虐的魔王,岂敢岂敢!"

"所以你明白了吗?"

阿鲁卡娜害羞却又笔直地看向了我的脸庞。

"就算你是悖理神格努杜努布也没关系。你在过去说了什么谎,背叛了什么人,这些鸡毛蒜皮的小事根本就无所谓。重要的只有一件事。"

"……是什么?"

"我是你的兄长,而你是我的妹妹。"

阿鲁卡娜的眼眶顿时变得有些许湿润,而我则温柔地抱住了她那颤抖的肩头。

"曾几何时,米夏指着你,说你就像是在没有水的沙漠中永远地徘徊着一样。"

在我的怀抱中,体型娇小的神明流下了大滴大滴的泪珠。

"你一直都很不安吧?"

"……那时我没有记忆……"

阿鲁卡娜轻声低语道。

"然而,我却莫名其妙地觉得很是寂寞……只觉得一片空虚……当我回想起我是悖理神,我才明白,那就是我悲伤的伤痕……"

"你再也不用感到不安了。无论你回想起怎样的寂寞、怎样的悲伤，你的身旁永远有你的兄长在陪伴着你。"

我紧紧地抱住她纤细的身体。

"你要记着。不论你想起什么，那都不值一提。"

"……即使我的这颗心都是虚假的……？"

"当然。哪怕是虚假的你，我也一样觉得可爱。"

阿鲁卡娜双手环抱住我的身体，紧紧地贴了上来。

"……哥……哥……"

她一边微微地哽咽着，一边在我的胸膛抽泣起来。就宛如干涸的沙漠里涌出了泉水一般，她那金色的眼眸中连绵不断地流出热泪。

面对此情此景，所有人都面带微笑地看着我们。

阿鲁卡娜怎么着都不愿意放开抱住我的双手。

过了几分钟，终于，莎夏开始抱怨道：

"……是不是，有点抱太久了……？"

话音一落，米夏便"嗖"地从她身后探出头来。

"你吃醋了？"

"才、才不是呢！"

莎夏立马否定，然后开始自言自语起来。

"再说了，她是妹妹嘛，阿鲁卡娜也想当妹妹的不是吗……"

莎夏自说自话着点了点头，随即握紧拳头。

"我、我赢了！"

米夏开心地露出微笑。

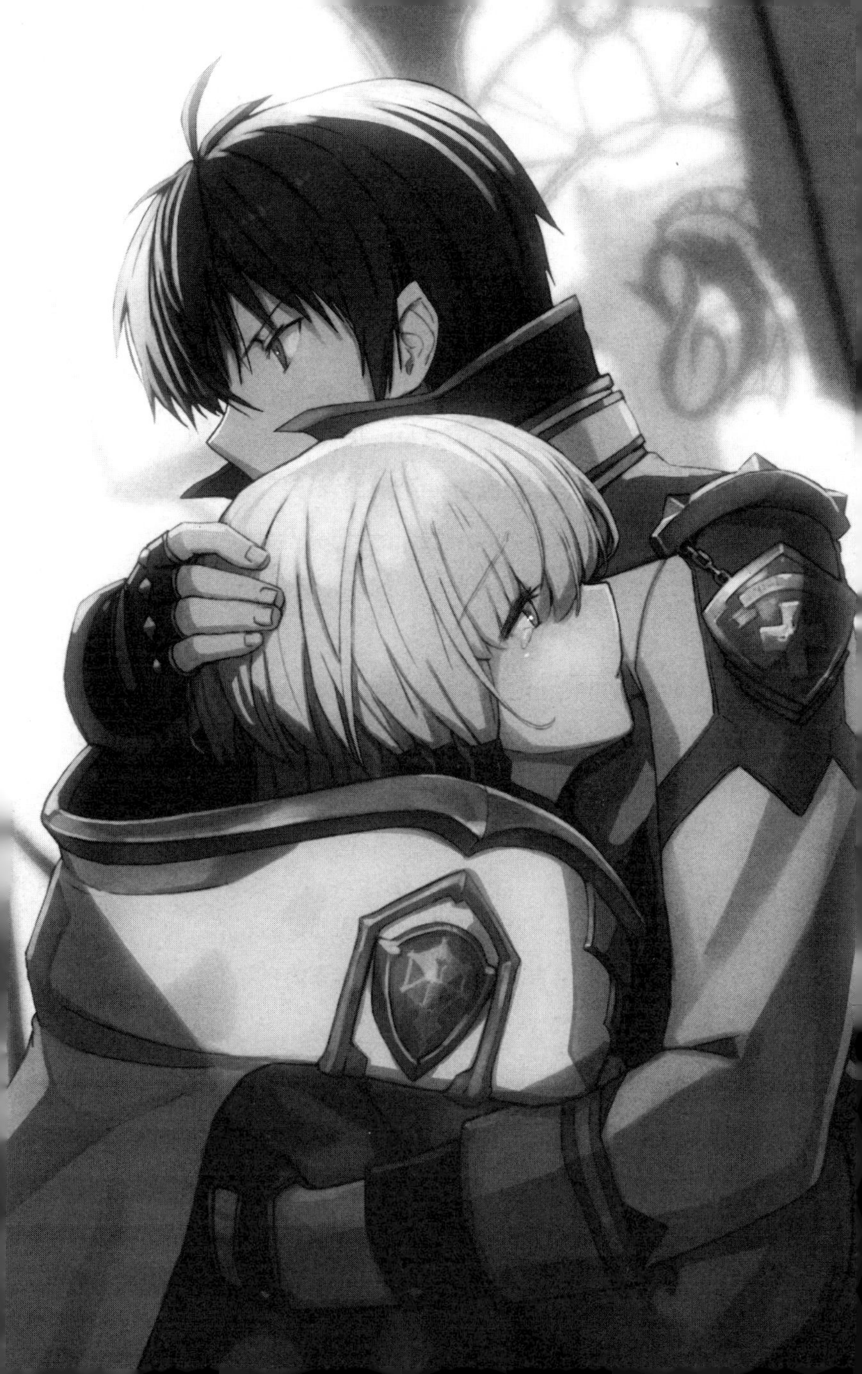

"阿鲁卡娜。"

听见我的呼唤,她静静地放开了我的身体,用哭肿的眼睛抬头望着我。

"我们先回地上一趟吧。"

我从魔法阵中拔出利维吉尔玛,递给阿鲁卡娜。

天盖在受到全能者之剑的恩惠的状态下,一切破坏都对其无效。照这个样子,连用魔法开个洞都做不到了。

"我知道了。"

她双手摆出祈祷般的姿势拿起剑,并略微屈膝。雪月花在她的周围飞舞,绽放光芒。

"月亮升起,神剑落下,待到下次审判来临之时。"

全能者之剑利维吉尔玛开始剧烈闪烁。"创造之月"阿提耶托诺亚的光辉照亮了四周。

然后——

"哎……?"

光芒散去后,艾莲欧诺露露出了不可思议的表情。

全能者之剑利维吉尔玛依旧被阿鲁卡娜捧在双手之中。

"……那啥,这就结束了?"

听到莎夏的询问,阿鲁卡娜摇了摇头。

"变不回来。"

"……变不回来,为什么……?"

"我不知道。我的身体好像受到了什么人的制约。"

我用魔眼凝视阿鲁卡娜的身体。

"这是你在失去记忆、变成无名之神之前就被施加了的制约吗?"

"恐怕是的。或者说,也有可能是身为悖理神的我对自己施加的。"

就连自己也会欺骗、背叛的悖理神吗?

阿鲁卡娜一脸忧虑地仰望着天空。

"这样一来,除了利维吉尔玛的持有者之外,便谁都无法通过了。"

她忧心忡忡地说道。

"那片天盖,化为了永恒不灭的隔阂。"

后 记

以前我就非常喜欢玩游戏,虽然最近因为没什么时间,所以玩得少了,但小时候我一天可以玩大概十六个小时。在一个人玩的游戏中,我最喜欢的还是角色扮演类的游戏,当时去到全新城市时那种跃跃欲试的感觉我到现在都记忆犹新。

在本卷的故事当中,主角一行人也会去到未知的地底世界、未知的国度,所以我怀揣着小时候的那种跃跃欲试的感觉写下了这篇故事。希望大家能看得开心。

然后是另一个话题,关于本作动画化的制作,我有作为原作者参与到监修工作当中。

虽然监修的工作涉及许多方面,但最让人头疼的还是剧本相关的讨论。一般是等剧本出来以后,交由我检查,然后再进行讨论这么一个流程。由于制作方给予了我足够多的关照，所以用于检查剧本的时间非常充足。我会用红色的字体在剧本上标注出问题和修改的方向，再加上我本身是一个会尽量多地使用时间去改进的类型，所以经常会在快到约定的时间之前标注上一大堆意见，这样让我有点担心会不会给制作方添麻烦。

说实话，我个人对动画制作并不是特别了解，所以专门询问过照搬原作的改编，和动画原创的改编，这两者哪一种改编方法比较好。而这次的动画化，根据我和制作方的讨论，决定以照搬原作的方式进行改编了。话虽如此，但因为动画与原作承载的载体不同，如果完全照搬，甚至连台词都完全相同的话，改编出来的动画哪怕跟原作一模一样也不会有趣。

按照动画的载体进行改编和台词的调整，理所当然地就会浮现出许多问题。而结合原作的伏笔、设定、角色、当前故事的主题提出相应的意见就是监修的工作。最终剧本上我标注出来的修改建议大多都被制作方采用了，所以我认为这次动画化的剧情应该并不会和原作相差多少。

虽然动画目前还未全部制作完成，但照这样子进行下去，我感觉成品应该会相当不错。

对于一些熟读原作的读者来说，在看原作的时候多少可能还是会产生一些违和感，但对于那些重视故事核心部分，重视本作风格的读者，我会继续努力监修，以确保交给大家一份满意的答卷。希望大家敬请期待。

那么，为了给各位呈现更好的作品，我要努力去修改下一卷的书稿了。今后也烦请各位多多支持。

秋

二〇二〇年 一月十五日

图书在版编目（CIP）数据

魔王学院的不适任者.6／（日）秋著；（日）静间良纪绘：符咒译.— 北京：文化发展出版社，2023.12
ISBN 978-7-5142-4062-7

Ⅰ.①魔… Ⅱ.①秋… ②静… ③符… Ⅲ.①长篇小说－日本－现代 Ⅳ.① I313.45

中国国家版本馆 CIP 数据核字 (2023) 第 162067 号

MAOH GAKUIN NO FUTEKIGOUSHA Vol.6~SHIJOSAIKYO NO MAO NO SHISO, TENSEISHITE SHISONTACHI NO GAKKO HE KAYOU~
©Shu 2020
Edited by 电击文库
First published in Japan in 2020 by KADOKAWA CORPORATION, Tokyo.
Simplified Chinese translation rights arranged with KADOKAWA CORPORATION, Tokyo through JAPAN UNI AGENCY, INC., Tokyo.
本书简体中文版权归属于北京红阅科技有限公司
著作权合同登记字：01-2023-4115

魔王学院的不适任者.6

著　　者：[日]秋	译　　者：符　咒
绘　　者：[日]静间良纪	

出版人：宋　娜	出版统筹：贾　骥　宋　凯
责任编辑：范　炜	出版监制：张泰亚
责任印制：杨　骏	助理编辑：白卓瓒　王瑞丰
责任校对：岳智勇	美术编辑：王　艺

出版发行：文化发展出版社（北京市翠微路 2 号　邮编：100036）
发行电话：010-88275993　010-88275711
网　　址：www.wenhuafazhan.com
经　　销：全国新华书店
印　　刷：天津嘉恒印务有限公司

开　　本：787mm×1092mm　1/32
字　　数：277 千字
印　　张：14.625
版　　次：2023 年 12 月第 1 版
印　　次：2023 年 12 月第 1 次印刷

定　　价：49.00 元
ＩＳＢＮ：978-7-5142-4062-7

◆ 如有印装质量问题，请与我社印制部联系　电话：010-88275720